Lydia Pointvogl

Die Gedankenleserin

AF175596

Das Buch

Sarischa tritt sehr erfolgreich als Gedankenleserin auf Bühnen und im Fernsehen auf. Nach einer Live-Show kommt sie mit Robert, ein angesehener Schönheitschirurg, in Kontakt. Es ist eine unangenehme, aber faszinierende Begegnung. Es sollte nicht die einzige sein.

Trotz ihrer Fähigkeit, die auch in ihrem Metier ausgewöhnlich ist, bekommt Sarischa Roberts Gedanken kaum zu fassen, bis auf einen, der ihr keine Ruhe lässt. Robert scheint ein dunkles Geheimnis zu haben. Es beginnt ein verhängnisvolles Spiel zwischen Nähe und Distanz. Ist Robert ein Mörder? Oder ist alles ganz anders …

Die Autorin

Lydia Pointvogl war im Bereich Kommunikation in einem großen Unternehmen tätig. Nun widmet sie sich ganz dem Schreiben – ihre Lieblingsbeschäftigung neben dem Wandern. Sie lebt in München.

Die Gedankenleserin ist ihr dritter veröffentlichter Roman. Sie setzt damit ihr Genre, das sich zwischen menschlichen Grenzbereichen und psychologischen Tiefen abspielt, fort.

Lydia Pointvogl

Die Gedankenleserin

Roman

Bibliografische Information
der Deutschen Nationalbibliothek:
Die Deutsche Nationalbibliothek verzeichnet diese
Publikation in der Deutschen Nationalbibliografie;
detaillierte bibliografische Daten sind im Internet über
www.dnb.de abrufbar.

© 2021 Lydia Pointvogl
Umschlaggestaltung: Lydia Pointvogl
unter Verwendung eines Gemäldes von Helga Pointvogl
Herstellung und Verlag:
BoD – Books on Demand, Norderstedt

ISBN 9783754316672

lydia@pointvogl.com

Wer sich der Wahrheit verpflichtet,
sucht nicht das Glück,
das die Verblendung schenkt.

1

Sie trat auf die Bühne in einem schwarz-roten, sexy glitzerndem Kleid. Das Scheinwerferlicht war grell, die Musik laut. Das Publikum klatschte stürmisch. Sie verneigte sich mehrmals. Dann erhob sie die Hände zum Gruß, und es wurde still.

„Vielen Dank. Guten Abend meine Damen und Herren. Ich bin Sarischa. Es freut mich, dass Sie zu meiner Show gekommen sind, um zu erleben, ob ich Ihre Gedanken lesen kann.

Normalerweise gehören Ihre Gedanken Ihnen ganz alleine. Sie können denken, was Sie wollen, niemand kann Ihre geheimsten Wünsche und Ängste erfahren, solange Sie sie nicht äußern. Gute Freunde können sie manchmal erahnen, mehr aber auch nicht. Aber kann das überhaupt funktionieren – dass ein Mensch Gedanken eines anderen, noch dazu eines fremden Menschen, präzise wahrnimmt? Ist hier Zauberei am Spiel? Lassen Sie sich überraschen.

Aber keine Sorge, Ihre Geheimnisse werde ich nicht offenbaren. Sie wollen heute Abend schließlich Spaß haben und ein wenig staunen …"

Ach du liebe Zeit, das wird stinklangweilig, dachte sich Robert. Er hatte keine besondere Lust auf diese Veranstaltung, aber Tami, seine Frau, hatte ihn gebeten mitzugehen, und so tat er ihr diesen Gefallen. Aber nun bereute er es. Mit mindestens zweihundert Leuten in einem miefigen Theater zu sitzen und sich Gedankenlesespielchen anzusehen – nicht besonders erquickend. Er hätte lieber Tennis gespielt oder Fußball geguckt nach dem arbeitsreichen Tag. Aber nun gut. Er lächelte Tami zu. Sie bemerkte dies und lächelte zurück.

„Natürlich kann ich nicht von allen hier Anwesenden die Gedanken lesen, das würde zu lange dauern und dafür würden auch meine Kräfte nicht ausreichen", erklärte Sarischa mit einer sanften, eindringlichen Stimme. „Genug geredet. Nun geht es los."

Die Bühnenbeleuchtung wurde heruntergefahren, dafür die Saalbeleuchtung heller. Nun konnte sie das Publikum sehen. „Also, meine Damen und Herren: Diejenigen, die möchten, dass ich Ihre Gedanken lese, stehen bitte auf."

Niemand stand auf. Sarischa wartete. Sie wusste, dass die meisten Menschen das Geschehen lieber erst einmal beobachten wollen, bevor sie sich selbst als Kandidat zur Verfügung stellten. Viele Gäste sahen sich um, und dann stand eine junge Frau auf. Langsam erhoben sich weitere sieben Personen von ihren Sitzen – drei Frauen und vier Männer.

„Trauen Sie sich nur. Keine Angst, es wird Ihnen nichts Böses widerfahren." Sarischa hob beide Hände mit den Handflächen nach oben, um das Publikum zum Mitmachen zu bewegen.

Robert gab Tami mit dem Ellenbogen einen sanften Stoß. „Na, was ist? Mach doch mit", flüsterte er ihr ins Ohr.

„Ich weiß nicht. Mir ist nun doch ein wenig mulmig zumute."

„Ach was. Ist doch nur Spaß."

Tami stand zögerlich auf, wie noch zwei weitere Frauen.

„Okay", sagte Sarischa, „nun sind es genug. Kommen Sie bitte auf die Bühne und setzen Sie sich auf einen der Stühle." Es waren bereits zehn Stühle nebeneinander aufgestellt. Tami setzte sich rechts auf den äußersten

Stuhl.

Leise ertönte sanfte Musik; der schwarze Bühnenhintergrund wurde in ein romantisches Blau getaucht.

„Machen Sie es sich bequem, meine Damen und Herren", sagte Sarischa in einem beruhigend meditativen Tonfall zu den Versuchspersonen, die etwas angespannt wirkten. „Atmen Sie ruhig, stellen Sie ihre Beine etwa hüftbreit auf den Boden, legen Sie ihre Arme locker auf Ihre Oberschenkel ab und entspannen Sie sich. Sind Sie bereit?"

Alle nickten.

„Gut. Denken Sie an eine Zahl zwischen eins und einunddreißig. Schreiben Sie die Zahl auf den Zettel, der unter Ihrem Stuhl liegt, und falten Sie ihn klein. Sie drehte sich weg und wartete kurz.

„Fertig?" Sie sah in die Runde, wieder nickten alle.

„Ich werde neben Sie treten, und Sie stellen sich die Zahl intensiv vor – in schwarz vor weißem Hintergrund." Dann sage ich die Zahl, die Sie ausgewählt haben."

Sie fing auf der linken Seite bei einer jungen Frau an. „Sie denken an die Zwölf", sagte Sie zu der Frau, die erstaunt lächelte und die Zahl mit einem Nicken bestätigte. „Öffnen Sie bitte Ihren Zettel und zeigen sie ihn dem Publikum."

Sarischa ging zur nächsten Person, ein sportlicher Mann. Sie konzentrierte sich kurz und sprach die Zahl Zwanzig laut und deutlich aus. Wieder war es die richtige Zahl, und der junge Mann hob den Daumen zur Bestätigung. So schritt sie von einem zum anderen. Alle Teilnehmer hatten die von Sarischa genannte Zahl notiert. Auch Tami. Sie wählte die Sechzehn, weil sie an einem Sechszehnten Geburtstag hat.

Sarischa trat nun an die Seite und ließ ihren Blick über die Gruppe schweifen. „Vier von Ihnen wählten den Tag ihres Geburtstags." Sie zeigte nacheinander mit dem Finger auf die vier Personen, auch auf Tami. Alle nickten zustimmend und waren beeindruckt. Das Publikum klatschte.

Als nächstes sollten alle Kandidaten an ein Tier denken. Und wieder hatte Sarischa alle Tiere richtig genannt, mit einer Ausnahme: Aus einem Hahn wurde eine Henne. Das Publikum musste lachen und applaudierte besonders stark, als wäre es froh, dass endlich mal ein Fehler, wenigstens ein kleiner, passierte. Manchen Zuschauern wurden Sarischas präzise Treffer langsam unheimlich, blickten mit fragenden Gesichtern zu ihren Nachbarn.

Sarischa beendete die Raterunde und bat die Teilnehmer, sich wieder auf ihren Platz im Publikum zu setzen, mit Ausnahme von einem Mann und zwei Frauen – eine davon war Tami.

Robert war mittlerweile gar nicht mehr gelangweilt. Auch er war von Sarischas schnellen und fehlerfreien Treffern beeindruckt, zumal sie kein manipulierendes Brimborium – verbundene Augen, wedelnde Tücher, spektakuläre Gestik – einsetzte. Er verfolgte das Geschehen mit Interesse, aber auch mit Skepsis, zumal es nun angeblich ans *Eingemachte* ging – so kündigte Sarischa die nächste Gedankenleserunde an.

Vorab hielt sie eine Rede über die Bedeutung des Unbewussten und wie selten man frei entscheiden würde. Vielfach machte man das, was einem am einfachsten erscheint. Probleme würde schließlich keiner haben wollen. Doch fast alle Leute hätten Probleme – manche mehr, manche weniger, unwichtige, große oder sogar lebensbedrohliche. Sie fragte nach den Namen der drei Kandidaten auf der Bühne.

„Bernhard, Emma, Tami. Bitte steht auf. Ich schau euch jetzt in die Augen und werde ein Problem, das euch gerade durch den Kopf geht, ansprechen, etwas verschlüsselt, schließlich soll das Publikum nicht zu viel von euch erfahren." Sie lächelte. „Datenschutz beim Gedankenlesen – das muss schon sein." Das Publikum schmunzelte.

Sie stellte sich vor Emma und sah ihr einige Sekunden in die Augen. „Du denkst an einen Fall in Zusammenhang mit deinem Beruf. Du denkst intensiv darüber nach, denn du musst– ich sage mal – eingreifen, was du schon längst hättest tun sollen." Emma schluckte. Sarischa gab ihr den Rat, endlich klar Schiff zu machen. „Wenn du noch länger wartest, könnten weitere Probleme auf dich zukommen. Welche, das kann ich hier nicht sagen, aber du weißt schon, um was es sich handelt."

Emma nickte. „Ja, das stimmt", sagte sie sichtlich erstaunt. Sarischa deutete auf ihren Platz im Publikum. Emma verließ die Bühne.

Dann war Bernhard an der Reihe. Er hätte ein Problem mit einer ihm nahestehenden, männlichen Person, meinte Sarischa. „Mit diesem Problem bist du gekommen und damit sitzt du schon den ganzen Abend hier, nicht wahr?"

„Ja", gab Bernhard zu. „Richtig. Und nun?"

„Gib dir einen Ruck und spreche das Problem offen an. Es wird nicht von selbst verschwinden, das weißt du. Verdrängen ist keine Lösung. Das Thema muss auf den Tisch, sonst zerreißt es dich über kurz oder lang. " Sarischa nickte aufmunternd. „Danke Bernhard. Du darfst die Bühne verlassen."

Nun war Tami an der Reihe. Robert war gespannt, was für ein Problem Sarischa bei Tami hervorzaubern wird. Hoffentlich wird die Sache nicht peinlich, dachte er und bereute erneut, sich auf diesen Veranstaltung eingelassen zu haben.

„Und nun zu dir, Tami. Du denkst an eine ganz bestimmte Person. Das ist jetzt für mich nicht ganz einfach, denn ich kann dein Problem hier nicht aussprechen. Du weißt warum. Suche das Gespräch, aber gehe besonnen vor. Mehr kann ich zu dir im Moment nicht sagen. Danke. Du kannst dich wieder setzen."

Tami verließ schweigend das Podium und setzte sich neben Robert, ohne ihn anzusehen. „An wen hast du gedacht?", fragte er flüsternd.

„Nicht so wichtig."

„Sag schon."

„Nicht jetzt."

Robert runzelte die Stirn. Diese Sarischa reimte sich Probleme zusammen, die bei jedem Menschen passten. Jeder denkt doch irgendwie an eine bestimmte Person. Und bei vielen Gesprächen muss man besonnen vorgehen, das wäre normal, sagte er sich. Er glaubte nicht, dass es Menschen gab, die die Gedanken anderer lesen können.

Nach weiteren unterhaltsamen Ratespielchen, immerhin mit einer hundertprozentigen Trefferquote, gab es eine Pause.

„Lass uns nach draußen gehen", sagte Robert zu Tami. „Ich ersticke in diesem Theater." Er nahm ihre Hand und führte sie sachte aber bestimmt ins Freie. Sie standen vor dem Eingang. Tami schwieg.

„Schon beeindruckend diese Sarischa", gab Robert zu. „Trotzdem glaube ich nicht, dass es sich hierbei wirklich um Gedankenlesen handelt, sondern vielmehr um Tricks. Ich bin mir sicher, sie hat sich vorab mit den meisten Kandidaten abgesprochen. Hast du denn tatsächlich an eine bestimmte Person gedacht, mit der du ein besonnenes Gespräch suchen solltest? Und wenn ja, wer ist es?"

„Ich dachte an dich." Tami log. Sie dachte an Freddy, eine Jugendliebe. Sie hatte ihn kürzlich zufälligerweise getroffen, und er ging ihr nicht mehr aus dem Kopf. Er hatte ihr einen Job als Mitarbeiterin in seiner Firma für Gewürzhandel angeboten, was sie durchaus reizte.

„Ja? Aber über was solltest du mit mir reden und warum solltest du besonnen vorgehen? Das ist doch Quatsch."

„Nicht ganz. Wir müssen über unseren Urlaub reden, denn ich habe keine Lust in die Toskana zu fahren." Wieder sagte sie nur die halbe Wahrheit, denn der Urlaubsort war ihr ziemlich egal. Sie hatte vielmehr keine Lust mehr auf die stumpfsinnigen Urlaube mit Robert, gelangweilt neben ihm auf teuren Hotelliegen die Zeit totzuschlagen oder ihm zuliebe Tennis zu spielen. Sie wollte vielmehr wieder arbeiten. Sehr gerne bei und mit Freddy. Doch sie war sich nicht sicher, ob Freddy das nicht nur so dahingesagt hatte. Ernsthaft hatten sie darüber noch nicht gesprochen. Und sie wusste, dass Robert dagegen wäre, wenn sie mit einem anderen Mann, noch dazu mit einer Jugendliebe, eng zusammenarbeiten würde.

„Ach Gott!" Robert verdrehte die Augen. „Darum geht es. Wir können auch gerne woanders hinfahren. Bis jetzt war es in der Toskana doch immer schön. Aber ich bin nicht darauf fixiert."

„Ich will was trinken. Lass uns wieder reingehen." Tami hatte keine Lust, das Thema zu vertiefen.

Der zweite Teil des Abends verlief ähnlich. Sarischa war treffsicher, und das Publikum war fasziniert. Auch Robert war trotz aller Bedenken beeindruckt, obwohl er nach wie vor annahm, dass Sarischa nur eine perfekte Blenderin war. Wie auch immer, die Show war spannend.

Als Tami und Robert den Veranstaltungsraum verließen, gingen sie an Sarischa vorbei, die ihre Flyer und Werbekarten verteilte. Robert nahm einen Flyer, lächelte Sarischa freundlich zu und sagte: „Interessante Darbietung. Hat mir gefallen. Sie sind richtig gut. Kann ich das auch lernen?"

„Ich glaube nicht. Die Frage wird mir oft gestellt. Aber ohne Begabung ... und die ist äußerst selten."

„Vielleicht bin ich begabt und weiß es nur nicht."

„Das bezweifle ich sehr. Glauben Sie mir, sie würden es wissen. Ganz sicher."

„Eventuell schlummert meine Begabung und muss nur geweckt werden. Wahrscheinlich bin ich zu viel mehr fähig, als ich weiß, bin ein unentdecktes Talent. Könnte doch sein, oder?"

„Die Show war wirklich gut", mischte sich nun auch Tami ein. Ihr war es peinlich, wie selbstherrlich sich Robert präsentierte. „Ich habe schon andere Mentalisten gesehen, die aber alle nicht so überzeugend waren wie Sie."

„Vielen Dank, das ist ein schönes Kompliment."

„In der Tat, Sie waren beeindruckend", lobte nun auch Robert Sarischa und sah in ihre großen Augen, die ihn faszinierten. Sie strahlten etwas Tiefgründiges, fast schon Unheimliches aus.

Sarischa ging es ähnlich. Roberts Blick hielt sie fest. Auch sie war von ihm auf eine ungewohnte Art fasziniert, ganz anders als das sonst der Fall war, wenn nach der Show durchaus interessant wirkende Männer mit ihr zu flirten versuchten. Obwohl sie etwas erschöpft war und keine Lust mehr hatte, sich auf weitere Gedanken fremder Menschen zu konzentrieren, verband sie sich nun doch mit seiner Gedankenwelt, während sie seine Augen fixierte.

Sehr attraktive Frau, diese Sarischa. Tolle Augen, reizendes Lächeln, makellose Figur – sehr sexy.

Nun ja, das Übliche, stellte sie fest. Aber ... da war noch etwas anderes, etwas Tiefergehendes, das sie nicht zu fassen bekam. Sie konzentrierte sich intensiver, aber sie konnte keine weiteren Gedanken dieses Mannes lesen, was seltsam war. Normalerweise hatte sie Zugang auch zu verdeckten Gedanken.

Erst gefiel es Robert, wie sie in seine Augen starrte, und er hielt ihrem Blick gerne stand. Aber dann wandelte sich seine Faszination zu einem undefinierbaren Gefühl, das ihn irritierte. Den Blick dieser schönen, großen Augen empfand er plötzlich als zu intensiv. Die gesamte Ausstrahlung von Sarischa wurde ihm immer unangenehmer, obwohl er hätte nicht sagen können, warum. Ihr Starren ging ihm unter die Haut, sodass ihm schauderte. Trotzdem sah er nicht weg.

Auch Sarischa wurde Roberts Blick unangenehm. Sie wurde innerlich nervös und zuckte mit den Brauen. Sie konzentrierte sich noch intensiver auf seine Gedanken, aber sie las nichts mehr. Gar nichts. Trotzdem konnte sie sich von diesem Mann nicht abwenden.

Ihre Blicke hatten sich verkeilt. Die Verbindung dauerte zwar erst einige Sekunden – lang genug, dass Tami spürte, zwischen den beiden lief etwas Seltsames, das sie nicht einordnen konnte.

„Lass uns gehen", sagte sie zu Robert.

„Ja, gleich", antwortete er. Damit riss er sich von Sarischas intensiven Blick los. Er lächelte bewusst extra-freundlich und katapultierte sich damit galant wieder in seine normale Gefühlswelt.

„Mich würde noch interessieren", fragte er Sarischa „ob Sie wissen, was ich gerade eben gedacht habe."

Sarischa lächelte schräg und brauchte eine Sekunde, bis sie antworten konnte. „Soll ich das tatsächlich sagen?"

Auch Robert lächelte schräg. „Nein, nicht nötig. Sind Sie sich denn immer sicher, dass das auch stimmt, was Sie da so *lesen?*"

„Ja, bin ich. Echtes Gedankenlesen kann man nicht lernen, wenn man nicht von Geburt an hierfür begabt ist, wie ich schon sagte."

„Begabung allein dürfte aber wohl kaum reichen. Spezielles Knowhow ist sicher nötig, wenn ich das mal so sagen darf. Wahrscheinlich braucht es sehr viel Übung, bis man soweit ist, dass man Treffer erzielt, und vor allem braucht man auch passende Mitspieler." Robert grinste herausfordernd.

„Wie sie meinen. Aber Sie irren sich."

„Ach ja?" Robert zog seine Augenbrauen hoch. „Wirklich? So eindeutig sind die Gedanken doch meistens gar nicht. Man denkt zeitgleich an vieles oder springt von einem Gedanken zum nächsten. Da ist es doch sehr praktisch, wenn man ein paar Gäste hat, die genau sagen können, was sie sich denken."

„Komm, lass gut sein", unterbrach ihn Tami, „wir sollten gehen."

„Ja, du hast recht. Gehen wir. Auf Wiedersehen – Sarischa."

Tami verabschiedete sich noch per Handschlag und zuckte mit der Schulter, quasi als Entschuldigung für die unangebrachten Kommentare ihres Mannes.

Sarischa sah den beiden hinterher, da drehte sich Robert um. Sein Blick war hart und überheblich.

„Was war denn das jetzt?", fragte Tami, als sie das Theater verlassen hatten. „Was ist da zwischen euch gelaufen?"

Robert antwortete nicht, da er Tamis Frage zwar hörte, aber mit ihr nicht reden wollte.

Tami war langsam genervt. „Hey, was ist?"

„Entschuldige bitte. Diese Sarischa hat mich etwas irritiert. Eine seltsame Frau. Glaubst du, sie manipuliert ihr Gegenüber oder kann sie tatsächlich Gedanken lesen?"

„Ich bin mir ziemlich sicher, dass sie schon bestimmte Gedanken erfassen kann aufgrund einer ausgeprägten Menschenkenntnis. Der Rest ist vermutlich eine Mischung aus Psychologie und Statistik. An was hast du denn vorhin gedacht, was sie nicht sagen wollte?"

„Ich dachte, dass sie sehr attraktiv ist, ein sexy Outfit trägt ... nun ja, das was Männer halt so denken."

„Ist das alles?"

„Im Prinzip ja."

„Das ist doch nichts Schlimmes. Warum war dann so eine komische Atmosphäre zwischen euch?"

„Sie macht auf geheimnisvoll, als wäre sie ganz was Besonderes. Ich mag das nicht. Wahrscheinlich ging sie davon aus, du wärst eifersüchtig."

Tami lachte. „Hellsehen kann sie jedenfalls nicht, sonst hätte sie wissen müssen, dass ich nicht eifersüchtig bin, schon gar nicht wegen eines Gedankens. Was hast du morgen für OPs?"

„Ein verpfuschtes Augenlid und Schamlippen."

Robert war ein angesehener Schönheitschirurg. Er spezialisierte sich auf Korrekturen im Gesicht und im Intimbereich. Er übernahm am liebsten Fälle, die ihn interessierten und genug Kohle brachten. Das waren eher die schwierigen Fälle, oder Prominente und zwanghafte Selbstoptimierer. Er liebte die Herausforderung und er war gut. Dafür zahlten die Damen – und auch manche Herren – Unsummen.

„Fahren Sie mich nach Hause."

„Und wo ist das?", fragte der Taxifahrer.

„Wie immer."

„Ich kenne Sie nicht. Woher soll ich wissen, wo Sie wohnen. Wir sind hier in München, nicht in einem Dorf."

„Oh! Entschuldigen Sie bitte. Ich wohne im Lehel, in der Adelgundenstraße."

Die Wohnung – fünf Zimmer, Altbau – hatte ihr vor Jahrzehnten ihr Vater gekauft, als das Lehel, eines der teuersten Viertel von München, noch erschwinglich war.

Als Sarischa endlich zu Hause war, stellte sie ihren

Auftrittskoffer ab, in dem sie ihre Utensilien für die Shows – Schminke, Schmuck, Schreibzeug – verstaute. Sie nahm ein Dusche, dann legte sie sich mit einem Glas Rotwein aufs Bett. Sie nahm einen Schluck, aber er schmeckte ihr nicht. Auch der zweite Schluck war nicht besser. Sie stellte das Glas beiseite und dachte an den Mann aus der Show. Warum konnte sie keine weiteren Gedanken von ihm lesen? Hatte er die Kraft, seine Gedanken abzuschirmen? Aber wie machte er das? So etwas hatte sie noch nie erlebt.

Sarischa war eine bekannte Künstlerin, erfolgreich, trat auf kleinen und größeren Bühnen auf sowie in Fernsehshows, gab Interviews und war in den sozialen Medien aktiv. Gelegentlich hielt sie auch Vorträge zu Themen wie „Intuition und Irrtum", „Gedankenlesen – Wunsch und Wirklichkeit eines Menschheitstraumes" oder „Wie trainiere ich meine Wahrnehmungsfähigkeit?" Diese psychologisch-philosophischen Betrachtungen empfand sie als gute Ergänzung zu ihren Shows und forderten sie auch intellektuell heraus, konnten aber kein lukratives Standbein werden, denn ihr Herzblut lag beim Gedankenlesen. Sie wurde gerne von Firmen und gelegentlich auch für Privatevents gebucht; von Letzteren jedoch nur von wohlhabenden Kreisen, da sich ihre Honorare Normalverdiener kaum leisten konnten.

Immer wieder wurde sie auch von verunsicherten oder verzweifelten Menschen aufgesucht, für die sie die Gedanken eines anderen Menschen auskundschaften sollte. Meistens ging es dabei um Eifersucht oder Betrug, wobei man sie zu irgendwelchen konspirativen Treffen einladen wollte, um die *Wahrheit* herauszufinden. Solche Aufträge nahm sie generell nicht an. Sie widersprachen ihrem Selbstverständnis. Sie war Künstlerin und keine verkappte Therapeutin oder Schnüfflerin. Abgesehen davon, dass ein solches Verhalten juristisch möglicherweise äußerst problematisch sein könnte, hatte sie absolut keine Lust, auf dieser, wie sie es empfand, schmierigen Ebene zu arbeiten, auch wenn ihr hierfür schon viel Geld angeboten worden war.

Außer ihrem Vater, der auch Gedankenlesen konnte und von dem sie die Fähigkeit geerbt hatte, kannte sie niemanden, der die gleichen Fähigkeiten hatte wie sie. Sie war sich ziemlich sicher, dass ihr auf diesem Gebiet, zumal im Showbereich, niemand das Wasser reichen konnte, jedenfalls nicht im deutschsprachigen Raum. Doch durch diese außergewöhnliche Fähigkeit fühlte sie sich anderen oft überlegen. Wer konnte ihr schon etwas vormachen? Sie konnte Lügen enttarnen und sie erfasste die Gedanken derjenigen, die sie reinlegen wollten, oft schneller als es dem Betreffenden selbst bewusst war.

Und nun? Konnte es sein, dass ihre Fähigkeit Risse bekam? Das glaubte sie zwar nicht, vielmehr: sie wollte es nicht glauben, aber dieser Aussetzer ließ ihr keine Ruhe. Sollte Ähnliches auch auf der Bühne passieren, wäre das der Anfang vom Ende ihrer Karriere.

2

„Sarischa tritt demnächst wieder auf", sagte Tami zu Robert und sah vom Kulturteil der Zeitung hoch. Sie saßen in der Abendsonne auf der Terrasse vor ihrem Haus in Obermenzing – ein Stadtteil, in dem vorwiegend gutsituierte Leute wohnten.

„Wer ist das?", fragte Robert, der sich mehr für Sport als für Kultur interessierte.

„Die Gedankenleserin."

„Ach … ach die", sagte er mit leicht abfälligem Ton.

„Sie war gut. Du warst doch auch begeistert – zumindest von ihrer attraktiven Erscheinung, wenn ich mich recht erinnere."

Robert schwieg.

„Ich würde sie gerne noch mal sehen. Bei der kommenden Veranstaltung tritt übrigens auch ein Zauberer auf, also doppeltes Programm – bestimmt spannend."

Robert klappte den Sportteil der Zeitung zu. „Ich gehe da nicht hin. Dieses übersinnliche Getue im Doppelpack – ohne mich!"

„Schon gut. War ja nur ein Vorschlag. Dann gehe ich eben alleine oder mit jemand anders hin."

„Mach das, wenn du meinst. Solltest du wieder auf der Bühne mitspielen, dann bitte denk daran, ich habe einen wichtigen Beruf."

„Ich werde laut und deutlich sagen, dass der bekannte Schönheitschirurg Schöner die Vagina seiner Assistentin modelliert hast." Tami grinste.

„Blöde Kuh!" Robert stand auf und ging ins Haus.

Tami nahm ihr Handy und bestellte eine Eintrittskarte. Vierzig Euro. Nicht schlecht. Da durfte man schon etwas Besonderes erwarten.

Freddy hatte leider keine Zeit, also besuchte Tami die Vorstellung alleine. Sie kam früh und ergatterte einen Platz in der ersten Reihe. Neben ihr saß eine Frau, auch alleine, mit der sie ins Gespräch kam, sodass die Zeit schnell verging. Nach einem Gong wurde die Beleuchtung gedimmt und ein Moderator kündigte die Künstler an.

Der Zauberer trat als Erster auf. Seine Darbietung war gut. Schon erstaunlich, wie perfekt manche Tricks funktionierten. Tami war zwar begeistert, aber im Grunde wartete sie auf Sarischa. Das Gedankenlesen fand sie viel spannender als noch so gute Zauberkunststücke.

Dann kam Sarischa. Sie betrat die Bühne in einem ähnlich sexy Kostüm wie das letzte Mal. Sie begrüßte das Publikum und nach einer kurzen Einführung forderte sie ihre Gäste auf mitzuspielen. Dabei entdeckte sie Tami und lächelte ihr zu. Sarischa hatte sie sofort erkannt. Tami lächelte zurück und verschränkte demonstrativ die Arme vor der Brust, als Zeichen, dass sie diesmal nicht mitmachen wolle. Das war auch nicht nötig, denn es meldeten sich genug Leute, sodass Sarischa die Mitspieler aussuchen konnte.

Die Show war wieder außergewöhnlich. Sarischa war absolut überzeugend, las die Gedanken ihrer Gäste fehlerfrei. Das Publikum staunte so sehr, dass es bisweilen das Klatschen vergaß. Auch Tami war gefangengenommen. Ihre Nachbarin flüsterte ihr gelegentlich zu „wie macht die das?" oder „das ist ja richtig unheimlich!"

Nach fünfunddreißig Minuten verneigte sich Sarischa und verließ die Bühne. Das Publikum applaudierte stürmisch und lang. Sarischa kam zurück. Sie bat wieder ein paar Gäste auf die Bühne, unter anderem Tami, die nach kurzem Zögern dann doch mitmachte. Sarischa forderte die Mitspieler auf, an den Geburtstag ihrer Mutter zu denken und diesen aufzuschreiben. Tami war froh, dass es sich nur um Zahlen handelte, die letztlich für Außenstehende uninteressant waren. Sarischa lag bei allen Zahlen richtig. Zum Schluss sollten alle noch an etwas denken, was sie sich momentan wünschten. Tami fiel spontan ein, dass sie gerne mit Freddy schlafen würde. Sie erschrak. Das durfte Sarischa auf keine Fall aussprechen. Wer weiß, vielleicht war im Publikum jemand, der sie kannte. Mit Zwang dachte sie an eine wohltuende Gesichtsmassage und schrieb nur dieses Stichwort auf.

„Sie denken an etwas Körperliches", sagte Sarischa als sie vor Tami stand. „Eigentlich sind es zwei Wünsche, aber einer ist vordergründig. Es ist eine Gesichtsmassage."

Tami nickte zustimmend, zeigte die Notiz und lächelte Sarischa erleichtert an.

Als die Show zu Ende war, verschwand Sarischa im Backstage. Tami blieb sitzen. Sie hätte sich gerne bei Sarischa bedankt. Aber es schien wohl so zu sein, dass sie nicht mehr in den Zuschauerraum zurückkam. Doch gerade als sie gehen wollte, trat Sarischa noch mal auf die Bühne, um einen Seidenschal zu holen, den sie anscheinend vergessen hatte. Sie entdeckte Tami und kam auf sie zu.

„Hallo. Sie waren erst neulich in meiner Show. Ich erinnere mich. Es freut mich, dass sie heute wiedergekommen sind." Sarischa stieg von der Bühne.

„Ich war total beeindruckt. Ich musste sie einfach noch mal sehen."

„Vielen Dank. Ich hoffe, Sie konnten sich auch heute wieder amüsieren."

„Oh ja. Sie sind außergewöhnlich. So etwas habe ich

von anderen, die in dem Metier tätig sind, noch nie gesehen. Ich würde Sie zu gerne ein wenig ausfragen, aber ich fürchte, da beiße ich auf Granit."

Sarischa schmunzelte. „Es kommt auf die Fragen an." Sie wickelte sich den Schal um den Hals. „Sie sind alleine hier? Ich habe Ihren Mann gar nicht gesehen."

„Er interessiert sich nicht so besonders für Theater und solche Sachen."

„Aber schön, dass Sie trotzdem gekommen sind. Viele Frauen gehen nicht alleine aus. Hätten Sie vielleicht Lust, dass wir noch irgendwo ein Glas Wein trinken?" Sarischa wollte die Gelegenheit nutzen, Tami über Ihren Mann auszufragen, der ihr nicht mehr aus dem Kopf ging.

Tami war von dem Vorschlag überrascht. Nie im Leben hätte sie gedacht, dass sich Sarischa mit ihr, einer fremden Frau, unterhalten wollte, noch dazu direkt nach der Vorstellung.

In einem Lokal um die Ecke fanden sie einen ruhigen Platz. Sie bestellten Wein und gingen zum Du über. Sarischa brauchte noch dringend eine Kleinigkeit zu essen.

„Vor der Vorstellung bringe ich nichts runter."

„Das glaube ich gerne. Ist das Gedankenlesen sehr anstrengend?"

„Es geht. Man muss sich schon konzentrieren; nebenbei läuft das, zumindest auf der Bühne, nicht. Deinem Mann hat meine Show wohl nicht so gefallen?"

„Doch, doch, aber ..." Tami zögerte, denn sie vermutete, dass sie aufpassen musste, was sie sagte. Möglicherweise las Sarischa während eines ganz normalen Gesprächs die Gedanken ihres Gegenübers mit. Lügen hatte vermutlich keinen Sinn.

Sarischa brauchte keine Gedanken zu lesen, um zu wissen, was in Tami vorging. „Ich muss etwas klarstellen", sagte Sarischa. „Ich werde heute Abend hier keine Gedanken mehr lesen, von dir nicht und von niemanden sonst. Meine Arbeit ist getan. Es ist Feierabend! Das gibt's auch für Gedankenleser."

„Gut, dass du das sagst. Man ist doch etwas verunsichert …"

„Dein Mann war allerdings ganz und gar nicht verunsichert. Denkt er wirklich, dass er das Gedankenlesen lernen kann?"

„Es tut mir leid, dass er so arrogant aufgetreten ist. Manchmal ist er einfach zu selbstherrlich und glaubt, alles zu können."

„Was macht er denn beruflich?"

„Er ist Chirurg."

„Hat er ein Spezialgebiet?"

„Er ist Facharzt für Plastische und Ästhetische Chirurgie. Kurz: Schönheitschirurg."

„Oh, wie praktisch für dich", rutschte es Sarischa raus und kam sich sogleich total dämlich vor. „Entschuldigung. Das war ein blöder Kommentar. Ich habe das nicht auf dich bezogen."

Tami nahm diesen Kommentar nicht ernst. Sie war ganz andere Bemerkungen gewohnt, die oft unter die Gürtellinie gingen, wenn der Beruf ihres Mannes zur Sprache kam. „Du brauchst dich nicht zu entschuldigen. Ich habe mich noch nicht unters Messer gelegt und werde es auch nicht tun. Robert, mein Mann, wäre ohnehin dagegen. Er will mich pur, sagt er."

„Du bist sehr hübsch", sagte Sarischa und meinte das wirklich so. „Darf ich fragen, wie alt du bist?"

„Natürlich. Ich bin sechsundvierzig."

„Was?" Sarischa musterte Tami mit einem schnellen, prüfenden Blick. „Das kann ich nicht glauben. Du siehst wesentlich jünger aus. Du bist in meinem Alter, hätte ich gedacht. Ich bin sechsunddreißig. Und wie alt ist Robert?"

„Einundfünfzig. Er ist noch ganz passabel. Ich hätte dich übrigens auch jünger geschätzt. Ich finde, du schaust perfekt aus."

Sarischa lachte. „Ich weiß nicht. Frauen sehen sich selbst oft sehr kritisch. Bei Männern ist das nicht so."

„Das ändert sich", wandte Tami ein. „Immer mehr Männer unterziehen sich operativen Behandlungen. 2017 waren es in Deutschland noch fast 4100 Eingriffe, 2018 bereits über 8600, ein Zuwachs von 111%. Die Lidstraffung steht übrigens ganz oben in der Beliebtheitsskala."

„Interessant. Könnte dein Mann auch einen schiefen Mund korrigieren?", fragte Sarischa. „Ich habe einen Bekannten, der sich eine Korrektur überlegt. Eventuell ein schwieriger Fall."

„Mein Mann liebt schwierige Fälle. Aber, das muss ich gleich sagen, seine Honorare sind nicht gerade bescheiden."

„Egal", sagte Sarischa. Den Bekannten gab es nicht. Sie wollte nur hören, was Tamis Mann alles so macht. Und sie wollte noch etwas wissen: „Wo arbeitet dein Mann? Kann ich meinen Bekannten zu ihm schicken? Er sucht nämlich einen wirklich guten Chirurgen."

„Klar. Er soll sich in der Bestbeauty-Klinik melden und einen Termin bei Dr. Robert Schöner vereinbaren. Ja ‚Schöner', ich weiß. Sein Name ist sein Schicksal."

Endlich, dachte Sarischa, weiß ich, was ich wissen wollte. Die Bestbeauty-Klinik – bekannt für hervorragende Schönheitskorrekturen.

Dann wechselte Tami das Thema. Sie versuchte, von Sarischa wenigstens ansatzweise zu erfahren, wie sie es machte, die Gedanken ihrer Teilnehmer so zielsicher zu *erraten*. Sarischa kannte diese Fragen und hatte darauf eine Standardantwort: „Du musst verstehen, dass ich mein Berufsgeheimnis nicht verraten kann. Nur so viel: Ich habe eine ausgeprägte Wahrnehmungsfähigkeit. Das kleinste Zucken, minimale Haut- und Geruchsveränderungen sagen mir was. Jeder Gedanke, den ein Mensch denkt, manifestiert sich körperlich irgendwo. Und ich habe eine besondere Begabung, die ist die Basis. Mehr Auskunft gibt es nicht."

Tami war zwar nicht zufrieden, akzeptierte aber diese kurze Information. „Okay, ich frage nicht weiter."

Sie plauderten noch ein wenig und verließen dann alsbald das Lokal.

„Treffen wir uns mal wieder?", fragte Tami.

„Ja, gerne." Sarischa freute sich über die Frage, die ihr somit erspart blieb. Denn, das wurde ihr während des Abends klar, sie wollte Robert unbedingt noch mal sehen, um zu überprüfen, ob sie seine Gedanken nicht doch lesen konnte. Es wäre perfekt, überlegte sie, wenn mich Tami zu sich nach Hause einladen würde und auch Robert da wäre. Tami sagte jedoch nichts dergleichen.

„Wo wohnt ihr denn?", fragte Sarischa – vielleicht ein wenig zu auffällig.

„In Obermenzing."

„Wie schön! Dort gibt es beschauliche Ecken."

„Ja, wir haben ein sehr schönes Haus. Magst du uns mal besuchen? Wir können uns in den Garten setzen."

„Das klingt super. Ich habe nur einen Balkon."

„Wir telefonieren", sagte Tami.

Schon ein paar Tage später rief Tami an und lud Sarischa zu Kaffee und Kuchen ein. Sie schlug Samstagnachmittag vor. Sarischa passte der Termin zwar nicht besonders, denn am Abend hatte sie einen Auftritt, aber sie wollte Tamis Einladung keinesfalls verschieben.

Der Samstag war ein herrlicher, spätsommerlicher Tag. Sarischa stand eine viertel Stunde vor ihrem Kleiderschrank und überlegte, wie sie sich privat bei Tami und ihrem selbstherrlichen Robert zeigen wollte. Jugendlich in Jeans und T-Shirt, mädchenhaft im kurzen Glockenrock, damenhaft im Wickelkleid oder unauffällig in einem naturfarbenen Pulli mit einer schwarzen

Hose. Sie entschied sich für ein rotbuntes Wickelkleid.

Sie packte eine Flasche Prosecco ein und konnte direkt vor dem Haus der Schöners parken. Ihr war mulmig zumute, obwohl es objektiv keinen Grund gab. Am liebsten wäre sie wieder umgedreht, aber der Drang herausfinden, wer dieser Robert war und ob sie seine Gedanken wirklich nicht knacken konnte, war stärker. Hoffentlich war er zu Hause. Denn den ganzen Nachmittag nur mit Tami zu quatschen, dazu hatte sie wenig Lust.

Das Gartentor zum Grundstück auf der Rückseite des Hauses war offen. Sie klingelte an der Haustür, aber niemand öffnete. Sie klingelte mehrmals. Nichts rührte sich. War sie zu früh? Nein, drei Uhr war ausgemacht. Es war fünf nach drei. Sie entschied, sich durch ein paar Büsche, die einen lockeren Zaun bildeten, zu zwängen, um die Vorderseite des Hauses in Augenschein zu nehmen. Dort befand sich der Garten – wunderschön, mit bunten Blumen und verschiedenen Sträuchern. Auf dem Rasen waren zwei Liegestühle und auf der Terrasse stand ein Tisch mit vier Stühlen. Sie betrat das Grundstück. Nachdem sie niemanden sah, ging sie weiter bis zur Terrassentür, die geschlossen war. Sie spähte durch die Glastür; auch im Haus sah sie niemanden. Seltsam. Sarischa kam sich vor wie bestellt und nicht abgeholt – und ärgerte sich. Sie war gerade dabei, zurück zum Zaun zu gehen, da wurde die Terrassentür geöffnet und jemand rief ihr zu: „Hallo Sie, was tun Sie hier?"

Sarischa drehte sich ruckartig um. Da stand Tamis Mann, der Chirurg, mit beiden Armen an den Hüften, wie ein Cowboy, der gleich seinen Revolvern ziehen würde.

„Oh, ich ... ich bin mit Tami verabredet. Es tut mir leid, dass ich mich herangeschlichen habe, aber an der Haustür hat niemand aufgemacht, obwohl ich mehrmals geklingelt habe."

„So? Ich habe nichts gehört."

Robert hatte sie nicht erkannt – ohne Schminke, ohne engem Minirock und mit hochgesteckten Haaren und Sonnenbrille. Sarischa schaltete sofort auf *Empfang*, als sie Robert sah, aber es funktionierte nicht. Sie war wohl zu aufgeregt.

„Wer sind Sie? Mir ist nicht bekannt, dass Tami heute jemanden erwartet."

„Hat sie nichts gesagt?"

„Nein. Hat sie nicht." Robert ging auf sie zu. „Sie kommen mir irgendwie bekannt vor. Waren Sie schon mal hier?"

„Wir kennen uns", sagte Sarischa lächelnd.

Robert zuckte mit den Schultern und musterte Sarischa. Er versuchte sich zu erinnern, woher er sie kannte, jedoch vergeblich. Eine Patientin war sie jedenfalls nicht, da war er sich sicher.

Sarischa wunderte sich, dass er so ein schlechtes Personengedächtnis hatte – ein Mann, der Frauen verschönerte. Sarischa lächelte nun besonders freundlich und nahm die Sonnenbrille ab. Da fiel es ihm wieder ein. Misstrauisch und ganz und gar nicht erfreut, fragte er: „Sind Sie die … die Gedankenleserin? Ich weiß Ihren Namen nicht mehr."

„Sarischa Tämlin. Guten Tag Herr Schöner."

„Guten Tag. Ich bin mehr als überrascht."

„Tami hat mich eingeladen."

„Aha." Robert verschränkte die Arme.

„Ist sie denn überhaupt da? Wir waren um drei Uhr verabredet."

„Sie dürfte im Keller sein, räumt irgendwas um. Soll ich ihr Bescheid sagen?" Sein ernster Gesichtsausdruck entspannte sich nun etwas.

„Ich habe keine Eile. Wenn Tami noch was erledigen will …"

Er musterte Sarischa erneut. „Sie sehen heute ganz anders aus. Normaler."

„Ich bin ja auch privat hier."

„Privat? Soll das heißen, Sie lesen dann keine Gedanken?"

„Nein."

„Nein?"

„Sie dürfen denken, was sie wollen."

„Wie schön. Ich bin begeistert. Nehmen Sie Platz." Er deutete auf einen der Stühle und wandte sich um zur Terrassentür.

Sarischa blieb stehen.

„Ich hole Tami. Sie hat wahrscheinlich keine Uhr bei sich."

„Ist nicht unbedingt nötig", sagte Sarischa halblaut.

„Wie bitte?" Robert war verwirrt. „Was ist nicht nötig? Haben Sie nun ein Date mit meiner Frau oder nicht?"

„Wir sind verabredet. Ich habe den Eindruck, das passt Ihnen nicht. Habe ich recht?"

„Hören Sie, Sie können sich gerne mit Tami treffen, aber ich finde es nicht akzeptabel, dass sie durch die Büsche in unserem Garten eindringen. Für was gibt's Mobiltelefone! Und ich mag es auch nicht, wenn man mir zu nahekommt, genauer gesagt, wenn Sie mir zu nahekommen."

„Es tut mir leid, das ist nicht meine Absicht. Obwohl es mich etwas verwundert, dass Sie diesen Eindruck haben, nachdem Sie doch gar nicht ans Gedankenlesen glauben. Oder bin ich Ihnen körperlich unangenehm?"

„Nein, das sind Sie nicht, aber …" Robert starrte Sarischa an.

„Aber was?"

„Sie haben eine eigenartige Ausstrahlung."

Er hatte wieder diesen überheblichen Blick, wie damals im Theater. Sie konzentrierte sich auf seine Gedanken. Was ging dem Mann durch den Kopf? An was dachte dieser Robert, wenn er sie so tiefgründig ansah?

Obwohl sie hochkonzentriert war, bekam sie keinen einzigen konkreten Gedanken zu fassen. Sie nahm nur wirres Durcheinander wahr, aber sie spürte, dass er an etwas Bestimmtes, etwas Wichtiges dachte. Oder bildete sie sich das nur ein?

„Sie sind wie …" Er suchte nach einem passenden Begriff. „… wie eine moderne Hexe."

„Oh. Das höre ich zum ersten Mal."

Robert drehte sich um. „Ich sage Tami Bescheid, dass Sie da sind."

Nach einigen Minuten erschien Tami freundlich lächelnd in einer ausgeleierten Jogginghose. „Hallo Sarischa, sorry, sorry. Ich habe total die Zeit vergessen. Schön, dass du da bist. Bitte nimm doch Platz. Warte einen kleinen Moment. Ich muss mich nur schnell umziehen. Dann gibt's Kaffee und Kuchen."

Sarischa reicht ihr den Prosecco.

„Vielen Dank. Den trinken wir später. Ich stelle ihn in den Kühlschrank."

Weg war sie. Sarischa hörte, dass Tami mit Robert sprach, aber sie konnte nichts verstehen. Nun setzte sie sich tatsächlich und wartete. Es dauerte nicht lange, bis Tami in Jeans und Sommerpullover erschien. Sie balancierte ein Tablett mit Kuchen und Kaffeetassen.

„Magst du mit ins Haus kommen? Ich muss noch den Kaffee aufsetzen. Entschuldige bitte, dass ich nicht rechtzeitig auf die Uhr geschaut habe. Normalerweise bin ich nicht so unhöflich."

„Du brauchst dich nicht zu entschuldigen. Dein Mann hat mich unterhalten."

„Bestimmt hat er mit dir geflirtet."

„So würde ich das nicht bezeichnen."

Sie gingen gemeinsam ins Haus, direkt in die Küche. Der Kaffee wurde aufgesetzt, Robert war nicht zu sehen.

„Trinkt Robert keinen Kaffee mit uns?", fragte Sarischa, als sie den Tisch auf der Terrasse deckten.

„Ich denke nicht."

„Warum nicht? Wäre doch nett."

„Findest du? Okay." Tami rief ins Haus: „Rooobert. Kaffee ist fertig. Magst du zu uns kommen?"

Er kam tatsächlich. Sarischa wunderte sich. Er wirkte lockerer als vorhin, als sie alleine waren. Sie konzentrierte sich sofort wieder auf seine Gedanken – vergeblich. Sie plauderten über das Haus, den Garten, über ihre Berufe und Hobbies. Robert bot Sarischa sogar das Du an. Jetzt, hier zu Dritt, war alles wie ein ganz normales Beisammensein. Sie führten nette Wir-lernen-uns-kennen-Gespräche, die Sarischa jedoch zunehmend langweilten.

Als Tami ins Haus ging, um die Flasche Prosecco zu holen, brach die lockere Atmosphäre sofort in sich zusammen. Robert und Sarischa warfen sich einen flüchtigen Blick zu – und sie schwiegen.

Tami kam mit dem Prosecco und den Gläser. Sie schenkte ein, und sie prosteten sich zu.

„Du erfährst ja bei deinen Shows vermutlich sehr viele und unterschiedliche Gedanken", fing Tami an. „Sind da nicht auch welche dabei, die du lieber gar nicht wissen möchtest?"

„Doch, natürlich. Das kommt vor"

„Auch schlimme Sachen?"

„Ja. Aber die spreche ich nicht aus."

„Um was handelt es sich da zum Beispiel?"

„Hass, Eifersucht Schuldgefühle, Angst … solche Sachen. Ich konnte mal bei einer Frau lesen, dass sie mit einem sexsüchtigen Mann zusammen war. Sie wollte sich von ihm trennen, aber er drohte ihr, sie umzubringen, falls sie das tun würde. Sie hatte Angst vor ihm."

„Was hast du dann gemacht?"

„Nichts."

„Aber wenn du dich beim Gedankenlesen nicht irrst, so habe ich dich jedenfalls verstanden, dann hättest du doch davon ausgehen müssen, dass in diesem Fall ein Mensch bedroht wurde. Da hättest du doch etwas tun müssen", meinte Tami.

„Was denn?"

„Mit der Frau reden, ihr Hilfe anbieten. Oder warst du dir doch nicht so sicher?"

„Doch. Ich war mir absolut sicher. Aber die Gedanken sind frei. Ich greife nicht ein."

„Ich verstehe nicht, wie du die Sache einfach so wegschieben konntest. Okay, die Gedanken sind frei. Aber in so einem Fall? Ich weiß nicht. Was meinst du, Robert?"

„Da ich nicht ans Gedankenlesen glaube – für mich ist das nach wie vor ein Trick – sage ich dazu nichts. Allerdings hat Sarischa in einem Punkt recht: Die Gedanken sind frei. Auch ihre *Gedanken* (der ironische Tonfall war deutlich) sind frei."

„Unterstellst du Sarischa, dass sie sich das Beispiel nur ausgedacht hat – wozu? Um uns zu beeindrucken?

„Nein, das unterstelle ich ihr nicht."

„Es hat sich aber fast so angehört", entgegnete Tami.

„Was regst du dich auf? Wenn sie sich bei ihren Auftritten Sexgeschichten ausdenkt, auch wenn sie dramatisch sind, dann ist doch nichts dabei. Viele Menschen denken an Sex, wo man es am wenigsten vermuten würde."

Sarischa schmunzelte und warf Robert einen herausfordernden Blick zu. „Denkst *du* jetzt an Sex?"

„Das müsstest du doch wissen – als professionelle Gedankenleserin."

„Du darfst Roberts Kommentare nicht so ernst nehmen", sagte Tami. Sex ist Teil seines Alltags, denn die meisten seiner Patienten denken zu viel an Sex. Sie lassen sich aufhübschen, weil sie glauben, dann begehrenswerter zu sein und besseren Sex zu haben. Sex spielt bei Schönheitsoperationen fast immer eine Rolle."

„Schon gut, Tami. Ich habe damit kein Problem."

„Noch mal zu den Gedanken der bedrohten Frau", sagte Tami. „War sie zusammen mit dem Mann in der Vorstellung?", fragte Tami.

„Ich denke ja. Ein Mann schmiegte sich an ihre Seite."

„Hoffentlich passiert das nicht zu oft", sagte Tami. „Wenn ich mir vorstelle, dass in einem Theater ein potentieller Mörder sitzt, vielleicht sogar neben mir … richtig unheimlich. Gut, dass man es nicht weiß."

„Was sind das für hanebüchene Unterstellungen?" Roberts Miene war plötzlich ernst. „Da gehen zwei Leute ins Theater, um einen schönen Abend zu erleben und dann wird plötzlich einer als potentieller Mörder bezeichnet." Er blickte zu Sarischa. „Das geht zu weit. Das kannst du nicht machen."

Es war wie ein kurzer, aber ein deutlich wahrnehmbarer Stich, der Sarischas Augen traf, als sie Roberts Blick erwiderte. Sie spürte eine unangenehme, aber intensive Nähe. Unwillkürlich versuchte sie wieder, sich mit seiner Gedankenwelt in zu verbinden. Sie konzentrierte sich.

Und sie hatte Kontakt. Was sie wahrnahm, waren nicht nur Worte, sondern es war ein Bild – klar und deutlich:

Ein junger Mann mit längeren, blonden Haaren. Sein Mund weit geöffnet, verzerrt. Der Kopf nach hinten geneigt. Nackter Oberkörper. Er liegt auf einem Boden mit Holzdielen. Bewegungslos. Fleckige Haut – Wunden?

Was war mit dem Mann? War er krank? Wurde er gequält, hatte er Schmerzen? War er tot?

Ein schreckliches Bild. Es bohrte sich in ihren Kopf. Sie erhielt keine weiteren Gedanken oder Bilder. Keine sonstigen Informationen.

Sarischa war irritiert und verkrampfte sich innerlich. Warum dachte Robert jetzt an einen nackten, vielleicht toten Mann? War das Absicht? Will er mich provozieren? Nein, das war es nicht. Das wusste sie. Diese Gedanken hatte er nicht unter Kontrolle, sie bewegten ihn.

Robert stand abrupt auf und sagte: „Ich lasse euch alleine." Ohne eine Erklärung, warum und ob er wieder zurückkäme, ging er ins Haus.

„Robert, bleib doch. Das war nur eine Überlegung", rief Tami ihm nach. Aber er ignorierte sie.

Tami zuckte mit den Schultern. „Es tut mir leid, ich weiß nicht, was er hat."

Sarischa lächelte angespannt. Sie fühlte sich unwohl und hätte sich am liebsten sofort verabschiedet, was aber Tami gegenüber unhöflich gewesen wäre. Doch das war nicht der eigentliche Grund, warum sie noch blieb. Sie musste erst Roberts Gedanken verdauen, bevor sie aufstehen und sich freundlich verabschieden konnte.

„Willst du noch einen Schluck Prosecco?", fragte Tami, die auch spürte, dass die Atmosphäre gekippt war.

„Nein danke."

„Oder ein Glas Wasser?"

„Ja, das wäre prima."

Während Tami im Haus war, sah sich Sarischa den Garten an und entspannte sich wieder.

„Schöner Garten", sagte sie zu Tami und trank das Wasser, das ihr guttat.

„Wir haben einen hervorragenden Gärtner, wie du siehst. Falls du mal einen brauchst …"

„Nein danke, brauche ich nicht. Ich werde jetzt dann gehen. Ich habe heute Abend eine Vorstellung."

„Bleib doch noch ein bisschen. Dann können wir uns noch zu zweit unterhalten."

„Das müssen wir nachholen. Ich muss noch etwas vorbereiten." Sarischa sah auf die Uhr. „Es ist schon später als ich dachte."

„Schade. Aber bevor du gehst, noch eine Frage. Vielleicht kommt es mir auch nur so vor, aber ich habe den

Eindruck, dass zwischen dir und Robert irgendetwas – wie soll ich sagen? – Ungutes läuft. Oder bilde ich mir das nur ein?"

„Wir sind nicht auf der gleichen Wellenlänge. Kommt ihr gut miteinander aus?"

„Im Allgemeinen schon. Wir haben selten Konflikte."

„Das ist doch schon mal was."

Gerade als Tami ihre neue Freundin zur Tür begleiten wollte, kam Robert nochmal zurück. Er stand ihm Türrahmen. „Gehst du?"

„Ja. Ich muss los."

Robert beobachtete Sarischa, wie sie ihre Handtasche nahm und nach irgendwas suchte. Sie spürte seinen Blick. Nachdem sie ihren Autoschlüssel gefunden hatte, sah sie zu ihm; ihre Blicke trafen sich. Wieder diese Intensität, diese seltsame verquere Nähe. Sie versuchte ein letztes Mal seine Gedanken zu erfassen. Es funktionierte, obwohl sie gar nicht mehr damit gerechnet hatte. Aber das, was sie las, irritierte sie nur noch mehr:

Wenn du wirklich meine Gedanken lesen kannst, dann könntest du etwas wissen, das du nicht wissen solltest. Das ist gar nicht gut. Nimm dich in Acht!"

„Tschüss", sagte sie mit ernster Miene und ging an Robert vorbei, ohne ihm die Hand zu reichen.

„Tschüss Sarischa", sagte er mit breitgezogenen Lippen. „Viel Erfolg weiterhin. Oder sollte man das einer Gedankenleserin lieber nicht wünschen?"

3

Julian holte Sarischa nach ihrem Auftritt ab. Sie fuhren zu ihm. Sarischa hatte eine Flasche Champagner mitgebracht, denn Julian konnte sich das teure Getränk nicht leisten, liebte es aber, genau wie sie.

„Gibt's was zu feiern?", fragte er und legte sich längs auf seine Couch.

„Der Abend ist gut gelaufen."

„Deine Abende laufen immer gut. War was Besonderes?"

„Nein, nicht am Abend. Aber ich war heute Nachmittag bei einer Frau zu Gast, Tami, die Frau eines Schönheitschirurgen …", fing sie an und erzählte, woher sie sich kannten. Und sie erzählte auch, was sie mit ihren Mann erlebt hatte, von seinen schrecklichen Gedanken und dass er sie indirekt bedrohte.

„Weißt du, mich lässt das nicht mehr los. Dieser Robert dachte, dass ich etwas wissen könnte, was ich nicht wissen sollte, und dass dies gar nicht gut wäre und ich solle mich in Acht nehmen."

„Meine liebe Sofia …"

„Hör auf, mich so zu nennen. Ich bin kein Sitzmöbel!"

„Okay, okay. Ich finde deinen bürgerlichen Namen aber schön, schöner als Sarischa. Was wollte ich sagen? Ach ja – ich glaube, der blufft. Solche Typen machen sich gerne wichtig. Lass dir doch einen Termin in seiner Schönheitsfabrik geben und beschnuppere ihn etwas eingehender. Das dürfte dir doch nicht schwerfallen."

„Gute Idee, das mache ich. Ich muss ihn unbedingt alleine treffen, um mich voll auf ihn konzentrieren zu können. Ich muss herausfinden, warum er mich bedroht."

„Gedanklich bedroht", ergänzte Julian. „Nimm das doch nicht so ernst. Er spielt mit dir, will dich herausfordern."

„Vielleicht."

„Wahrscheinlich steht er auf dich. Muss ich eifersüchtig sein?" Julian schmunzelte, nahm Sarischa in den Arm und küsste sie.

„Bevor wir den Schampus öffnen", schlug Sarischa vor, „könnten wir noch nach draußen gehen und eine Runde drehen. Ich brauche dringend frische Luft. Außerdem wäre es durchaus mal an der Zeit, dass du eifersüchtig wirst. Aber dieser Dr. Schöner wird keinen Grund bieten."

Händchenhaltend schlenderten sie die Straße entlang. Es war wenig Verkehr um kurz vor Mitternacht. Sie querten gerade eine Nebenstraße als ein PKW aus dieser Straße mit überhöhter Geschwindigkeit auf sie zuraste. Blitzschnell realisierten sie, dass der Fahrer sie erfassen würde, sollten sie nicht schnell genug laufen, um noch gegenüber auf die andere Straßenseite zu kommen. Sie sprinteten los. Julian war auf der Seite zur Nebenstraße. Der Fahrer bremste, aber zu spät, und streifte Julian am Bein. Julian fiel hin und riss Sarischa mit sich. Nebeneinander lagen sie auf der Straße. Der Fahrer floh.

Julians Hose war zerrissen, er hatte eine Prellung am Bein und kleine Hautabschürfungen an der Hand. Seine Halswirbelsäule schmerzte. Sarischa hatte leichte Verletzungen am Knie und am Ellenbogen sowie am Jochbein Hautabschürfungen. Beide waren glimpflich davongekommen.

Sie rappelten sich hoch, und Julian fing zu schimpfen an. Sarischa ärgerte sich über ein Loch in ihrer teuren

Jacke und über ihre verschmutzte Hose und schimpfte noch lauter als Julian über diesen wahnsinnigen Fahrer. Zwei Minuten später fing sie zu weinen an und zitterte am ganzen Körper, genauso wie Julian.

Sie brauchten eine gewisse Zeit, bis sie sich wieder einigermaßen gefangen hatten. Dann schlürften sie langsam nach Hause. Ein Passant sprach sie an, fragte, ob sie Hilfe bräuchten. Sie wiegelten ihn ab. Sie wollten mit niemanden reden. Erst zu Hause wurde ihnen bewusst, was eigentlich geschah.

„Er ist einfach weitergefahren", empörte sich Julian. „Der Arsch hat uns einfach liegengelassen! Das war Fahrerflucht. Hast du dir das Kennzeichen gemerkt?"

„Hallo!? Ich habe mir gar nichts gemerkt. Ich war und bin genauso geschockt wie du."

„Es war ein schwarzer Mittelklassewagen, würde ich sagen. Ein WW, Audi, Peugeot … Was meinst du?"

„Keine Ahnung. Es kann jede Marke gewesen sein", meinte Sarischa.

„Der war nicht ganz bei Sinnen."

„Ein Verrückter!"

Sarischa betrachtete ihr Gesicht im Spiegel. „Ich muss meine Wunde versorgen. Hoffentlich heilt sie ohne Narben das wieder ab."

„Zeig mal", sagte Julian. „Das ist nicht schlimm. Im Notfall kannst du dir ja von deinem Schönheitsdoktor die Haut glätten lassen."

Julians Kommentar war nicht witzig, das wusste er in dem Moment, als er ihn ausgesprochen hatte. „Tut mir leid. Ich bin noch unter Schock und rede Blödsinn." Er fröstelte, genauso wie Sarischa.

„Schon gut", sagte sie und klebte sich ein großes Pflaster auf das Jochbein.

Die Flasche Champagner öffneten sie nicht mehr. Vorsichtig legten sie sich mit ihren Verletzungen ins Bett. Julian schlief nach kurzer Zeit ein. Sarischa blieb jedoch wach. Wie ein Film lief der Unfall immer wieder in ihrem Kopf ab. Zwischendurch kam ihr auch Robert in den Sinn und ein seltsam ungutes Gefühl grummelte in ihrem Magen. Sie hätte sich gewünscht, mit Julian reden zu können, aber sie wollte ihn nicht wecken, denn sie wusste, dass ihm ein ungestörter Schlaf heilig war. So lag sie steif im Bett und hörte Julians gleichmäßiges Atmen. Ein paar Tränen kullerten über ihre Wangen. Am liebsten wäre sie jetzt nach Hause gefahren, aber dazu war sie viel zu erschöpft.

Sarischa lebte alleine. Sie hatte keinen festen Freund. Gerne hätte sie eine stabile Beziehung mit einem Mann gehabt, aber das funktionierte nicht. Sie war eine äußerst attraktive Frau, sechsunddreißig Jahre alt, mit großen, dunklen Augen, langen, schwarzen Haaren, elegant und sexy. Die Männer flogen auf sie, und an Gelegenheiten mangelte es ihr nicht, Männer kennenzulernen.

Aber sehr bald fing jede ihrer Liebschaften an, schwierig zu werden. Zuerst glaubten die Männer, dass Sarischas Gedankenlesekunst auf Tricks mit hypnoseähnlicher Beeinflussung beruhen würde, aber sobald sie merkten, dass Sarischa ihre Gedanken tatsächlich lesen konnte, bekamen sie Angst. Von daher vermied es Sarischa so lange es ging, neuen Bekanntschaften reinen Wein einzuschenken und ließ sie glauben, dass es sich beim Gedankenlesen um eine Art von Zaubertricks handelte.

Im Privatbereich las sie ohnehin nur in Notfällen die Gedanken ihrer Mitmenschen, denn sie hätte es nicht fair gefunden, ungefragt in deren Gedankenwelt einzubrechen. Das glückte ihr aber nicht immer. Manchmal drängten sich die Gedanken jedoch förmlich auf, nämlich dann, wenn sie sehr stark waren. Dann konnte es ihr passieren, obwohl sie sich im Allgemeinen sehr gut unter Kontrolle hatte, dass sie ungewöhnlich reagierte oder etwas sagte, das in der jeweiligen Situation nicht der Logik entsprach. Spätestens beim dritten Mal war jedem ihrer Verehrer klar, dass sie vor Sarischa nichts geheim halten konnten. Und selbst wenn sie gar nichts zu verbergen hatten, fühlten sie sich irgendwie überwacht, durchschaut, unfrei. Dies hielt keiner lange aus. Der einzige, der es schon viele Jahre aushielt, war Julian.

Julian, mit einem unerschütterlichen, natürlichen Selbstbewusstsein, war sieben Jahre jünger als Sarischa. Dass sie seine Gedanken lesen konnte, machte ihm nichts aus, im Gegenteil. Dies ersparte ihm so manche Erklärung, denn Sarischa erfasste seine Gedanken sehr präzise, und er fand dies meistens eher lustig als beängstigend. Sie hätten ein gutes Gespann sein können, wäre da nicht Julians Bindungsunfähigkeit gewesen. Er war gutaussehend, charmant und alles andere als treu. Damit ging er offen um, und Sarischa, die ohnehin nicht wirklich in ihn verliebt war und ihn mehr als Kumpel als einen ebenbürtigen Partner betrachtete, akzeptierte dies. Sie trafen sich unregelmäßig und es ging ihnen gut miteinander, da sie ihre Beziehung akzeptierten, so wie sie war. Julian arbeitete in einem Hotel an der Rezeption. Sarischa fand diese Tätigkeit nicht besonders interessant, doch Julian war damit zufrieden. Manchmal ärgerte er sich über Sarischas Überheblichkeit, die nur von wenigen Menschen so deutliche Kritik bekam, wie von Julian. Das wiederum gefiel ihr an ihm, auch wenn sie manchmal schlucken musste über Julian schonungslose Offenheit. Insofern waren sie letztendlich doch ein gutes Team.

So weit so gut.

Aber es gab einen Haken in ihrem scheinbar so ausgefüllten Leben. Sie hatte neben Julian kaum Freunde, mit denen sie sich unbeschwert treffen konnte. Es gab eine alte Schulfreundin, die sie aber selten traf. Und es gab ihren Vater, der durchaus auch die Rolle eines

Freundes einnahm. Aber er war eben ihr Vater, der sie immer noch, wie die meisten Eltern, als sein Kind betrachtete, das beschützt werden musste. Sarischa hatte sich von dieser Rolle nicht wirklich befreien können. Wie auch? Er war der einzige Mensch, der sie wirklich verstand, denn ihr Vater konnte auch Gedanken lesen. Kaum jemand war in der Lage, mit ihr eine vertrauensvolle Freundschaft aufzubauen. Für Menschen mit außergewöhnlichen Fähigkeiten, die noch dazu im Rampenlicht stehen, war die Luft dünn. Man begegnete ihnen oft mit Neid und Misstrauen. Sarischa fühlte sich manchmal sehr einsam trotz ihres Erfolgs.

Oft lag sie abends im Bett und fragte sich, ob es nicht besser wäre, den Beruf der Gedankenleserin aufzugeben. Aber sie konnte nichts anderes. Sie hatte zwar Psychologie studiert, doch mit sechsunddreißig, sozusagen als Berufseinsteigerin etwas völlig Neues anzufangen, schien wenig erfolgsversprechend, zumal sie zu bekannt war, um unvorbelastet wo auch immer arbeiten zu können. Sie sah keine Alternative, zumal sie nirgends so viel Geld verdienen konnte wie derzeit in ihrem Metier. Selbstverständlich hatte sie keine Garantie, dass auch ihr Stern irgendwann sinken würde. Momentan sah es jedoch ganz und gar nicht danach aus. Und selbst wenn sie das Bühnenleben aufgeben würde, das Gedankenlesen war ein Teil von ihr, den sie nicht abstellen konnte. Es würde sie immer begleiten, egal was sie arbeitete, auch wenn sie es nicht aktiv einsetzte.

Das war aber nicht ihr einziges Problem. Im tiefen Keller ihres Unterbewusstseins wünschte sie sich nichts sehnlichster als einen Mann, der zu ihr passte, der keine Angst vor ihr hatte, der ihr intellektuell gewachsen war und der sie liebte. Richtig liebte. Nicht diese *Hündchenliebe* gewisser Männer, die hinter ihr herliefen und sie bewunderten, begehrten und besitzen wollten und nach kurzer Zeit feststellten, dass sie sich mit ihr überfordert fühlten und das Weite suchten. Und es müsste ein Mann sein, der dem Gedankenlesen positiv gegenüberstand, ähnlich wie Julian. Sie glaubte nicht mehr wirklich daran, dass es einen solchen Mann überhaupt gab, und falls doch, wo und wie sollte sie ihn kennenlernen?

Hinter diesem Gefühl der Aussichtslosigkeit lauerte schon länger der Dämon der Depression. Sie hatte Angst, dass der graue Nebel sie irgendwann einsaugen und nicht mehr loslassen könnte. Das durfte nicht passieren, denn dann wäre sie quasi tot. Nicht mehr vorhanden, weder auf der Bühne noch für einen Mann. Wenn diese Tiefgänge sie packten, und sie realisierte, was mit ihr gerade geschah, hievte sie sich mit aller Kraft wieder nach oben, zurück in ihr glanzvolles Leben. Das funktionierte. Noch. Aber diese Kräfte wurden schwächer. Die dunklen Zeiten kamen öfter – und manchmal wandelte sich die Angst vor dem grauen Nebel in blanke Panik. Wenn nicht bald etwas passierte, dachte sie dann, bleibe ich irgendwann so lange im Bett, bis ich nicht mehr aufstehen kann und für immer schlafe. Niemand ahnte, geschweige denn, wusste, was in Sarischas Innerstem vorging.

Aber noch war es nicht soweit. Sie wusste, sie durfte nicht aufgeben, an die Liebe zu glauben und den richtigen Mann zu finden. Und sie wusste auch: Sie stand an einem Scheideweg. Sollte sie die Hoffnung begraben, würde sie der graue Nebel über kurz oder lang verschlingen.

4

„Guten Tag. Mein Name ist Sa … Sofia Tämlin. Ich hätte gerne einen Termin bei Dr. Schöner. Bitte möglichst bald."

„Guten Tag Frau Tämlin. Würden Sie mir bitte sagen, mit welchem Anliegen Sie sich an uns wenden?"

„Muss ich das am Telefon sagen?"

„Nicht im Detail. Aber wir müssen schon wissen, um was es ungefähr geht."

„Also gut. Die Brüste."

Da eine Patientin abgesagt hätte. bot ihr die Sprechstundenhilfe gleich für den nächsten Tag um neun Uhr dreißig einen Termin an. Das ging flott.

Die Bestbeauty-Klinik sah von außen unspektakulär aus. Ein einfaches Gebäude, ruhig gelegen mit einem kleinen, klinikeigenen, nicht einsehbaren Garten. Sarischa entdeckte eine kleine Lücke zwischen den Holzlatten des Zaunes, welcher den Garten umgab. Sie sah Blumenbeete, Gebüsch und Sitzbänke, aber keine Menschen.

Sie meldete sich am Empfang und man bat sie, ein Formular auszufüllen. Anschließend musste sie ein paar Minuten waren, bis sie von einer anderen hübschen Dame ins Sprechzimmer von Dr. Schöner geführt wurde. Er saß hinter einem großen Schreibtisch und sah hoch, als die Tür geöffnet wurde. Seine Mitarbeiterin verließ das Zimmer.

Robert sah Sarischa an, als wäre sie eine Außerirdische. Er brauchte einen Moment, bis er sich gefangen hatte.

„Hallo Robert, guten Morgen." Sie stellte sich vor seinen Schreibtisch.

„Hallo, äh, ich bin überrascht. Ich wusste nicht … Du bist als Sofia Tämlin angemeldet."

„Mein bürgerlicher Name."

„Aha. Er deutete mit dem Finger in Richtung ihres Gesichts. „Was hast du da?" „Bist du deshalb gekommen?"

„Ich bin auf die Straße gefallen. Ein Unfall."

„Na dann zeig mal her." Er zog vorsichtig das Pflaster ab und begutachtete kurz die Wunde. „Das ist nur eine oberflächliche Hautabschürfung, die komplikationslos abheilen wird. Das ist kein Fall für einen Chirurgen, sondern, wenn überhaupt, für einen Hautarzt. Deshalb bist du doch nicht hergekommen, oder?"

„Nein, deshalb bin ich nicht hier."

„Sondern?"

„Wegen meiner Brüste."

„So." Robert schaute sie misstrauisch an. „Aha. Nun gut. Und was gefällt dir an ihnen nicht?"

„Sie sind ungleichmäßig."

„Sieht man im bekleideten Zustand nicht."

Er stand auf, ging vor seinen Schreibtisch und setzte sich halb stehend auf ihn. Sarischa machte einen Schritt zur Seite.

„Soll ich mir deine Brüste anschauen? Oder … gibt es in Wirklichkeit einen ganz anderen Grund, warum du mich aufgesucht hast?"

Sie lächelte doppeldeutig, freundlich und ein wenig herausfordernd.

„Was willst du?"

Sie antwortete nicht, sondern versuchte, seine Gedanken zu lesen, aber es gelang ihr nicht. Wieder nicht. Gar nicht. Sie ärgerte sich. Ohne nachzudenken, was sie damit bezwecken wollte, fiel sie mit der Tür ins Haus:

„Was hat es mit dem jungen Mann auf sich? Du weißt wovon ich spreche."

„Nein, ich weiß nicht wovon du sprichst."

„Ich spreche von einem jungen, blonden, nackten Mann in deinen Gedanken."

Robert verdrehte die Augen. „Dieser angebliche Mann in meinen Gedanken sind deine Hirngespinste."

„Das sind sie nicht. Ich weiß, dass du an den Mann gedacht hast. Und ich weiß auch, dass du gedacht hast, ich soll mich in Acht nehmen, falls ich etwas wissen könnte, was ich nicht wissen sollte. Du bedrohst mich. Warum?"

„Gut Sarischa, es reicht. Lass mich in Ruhe. Bitte geh!"

„Nein, wir reden jetzt darüber", beharrte sie und blieb wie angegossen stehen.

„Einen Scheiß tu ich." Er fasste sie am Ellenbogen, um sie zur Tür zu bewegen.

Sie wehrte ihn ab. „Das werden wir ja sehen. Was hast du mit ihm gemacht? Hast du ihn umgebracht?"

„Schluss jetzt. Du bist ja vollkommen überge-schnappt." Er packte sie am Oberarm und versuchte, sie mit Gewalt zur Tür zu ziehen.

Er war sehr kräftig, sie konnte ihn nicht abwehren. Mit der anderen Hand hatte er bereits die Türklinke in der Hand.

„Wenn du mich nicht sofort loslässt, dann schreie ich und zwar so laut, dass deine ganze Klinik zusammen-läuft, und ich behaupte, du hättest mich sexuell be-drängt."

Reflexartig hielt er ihr den Mund zu.

„Okay Sarischa, ich lass dich los, aber nur, wenn du kein Theater machst, sonst behaupte nämlich ich, dass du hysterisch geworden bist. Haben wir alles schon ge-habt hier." Mit Vorsicht löste er seine Hand von ihrem Mund.

Sarischa blieb ruhig. Sie wischte sich mit dem Handrücken den Mund ab und setzte sich auf einen der Ledersessel, die in einer Ecke des Zimmers standen. Auch Robert entspannte sich wieder und setzte sich ihr gegenüber. Er wusste sehr wohl, so ganz einfach war es nicht, Sarischa vor dem Klinikpersonal als hysterisch zu bezeichnen. Sollte sie zur Presse gehen und die Sache aufbauschen, wäre das gar nicht gut fürs Geschäft. Sarischa war keine Unbekannte und äußerst attraktiv. Man würde ihre Story gerne aufgreifen. Die Klinik hatte einen sehr guten Ruf ohne irgendwelche Skandale. So sollte es auch bleiben.

„Also noch mal: Was willst du von mir?", fragte Robert nun mit beherrschter Stimme.

„Ich möchte wissen, wer der Mann ist und ob er noch lebt."

Robert verdrehte die Augen und presste seinen gesamten Atem durch die halbgeschlossenen Lippen. „Du reimst dir da was zusammen, liebe Sarischa. Es scheint, dass dir diese ganze Gedankenleserei über den Kopf wächst. Du hast es nicht mehr im Griff und verwechselst Realität und Phantasie. Den Mann gibt es nicht." *Die Hütte ··· die verdammte, einsame Hütte ···* konnte sie erfassen. Mehr nicht. Aber immerhin.

Na also, dachte sich Sarischa. Da gibt es also eine Hütte.

„Nichts wächst mir über den Kopf. Was ich weiß, weiß ich. Daran gibt es nichts zu rütteln."

„Du weißt gar nichts."

Sarischa schwieg einen Moment. Dann starrte sie ihn an und fragte: „Wo ist die Hütte?"

„Welche Hütte?", fragte er wie aus der Pistole geschossen.

„Das weißt du ganz genau."

„Nicht schlecht, Madame. Aber nicht gut genug. Okay, ich will nicht in Abrede stellen, dass du gewisse

Fähigkeiten hast, die du aber lieber auf der Bühne lassen solltest."

„Ist die Hütte in den Bergen? Wo genau?"

Robert wollte lieber nicht mehr an die Hütte denken und schon gar nicht an den Ort, in dessen Nähe sie sich befand. Aber er konnte es nicht verhindern, der Name des Ortes drängte sich förmlich in sein Gehirn:

Rottau.

Nun wusste sie es. Wo auch immer das war. Sarischa ließ es sich nicht anmerken, dass sie den Namen lesen konnte. Und Robert antwortete nicht, lächelte und dachte absichtlich an Rottach-Egern. Aber Sarischa ließ sich nicht verwirren. Diesen Trick kannte sie nur zu gut.

„Bist du gerne in den Bergen?", fragte er.

„Manchmal ja. Darum geht es jetzt aber nicht. Ich frage dich noch mal: Wo ist die Hütte?"

„Das dürftest du doch schon aus meinem Gehirn herausgelesen haben. Oder? Außerdem gäbe es vielleicht noch spannendere Fragen zwischen Mann und Frau mit interessanteren Antworten, nicht wahr?"

Was soll dieses Ablenkungsmanöver? Will er etwa mit mir ins Bett? „Ich will keinen Sex mit dir, damit das von vornherein klar ist."

„Ich auch nicht mit dir", sagte Robert entschieden.

„Dann hätten wir wenigstens das geklärt."

„Gut. Und was soll das nun werden hier?", fragte Robert ungeduldig.

An der Tür klopfte es. Die Sprechstundenhilfe vom Empfang kam ins Zimmer. „Herr Doktor, der nächste Termin ... Die Dame wartet nebenan."

„Vielen Dank. Wir sind hier gleich fertig."

„Ich muss dich nun wirklich bitten zu gehen. Aber vorher schau ich mir natürlich noch deine Brüste noch an. Deswegen bist du doch gekommen."

Sie grinste. Aus Spaß hob sie ihren Pulli und zog ihren BH hoch.

Robert begutachtete ihre Brüste. „Ich würde hier nichts machen. Deine Brüste sind schön, auch wenn die rechte minimal kleiner ist. Bei fast keiner Frau sind die Brüste ganz gleich. Vielleicht müsste sie man in fünfzehn oder zwanzig Jahren etwas anheben."

„Danke. Das beruhigt mich." Sarischa lachte.

Auch Robert musste lachen. „Ich schicke dir dann die Rechnung."

„Die Rechnung? Bitte für was? Für einen Blick auf meine Brüste?"

„Ich habe viel Zeit für dich aufgewendet."

„Das habe ich auch für dich. Aber du stellst dich ja stur."

„Jetzt hör mir mal ganz genau zu: Du belästigst mich hier mit einer Sache, mit der ich nichts zu tun habe. Das ist alles in deinem, wohlgemerkt in deinem, nicht in meinem Kopf entstanden. Du fragst mich nach einem jungen Mann, ob er noch lebt. Sag mal, wie blöd bist du eigentlich? Selbst wenn an deinen Vermutungen irgendwas dran wäre, glaubst du wirklich, ich würde darüber mit dir reden? Wie stellst du dir das vor? Dass ich sage: Ja, liebe Sarischa, der blöde Typ hat mich provoziert, erpresst, oder was auch immer, und dann habe ich ihn erschlagen. Und ich teile dir auch mit, was, wann und wo es geschah und dass es mir leidtäte, oder nicht, weil er ein Arschloch war. Nach meinem Geständnis gehen wir dann gemeinsam zur Polizei. Und wenn dich die Polizei dann fragt, wie du auf die Spur gekommen bist, dann sagst du, dass du dies in meinen Gedanken gesehen hättest, denn du wärst schließlich eine professionelle und außerordentlich korrekte Gedankenleserin. Zeitungen, Online, das Fernsehen … alle würden über dich berichten. Die großartige Sarischa hat die Machenschaften eines sadistischen Schönheitschirurgen aufgedeckt. Was für eine tolle Werbung für dich. Dir geht es doch nur um Aufmerksamkeit, Ruhm und Ehre."

Robert stand auf und deutete auf die Tür.

Ohne ein Wort verließ Sarischa das Besprechungszimmer.

Als sie auf der Straße stand, wurde ihr übel. Sie setzte sich ins Auto. Konnte es sein, dass Robert nicht ganz unrecht hatte? Ging es ihr wirklich um Ruhm und Ehre? Ja, verdammt, um was ging es ihr eigentlich? Sie glaubte bis jetzt, es ginge ihr um die Bestätigung ihrer Fähigkeiten oder um die Wahrheit. Oder um beides. Aber wozu? Lag der Fall, ihr Fall, womöglich ganz anders? Ging es ihr um Robert als Mann, weil er anders war, als alle ihre bisherigen Männer? Er bot ihr Paroli und er hatte die mentale Kraft, sie zumindest teilweise, soweit sie das bis jetzt beurteilen konnte, aus seinen Gedanken auszuschließen – wie auch immer er das anstellte.

Oder wollte er ihr näher kommen, indem er sich absichtlich auf schlimme und drohende Gedanken konzentrierte, um sie zu reizen? So wie sie es reizte, mit ihm zu kämpfen, als Test, ob er ihrer würdig wäre? Will ich diesen Mann erobern?, überlegte Sarischa.

Mein Gott, was ist hier eigentlich los? Was ist mit mir los? Bin ich so verkorkst, dass ich mir über drei Ecken einen Mann angeln will, der noch dazu verheiratet und fünfzehn Jahre älter ist als ich? Habe ich die Kontrolle über mich und mein Leben verloren? Werde ich meinen Beruf aufgeben müssen, wenn ich noch weitere Aussetzer habe? Ich war doch immer gut, die Beste. Und nun? Kann ich mich auf meine Fähigkeiten noch verlassen?

Noch nie war sie so verwirrt. Sie stützte sich auf das Lenkrad und war kurz davor zu heulen. In diesem Moment klingelte das Handy. Es war Felix, ihr Agent.

„Hi Sarischa", begrüßte er sie mit freudiger Stimme.

„Hallo Felix" Sie setzte sich auf und atmete kurz durch. „Was gibt's?"

„Du klingst deprimiert. Ist etwas passiert?"

„Nein, das täuscht."

„Du darfst dich freuen. Es gibt ein sehr spezielles Angebot für dich: eine Privatpräsentation."

„Was heißt das?"

„Du zeigst fünf reichen Typen, ehemalige Wirtschaftsbosse, Vorstände oder dergleichen, dein Können. Sie wollen ihr ‚geistiges Spektrum' erweitern, sagten sie. Denen ist langweilig, sie suchen nach einem Kick."

„Du weißt, dass ich solchen Unsinn eigentlich nicht mache."

„Ja schon. Aber wenn ich dir sage, was für ein Honorar ich ausgehandelt habe, dann dürftest du es dir überlegen."

„Sag schon."

„Siebentausend Euro für circa zwei Stunden."

„Oh!"

„Genau: oh! Habe ich das nicht gut gemacht?"

„Hervorragend. Wer sind die Leute?"

„Nicht wer die Leute sind ist interessant, sondern wo die sogenannte *Präsentation* stattfinden soll."

„Mach's doch nicht so spannend. Also wo?"

„In Lissabon. Sie zahlen alles: Flug, Hotel, Essen plus das Honorar."

„Wie bitte?"

„Du hast schon richtig gehört. Eine neue Ära beginnt."

„Darüber müssen wir uns noch ausführlicher unterhalten."

„Du zögerst? Warum? Ein solches Angebot bekommst du so schnell nicht wieder!"

„Ach, wer weiß, was noch kommt."

„Hä? Was soll denn *noch* kommen?"

„Vergiss es."

„Freu dich doch! Das ist ein super Angebot."

„Mir gefällt das nicht. Diese Leute glauben, sie können alles kaufen. Aber meine Fähigkeit kann man nicht kaufen. Und das Geld habe ich nicht nötig."

„Aber ich."

„Mach dir darüber keinen Kopf."

Sie beendeten das Gespräch, das Sarischa wieder aufmunterte. Vielleicht, dachte sie dann, ist es gar nicht so schlecht, fünf alte Männer zu bespaßen. Unabhängig davon musste sie dringend mit ihrem Vater reden.

5

Ihr Vater, Peter Tämlin, wohnte in Schwabing, war Steuerberater, mittlerweile Rentner. Mit seinen sechsundsechzig Jahren war er noch außergewöhnlich fit. Vor acht Jahren kam seine Frau, Sarischas Mutter, bei einem Verkehrsunfall ums Leben. Er trauerte lange, bis vor drei Jahren seine Lebensgeister wieder wach wurden. Seitdem ist er sportlich rege und auch wieder an Frauen interessiert.

Peter konnte auch Gedankenlesen – schon immer. Er hatte es von seiner Mutter geerbt und von ihr gelernt, es richtig anzuwenden. Für Peter war es seit er denken konnte normal, dass man die Gedanken anderer Menschen wahrnahm, ähnlich wie ein Radio, das nebenbei läuft, das man laut oder leiser drehen oder ganz ausschalten konnte. Seine Mutter hatte ihm von Anfang klar gemacht, dass man damit zurückhaltend und mit Bedacht umgehen müsse, sonst wäre man bald aus jeder Gemeinschaft ausgeschlossen. Genau das hatte er auch Sarischa beigebracht.

Peter hatte das Gedankenlesen weitgehend geheim gehalten. Als Steuerberater hatte er oft genug *lesen* können, dass seine Klienten es mit korrekten Angaben nicht so genau nahmen, aber er konfrontierte sie nie direkt. Auch er hatte Sarischa dahingehend erzogen, möglichst wenige Menschen einzuweihen, denn man machte sich damit nicht unbedingt Freunde.

Sie glaubte, was ihr Vater sagte, aber sie war ein extrovertierter Typ; schon von klein auf stand sie gerne im

Mittelpunkt, um irgendetwas vorzuführen. Lange wollte sie Schauspielerin oder Rocksängerin werden – und bereits nach dem Abitur stand für sie fest: Sie wird professionelle Gedankenleserin. Das sagte sie ihrem Vater lange Zeit nicht, sondern studierte Psychologie, was schließlich nichts schaden konnte. Sie glaubte, beide Disziplinen verbinden zu können, doch das stellte sich als Irrtum heraus. Das Studium langweilte sie; sie brachte es mit ach und krach zu Ende.

Schließlich überlegte sie sich ein Businesskonzept für ihren eigentlichen Berufswunsch und sprach mit ihrem Vater darüber. Erstaunlicherweise fand er ihre Überlegungen gut, obwohl sie damit natürlich mit der traditionellen Verschwiegenheit brach. Wichtig war für ihn, dass sie reell arbeitete, eine klare Linie verfolgte, die hieß: keine Tricks, die Leute nicht verarschen und keine Wunderheiler-Supermächte-Allüren an den Tag legen. Einfach sauber arbeiten, möglichst hohe Honorare verlangen, denn was nichts kostet, ist nichts wert. Diese Einstellung übernahm Sarischa. Sie lebte gut damit und wurde zu einer angesehenen Mentalistin. Und so fühlte sie sich auch. An Selbstbewusstsein mangelte es ihr nicht. Bis jetzt. Doch Robert Schöner kratzte an ihrem Selbstbild.

Sie saß bei ihrem Vater im Wohnzimmer, an einem großen, schweren Eichentisch. Sie liebte diesen Tisch. Hier wurde immer bestens gespeist und manchmal über schwierige Themen gesprochen. Zu ihrem Vater hatte sie großes Vertrauen. Er war, neben Julian, der einzige Mensch, mit dem sie offen reden konnte.

„Ich habe eine Frage Papa. Ich brauche dich als Gedankenleser, nicht als Steuerberater."

„Oh! Das gab es ja schon jahrelang nicht mehr."

„Nun ist es aber soweit. Leider. Sag mal, ganz ehrlich: Hast du jemals an deinen Fähigkeiten gezweifelt?"

„Nein, niemals, auch wenn das komisch klingen mag. Ich nehme an, du zweifelst, sonst würdest du mich das nicht fragen. Was hast du denn für ein Problem?"

„Ich bin mir nicht mehr sicher, dass ich das, was ich bei einem Menschen lese, das ist, was er wirklich denkt. Ich habe die Befürchtung, dass es sein könnte, dass ich Gedanken lese, die man mir nur vorspielt und ich sie als echt betrachte, die dahinterliegenden, wahren Gedanken aber nicht mehr erfassen kann."

„Für deine Shows ist das doch unerheblich."

„Nein, ist es nicht. Wenn die Leute an ein wichtiges Problem denken und nicht wollen, dass ich das lese, weil es ihnen zum Beispiel peinlich ist, dann denken sie an belanglose Pseudoprobleme. Aber das ist nicht das, was sie beeindruckt. Mein Erfolg beruht darauf, dass sie spüren, dass ich zum Kern vorstoße und sie mir nichts vormachen können. Das beeindruckt sie; das erzählen sie dann weiter. Oder: Stell dir vor, ich frage nach dem Lieblingstier. Der Kandidat denkt an einen Löwen, will mich austricksen und denkt, sozusagen vorgelagert, an einen Hund, obwohl er Hunde hasst. Und ich merke das nicht. Er denkt sich dann doch hinterher: ‚Hä, hä, reingelegt! Du hast zwar den Gedanken richtig gelesen, aber du hast meine Lüge nicht entlarvt.' Das ist doch peinlich."

„Ich glaube nicht, dass diese Unterscheidung für deinen Erfolg ausschlaggebend ist? So differenziert denken die Leute nicht. Um was geht es dir wirklich?"

Sarischa malte mit den Finger Kreise auf den Tisch. „Ich habe Angst, dass es sein könnte, dass ich manche Gedanken falsch lese, dass ich komplett danebenliege."

„Hm." Peter nahm Sarischas Hand und hielt sich kurz fest. „Das wäre allerdings der Supergau."

„Ich weiß. Wenn ich mir nicht mehr sicher bin, dann kann ich einpacken. Ende. Aus. Vorbei. "

„Mal langsam. Keine Panik. Was ist denn passiert?"

Sie erzählte ihm die Begegnung mit Robert und den Gedanken, die sie bei ihm gelesen hatte, von dem eventuell toten, blonden Mann und dass sie etwas nicht wissen dürfe und sich in Acht nehmen müsse. Und sie erzählte auch, was in dem Besprechungszimmer abgelaufen war, dass Robert ihr sagte, sie würde ihn für ihre Zwecke benutzen. Was sie auch noch erwähnte, war ihre Überlegung, dass ihr Problem auf einer total verkorksten Beziehung zu Männern beruhen könnte.

Ihr Vater war intelligent und einfühlsam, sprach aber auch Klartext. „Sarischa, ich verstehe dich nicht. Du provozierst einen Mann, indem du ihm deine *Erkenntnisse* hinwirfst wie ein Kommissar einem Verdächtigen sein falsches Alibi, weil du glaubst, dass er dich provoziert. Was hast du denn erwartet? Dass er dich dafür bewundert und mit dir über einen vielleicht tragischen Vorfall spricht, für den du null Beweise hast? Du interpretierst Gedanken! Was ist los mit dir? Was du dir hier geleistet hast ist höchst unprofessionell."

„Ich weiß." Sarischa saß da wie ein begossener Pudel.

„Niemals darfst du anderen deren Gedanken an den Kopf werfen. Damit begibst du dich auf ganz dünnes Eis. Die Leute verkraften das nicht. Sie erleben dich als gefährlich. Mach eine gute Arbeit auf der Bühne, aber lasse privat die Leute in Ruhe. Wenn sich erstmal rumspricht, dass du auch jenseits der Bühne Gedanken lesen kannst, will niemand mehr etwas mit dir zu tun haben. Du wirst zur Bedrohung! Die Leute freuen sich über eine schöne Illusion, aber eine echte Gedankenleserin macht ihnen Angst. Als ob du das nicht wüsstest. Sarischa, verdammt. Wie kannst du das plötzlich ignorieren?"

Sie saßen einige Minuten schweigend beisammen. Sarischa schämte sich, denn ihr Vater hatte recht.

„Hast *du*", fragte er schließlich, „mit einem jungen, blonden Mann etwas zu schaffen?"

„Nein, das habe ich nicht. Denkst du, ich würde meine Gedanken an einen bestimmten jungen Mann in das Gehirn eines älteren Mann projizieren? Ich würde also meine eigenen problematischen Gedanken unbewusst in ihm wiedererkennen wollen? Hey, der junge Mann schien tot zu sein oder zumindest leidend! Damit habe ich nichts zu tun. Diese Interpretation passt nicht."

„Diese Interpretation hast du selbst geliefert. Und wie kannst du dir denn sicher, dass der Mann kurz davor war zu sterben oder bereits tot war?"

„Kann ich nicht, aber bei mir kam ein präzises Bild an, weniger die Worte." Sarischa versuchte, sich genau zu erinnern. Aber das Bild wurde nicht klarer. „Ich denke, er war tot oder dem Tode nahe."

„Könnte es nicht sein", überlegte ihr Vater, „dass der junge Mann in Ekstase gewesen war und deshalb erschöpft oder wie tot wirkte?"

„Ja, könnte sein. Papa, daran habe ich überhaupt noch nicht gedacht. Vielleicht geht es gar nicht um ein Verbrechen, um Mord oder dergleichen. Vielleicht geilt sich der schöne Schönheitschirurg an Pornodarstellungen oder todesähnlichen Posen oder ist ein Voyeur oder …"

„Hör auf, Sarischa!", unterbrach sie ihr Vater lautstark und schaute grimmig. „Du steigerst dich da in etwas hinein. Du weißt nichts, aber du interpretierst wild darauf los. Hör auf damit."

„Aber er hat mir doch gedroht: Ich solle mich in Acht nehmen."

„Dann nimm dich in Acht. Hat er etwa gedacht, du sollst dich *vor ihm* in Acht nehmen?"

„Nein. Aber das kommt doch aufs Gleiche hinaus."

„Und wenn schon. Vergiss diesen Schöner. Konzentriere dich auf deine Kompetenzen, trainiere dein Gespür und deine Wahrnehmung. Mache gute, saubere Arbeit, dann hören auch deine Zweifel auf. Kapiert?"

„Du bist heute sehr streng mit mir."

„Weil du anscheinend vergessen hast, dass man hin und wieder bei manchen Menschen die Gedanken nicht ohne Weiteres lesen kann, und dass es dann der *Entspannten Persentiokonzentration* bedarf, was aber auch nicht immer zum Erfolg führt. Das weißt du ganz genau. Anscheinend willst du es aber bei diesem Dr. Schöner auf eine bescheuerte Art und Weise erzwingen. Wozu? Das macht keinen Sinn."

Peter stand auf. Er ging in die Küche und kam mit zwei Flaschen Bier zurück und hielt ihr eine entgegen.

Sarischa schüttelte den Kopf. „Für mich nicht, danke."

Er öffnete eine Flasche und nahm einen kräftigen Schluck. Nach einer kleinen Schweigepause fragte er: „Bist du schwanger."

„Was ist denn das für ein abrupter Themenwechsel. Nein, ich bin nicht schwanger. Dafür braucht man einen passenden Mann."

„Nicht unbedingt." Peter grinste. „Sperma reicht schon."

„Papa, also bitte! Soll ich mir etwa Sperma im Internet bestellen?"

Ihr Vater zuckte nur mit den Schultern. „Ihr, die junge Generation, ihr seid doch die, die mit solchen Sachen normalerweise lockerer umgehen als wir alten Leute."

„Ja, vielleicht. Aber ich halte das für abartig."

„Schon schade, wenn unsere schöne Fähigkeit nicht mehr weitergegeben wird und ausstirbt. Ich hätte gerne einen Enkel."

„Und ich hätte durchaus gerne ein Kind, aber langsam werde ich zu alt und mir fehlt ein passender Mann. Und was ist mit dir?", fragte Sarischa und klopfte ihm liebevoll auf die Schulter. „Hättest du nicht gerne wieder eine Frau?"

Er lachte. „Ich habe mir eine im Internet bestellt."

„Ach, sag bloß. Und?"

„Sie passt." Er lächelte vergnügt.

„Aha, sie passt. Interessant. Was heißt das?"

„Sie ist gebildet, hübsch, ein paar Jahre jünger als ich und sehr charmant. Sie heißt Maria und hat eine Tochter in deinem Alter. Du wirst sie sicher bald kennenlernen. Stell dir vor: Ich bin verliebt!" Peter lachte.

„Das ist ja wunderbar!" Sarischa freute sich für ihren Vater ungemein und umarmte ihn spontan.

Nachdem sie sich mit zwei Küsschen verabschiedet hatten, fragte Sarischa: „Kommst du mal wieder zu einer meiner Shows?"

„Natürlich. Ich bin stolz auf dich. Und pass auf dich auf."

Nach dem Gespräch fühlte sie sich besser. Sie beschloss, sich in Zukunft nicht mehr verwirren zu lassen, sondern einfach nur gute Arbeit zu machen, wie ihr Vater das geraten hatte, und den Fall Schöner zu vergessen.

Das fiel ihr die nächsten Tage auch nicht schwer. Sie hatte einen Auftritt im ausverkauften Lustspielhaus, der fürs Fernsehen aufgezeichnet wurde und in Kürze gesendet werden sollte. Es lief alles bestens. Sie hatte zu allen Kandidaten einen einfachen und tiefen Zugang.

Sie probierte sogar etwas Neues aus – sie nannte es Spontanlesen. Sie ging durch die Zuschauerreihen, soweit das zwischen der engen Bestuhlung überhaupt möglich war, und die Gäste durften testen, ob Sarischa spontan eine Zahl zwischen eins und zehn ad hoc lesen konnte. Das Interesse war überwältigend, alle wollten drankommen. Die Atmosphäre war großartig: heiter, lustig, entspannt. Selbstverständlich hätte Sarischa auch eine Zahl zwischen eins und tausend abfragen können. Doch sie wählte absichtlich ein niedriges Niveau, um den Spaßfaktor zu erhöhen. Es funktionierte perfekt.

Robert Schöner hatte sie beinahe vergessen. Beinahe. Eine Sache ging ihr aber noch im Kopf um – die einsame Hütte in Rottau. Es war eindeutig: Er wollte nicht, dass sie das wusste. Irgendeine Bedeutung musste diese verdammte Hütte haben. Irgendwas ist dort passiert – vielleicht in Zusammenhang mit dem jungen Mann. Diese Überlegungen konnte sie einfach nicht beiseiteschieben – und sie wollte es auch nicht. Wenn ihr Vater dies wüsste, würde er sie in Grund und Boden schimpfen – zurecht. Trotzdem. Sie war nicht nur die brave Tochter, sondern sie hatte auch ihren eigenen Kopf. Sie wollte diese Hütte zu suchen. Ihr Vater musste dies nicht erfahren. Und außerdem, sagte sie sich, hätte sie dabei keinen Kontakt zu Robert. Mittlerweile wusste sie, wo Rottau war – in der Nähe des Chiemsees, nahe den Bergen. Sobald es ihr Zeitplan zuließ und das Wetter passte, würde sie die Gegend erkunden. Hoffentlich mit Julian.

6

„Fährst du mit?", fragte sie Julian und nannte ihm zwei mögliche Termine.

„Geht nicht, muss arbeiten. Wenn, dann gleich morgen Nachmittag nach meiner Schicht."

„Wann ist sie zu Ende?"

„Um fünfzehn Uhr. Ist das zu spät für deine Exkursion?"

„Schon etwas spät. Egal. Wir fahren. Ich muss das jetzt einfach machen."

Sarischa holte Julian von seiner Arbeitsstelle ab. Sie fuhren die A8 Richtung Salzburg. Nach Bernau ging es rechts ab und nach fünf Minuten waren sie in Rottau. Ein kleines, unspektakuläres Dorf. Und sie waren auch in Windeseile durchgefahren. Gerade noch konnten sie die letzte Straße links abbiegen, bevor das Dorf zu Ende war. Nach einer Linkskurve in der Kreuzstraße kamen sie zur Kirche. Es war sehr idyllisch dort. Die Balkone der Häuser waren alle üppig mit Blumen geschmückt. Viele rote Geranien, perfekt gepflegt. Sarischa war beeindruckt. Die Pflege der Blumen musste sehr viel Arbeit machen.

„Sollen wir hier irgendwo parken?", fragte Julian.

„Nein, ich fahre noch weiter bis zum anderen Ende des Dorfes und auch auf die andere Seite der Hauptstraße." Sie fuhr weiter.

Julian war erstaunt. „Hier gibt es noch richtige Bauernhöfe."

„Hey, wie weit bist du denn vom Landleben weg?

Wo sollen denn sonst Bauernhöfe sein, als in den Dörfern. Vielleicht ausgelagert auf dem Mond?"

Allerdings waren es gar nicht so viele bewirtschaftete Höfe. Je weiter sie fuhren, desto weniger sahen sie. Es gab viele neu gebaute oder gut renovierte Häuser, ansonsten nichts Besonderes und anscheinend nur drei Gaststätten.

Nachdem sie quasi das Dorf abgefahren waren, wurde es Julian langweilig. „Was suchen wir hier eigentlich? Deine besagte Hütte? Hier gibt es überhaupt keine Hütten, da müssen wir schon auf die Berge."

„Hm."

„Nichts hm! Wir müssen was entscheiden. Am Ortsanfang gab es eine Abfahrt hoch zu … irgendwas … eventuell ein Hotel?"

„Gut, da fahren wir hoch", entschied Sarischa.

Es ging raus aus dem Dorf, den Berg hoch, aber sie kamen nicht weit. Die Straße war weiter oben für Fahrzeuge gesperrt.

„Die ganze Aktion ist eine Schnapsidee", beschwerte sich Julian. „Wenn wir wenigstens eine Wanderausrüstung dabeihätten, dann könnten wir noch eine kleine Tour machen. Aber mit unseren Sneakers – das kannst du vergessen."

„Ach was, das würde schon gehen. Aber gut. Wir fahren zurück ins Dorf und gehen bei diesem Fischerwirt was essen. Einverstanden? Ich lade dich ein."

Sie bestellten Fisch, er schmeckte ausgezeichnet, und Sarischa fragte die Bedienung, ob es hier in der Nähe eine einsame Hütte gäbe, die man mieten könnte.

„Danach fragen immer wieder Leute, aber da gibt's nichts mehr. Vor allem nicht mit Strom."

„Strom ist nicht wichtig", sagte Sarischa. „Einsam sollte sie gelegen sein."

„Ach so." Die Bedienung vermutete, dass die beiden die Hütte für eine ungestörte, romantische Zweisamkeit haben wollten. „Kann es auch ein Stadel, Schuppen oder sowas sein?"

„Ja, durchaus."

„Der Meier Max hat eine abgelegene Bretterbude. Ich könnte mir vorstellen, dass er die auch vermieten würde. Warum nicht? Da drüben sitzt er."

Sie deutete auf einen etwa 65-Jährigen Mann zwei Tische weiter, der gerade mit dem Essen fertig war. Neben ihm saß eine Frau. Sarischa ging zu ihm und fragte höflich nach dem Stadel, den sie gerne für eine abenteuerliche Übernachtung mieten würde. Der Mann war ziemlich überrascht.

„Mei, junge Frau, da werden Sie keinen Spaß haben. Da ist nur lauter Glump drin. Aber sie können die Hütte gerne anschauen. Der Schlüssel liegt unter dem großen Topf neben der Tür. Da gibt's eigentlich nichts zu holen, aber sperren sie trotzdem wieder zu. " Dann beschrieb er, wie sie den Stadel finden würden und gab ihr seine Telefonnummer.

Sie kam zurück zu Julian. „Du glaubst es nicht, wie unkompliziert die Leute hier sind. Der hat eine Hütte oder Stadel oder was auch immer. Wir fahren dort hin, solange es noch hell ist. Lass uns zahlen."

Sie hatten sich zweimal verfahren, zweimal verlaufen, aber dann fanden sie sie nach einem zwanzigminütigem Aufstieg über einem matschigen Forstweg. Ihre Schuhe hatten es sogar überlebt. Die Hütte lag versteckt von Bäumen umgeben, uneinsichtig. Sie hätten sie beinahe nicht gesehen. Da es bereits langsam dunkel wurde, war es unmöglich, sich in der Hütte einen Überblick zu verschaffen, geschweige denn konkret nach *ungewöhnlichen Spuren* zu suchen.

„Soweit ich erkennen kann, ist das hier ein Lager mit Material und Werkzeug für Waldarbeiten sowie für ausrangierte Sachen. Das Licht vom Handy reicht nicht, um Details zu erkennen. Wir müssen noch mal herfahren", sagte Sarischa und stolperte über eine Holzlatte. „Aua!"

„*Wir* fahren hier sicher nicht mehr her. Ich nicht. Ich habe Besseres zu tun, als nach etwas zu suchen, was es gar nicht gibt. Eine Leiche? Oder was willst du hier finden? Außerdem ist es ziemlich unwahrscheinlich, dass dies deine besagten Hüte ist. Ein völliger Schwachsinn!"

„Ja, ich weiß. Vermutlich hast du recht. Mein Vater würde mich zur Sau machen, wenn er wüsste, was ich hier tu, und ich bin mir ja selbst nicht sicher, ob ich nicht einem Phantom hinterherjage. Aber diese Bruchbude hier – sie wäre ideal, um jemanden gefangen zu halten oder zu missbrauchen …"

„Sag es doch gleich", unterbrach sie Julian, „umzubringen." Er verdrehte die Augen. „Los, fahren wir. Ich habe die Schnauze voll. Hier gibt es keine Leiche."

Sie taten sich schwer, den Weg zurück zum Auto zu gehen. Sarischa rutschte mehrmals aus, Julian zog sie wieder hoch und fluchte unentwegt bis sie im Auto saßen. Dann sprachen sie kein Wort mehr miteinander. Erst als sie wieder auf der Autobahn waren, bedankte sich Sarischa bei Julian.

„Schon gut."

Sarischa wusste, dass er ziemlich sauer war. Seine Schuhe waren komplett versaut. „Ich kaufe dir ein neues Paar Sneakers, das ist doch klar."

Die Sache ging erstmal schief. Sie ärgerte sich, dass sie sich nicht besser vorbereitet hatten. Aber erledigt war für sie das Thema noch nicht. Sie spürte – es war wie ein innerer Zwang –, dass sie diese Hütte unbedingt genauer unter die Lupe nehmen musste. Ohne Julian. In Ruhe. Nun wusste sie ja, wo sie war und sie wusste auch, was für Vorbereitungen sie treffen musste.

Voll ausgerüstet mit Bergstiefeln, Stirnlampe, Arbeitshandschuhe, einer kleinen Schaufel und einer guten Kamera fuhr sie gleich am nächsten Tag früh morgens los. Sie nahm auch Proviant mit, denn sie wusste nicht, wie lange sie sich dort aufhalten würde. Sie rief Max Meier, den Vermieter der Hütte, an und sagte ihm, sie müsste die Hütte bei Tageslicht anschauen, deshalb würde sie heute noch mal hinfahren. Er hatte nichts dagegen. Also war ihr Besuch legal.

Der Aufstieg war diesmal, mit den Bergstiefeln, lange nicht so anstrengend. Die Hütte lag durch die Bäume rundum im Schatten. Sie hatte überhaupt nichts Romantisches. Sie war ein reines Zweckgebäude.

Sie setzte die Stirnlampe auf, öffnete die Tür und ging vorsichtig hinein. Heute, ohne in Begleitung von Julian, war ihr unheimlich zumute. Die Hütte war lange nicht so vollgestellt, wie sie es in Erinnerung hatte. Es lagerten dort alte Reifen, irgendwelche undefinierbare Gegenstände aus Metall, Sägen, Maschinenteile oder etwas in der Art und diverse Stangen und Schaufeln. Der Boden bestand aus Holzdielen, ja Holzdielen! Sarischa überlegte, ob es solche Holzdielen waren, wie in Roberts Bild. Ja, aber Holzdielen schauen alle ähnlich aus.

Dann, als sie sich einen groben Überblick verschafft hatte, fing sie an, Ecke für Ecke, Ding für Ding genau zu inspizieren, ob irgendwo Blut anhaftete, ob es Sachen gab, die zu den anderen Sachen nicht passten, die auf eine Nutzung hindeuteten, die mit dem Lager hier nicht zu tun hatten. Sie fand nichts. Gar nichts. Nach zwei Stunden setzte sie sich vor die Hütte und trank ihr mitgebrachtes Wasser und aß ihre Wurstsemmel. Dann fotografierte sie alles ab und begann, zu schauen, was sich hinter oder unter den Gegenständen verbarg. Und dann fand sie hinter einer Kiste mit Draht, alten Werkzeug und Blechdosen etwas, was ihr seltsam vorkam: Ein Buch. Es war weder verrottet noch verdreckt. Noch bevor sie es hochhob, machte sie ein Foto. Es war ein Roman von E. Paul Wilson: „Tollwütig". Dann steckte das Buch in ihren Rucksack.

Ihr Entdeckergeist war angestachelt. Sie suchte weiter, obwohl der Staub in den Augen und in der Nase kratzte. Und tatsächlich. Sie fand noch etwas Interessantes: eine Armbanduhr, eindeutig eine Männeruhr. Ziemlich groß, verkratzt und natürlich ging sie nicht mehr, blieb um 11.32 Uhr stehen. Wieder ein Foto. Wieder in den Rucksack.

Nach weiteren zwei Stunden beendete sie die Aktion. Sie hatte die ganze Bude mehr oder weniger umgedreht, aber letztlich alles so belassen, wie sie es vorgefunden hatte. Erschöpft saß sie vor der Hütte. Ein Buch und eine Uhr. Die Uhr könnte dem Meier gehören. Vielleicht hatte er sie irgendwann verloren. Aber das Buch? Das hier ist kein Ort, um ein Buch zu lesen. Und warum war es in einem so guten Zustand? Und plötzlich fiel ihr noch etwas ein, das sie gar nicht besonders bewertet hatte: Da lag auch eine alte Schaumstoffmatte. Hatte sich hier doch jemand länger aufgehalten?

Sie sperrte ab und fuhr nach Hause. Dann rief sie Max Meier an, bedankte sich und teilte ihm mit, dass die Hütte leider nicht ihren Vorstellungen entsprach.

„Das habe ich mir schon gedacht. Die ist auch nicht für Freizeitaufenthalte gedacht."

„Nicht wirklich. Sie ist sehr dunkel. Konnten Sie sie denn überhaupt schon mal vermieten?"

„Nein. Ich wäre gar nicht auf die Idee gekommen, wenn sie nicht gefragt hätten. Aber vielleicht sollte ich sie mal ausräumen und ein wenig herrichten. Für Einsiedler oder Abenteuertypen wäre sie gar nicht schlecht, oder?"

„Ich weiß nicht, ob sich die Investition lohnen würde. Wann waren sie denn das letzte Mal dort?"

„Oh mei, mehr zweimal im Jahr komme ich da nicht hoch. Ist Ihnen irgendwas aufgefallen? Ist die Tür kaputt oder das Fenster?"

„Nein. Es ist alles in Ordnung. Ich habe auch wieder

zugesperrt. Vielen Dank für die Besichtigung."

„Gern geschehen."

„Gibt es noch ähnliche Hütten in der Gegend?"

„Das schon. Aber vermieten? Das macht hier keiner. Falls Sie es sich anders überlegen, die Übernachtungspauschale läge bei einer Flasche Bier."

Sie lachten und beendeten das Gespräch.

Die Aufzeichnung der Veranstaltung im Lustspielhaus wurde im Bayerischen Fernsehen übertragen – um 21.15 Uhr, gute Sendezeit. Sarischa fand, sowohl sie als auch das staunende Publikum kam gut rüber. Daraufhin meldeten sich mehrere Firmen, um sie zu engagieren. Firmenauftritte konnten schrecklich sein, wenn die Belegschaft zwangsbespaßt wurde, nachdem man ihnen eine Umstrukturierung mitgeteilt hatte. Da saßen sie dann, die verunsicherten Mitarbeiterinnen und Mitarbeiter und dachten nur daran, wie sie möglichst schnell das Weite suchen konnten. Es gab aber auch viele erfreuliche Veranstaltungen mit hochinteressierten Leuten, die begeistert mitmachten und gnadenlos eine Zugabe forderten. Dadurch dauerte so mancher Auftritt oft länger als geplant.

Aufgrund der Unwägbarkeiten ging sie dazu über, bei den großen Firmen richtig abzukassieren. Da war sie stur. Allerdings kam dadurch so manches Engagement nicht zustande, worüber sich Felix, ihr Agent, ärgerte, denn sein Honorar bekam er zum allergrößten Teil für abgeschlossene Verträge. Aber Sarischa konnte es sich leisten, auf geringere Gagen zu verzichten. Ihr Marktwert war hoch.

Sie saß am Schreibtisch und überprüfte ihre Termine. Sieht gut aus, stellte sie fest. Die kommenden zwei Jahre war sie fast ausgebucht. Sie musste sich nun auch entscheiden, ob sie in Lissabon die alten Herren beglücken sollte.

Felix hatte einen Termin mit einem von ihnen arrangiert. Sie hatte keine besondere Lust auf dieses *Anbahnungsgespräch*, war aber interessiert, was man ihr im Detail anzubieten hatte beziehungsweise von ihr erwartete. Morgen um zwanzig Uhr im Hotel Mandarin Oriental sollte sie einen Mann namens Günther Brögner treffen.

Hoffentlich macht mich der Typ nicht an, dachte sie, als sie auf den Herrn mit der roten Krawatte – das Erkennungszeichen – zuging, der entspannt im Foyer bei einem Glas Bier saß. Er hatte sie bemerkt und lächelte äußerst freundlich.

„Guten Abend Frau Tämlin. Schön, dass Sie es sich einrichten konnten. Ich bin Jens Brögner."

„Guten Abend Herr Brögner."

„Was wollen Sie trinken?"

„Ich nehme ein Mineralwasser mit Kohlensäure."

Er winkte dem Kellner, bestellte und betrachtete Sarischa eingehend, als wäre sie ein Gemälde. „Ich hatte ja mit Ihrem Agenten ausführlich gesprochen. Sie kennen unser Angebot."

„Natürlich."

„Ein Kollege unserer Gruppe und ich haben ihre Vorstellung zweimal besucht."

„Wie sind Sie auf mich gekommen? Es gibt schließlich sehr viele Künstler, die auf dem Gebiet unterwegs sind?"

„Das schon, aber ich glaube, Sie sind die Beste. Wir waren jedes Mal begeistert. Dann kam mir der Gedanke, sie zu engagieren. Wissen Sie, ich habe ein Haus in Portugal, dort treffen wir uns, also unsere Altherrengruppe (er lachte selbstgefällig) immer wieder mal. Wir hatten auch schon einen Philosophen und eine Historikerin zu Gast. War immer sehr inspirierend.

„Interessant." Sarischa war erstaunt. Da kauften sich

alte Männer Bildung, für die sie sich ihr ganzes Leben lang nicht interessiert hatten und fühlten sich plötzlich wie Intellektuelle.

„Ich dachte mir, eine Gedankenleserin, das ist etwas ganz Besonderes." Brögner schmunzelte und warf Sarischa einen vieldeutigen Blick zu.

Nach ein paar Floskeln fragte Sarischa das, was für sie bei dem Spektakel ausschlaggebend war: „Was erwarten Sie und Ihre Kollegen konkret von mir?"

„Wir wollen hautnah erleben, wie Sie das Gedankenlesen machen. Wir wollen es verstehen. Und wir wollen natürlich auch wissen, wie man es lernen kann."

„Ich muss Ihnen eines gleich sagen: Ich kann es Ihnen nicht beibringen."

Sie macht sich wichtig. Klar, gehört zum Geschäft.

„Ich verstehe durchaus, dass dies in ein paar Stunden nicht möglich ist und dass Sie Ihr Können auch als Geschäftsgeheimnis betrachten. Es geht uns um einen Einblick in die Vorgehensweis, so dass man mit etwas Übung ein paar simple Gedankenspiele anwenden kann."

„Es tut mir leid, Herr Brögner, aber ich kann das Gedankenlesen niemanden beibringen, auch wenn ich es noch so gerne wollte."

Mein Gott hat die schöne Augen.

Dann blickte er auf Sarischas übergeschlagene Beine.

Und sexy Beine hat sie auch. Ob da was zu machen wäre? Geldgierig scheint sie ja zu sein.

Als Sarischa seine letzten Gedanken gelesen hatte, wäre Sie am liebsten sofort gegangen. Stattdessen lächelte sie ihn an, mit ihrem ganzen Charme, den sie in der Situation aufbringen konnte, beugte sich ihm entgegen und hauchte in sein Ohr: „Man kann nicht alles kaufen. Und mich schon gleich gar nicht."

„Oh!" Brögner hob erschrocken den Kopf. „Natürlich, ach so, ja klar. Sie … sie wenden ihr Kunst auch im privaten Umgang an. Sorry Frau Tämlin, so habe ich das nicht gemeint. Also ich meinte, dass sie sehr attraktiv sind und Geld brauchen Sie sicher auch."

„Ja, für die nächste Schönheits-OP." Sie grinste ihn verächtlich an.

„Da haben Sie nicht nötig. Sie schauen sehr hübsch und natürlich aus. Ich kann das beurteilen, denn ich bin vom Fach."

„Ach ja? Was haben Sie denn beruflich gemacht?"

„Mir gehörte ein Gesundheitshaus für Promis. Jetzt bin ich nur noch Privatier."

„Kennen Sie zufällig die Bestbeauty-Klinik?"

„Natürlich." Er schmunzelte.

Sie hat also doch was machen lassen.

„Dr. Schöner ist einer der besten seiner Zunft. Das dürften Sie sicher wissen."

„Sie kennen ihn?" Sarischa lehnte sich zurück und nahm einen Schluck Wasser. Jetzt wurde es interessant.

„Ja." Er deutete erst auf seine Augen und dann auf seine Nase. „Hat er gemacht. Tränensäcke und Haken-nase. Alles weg. Perfekt."

„Stimmt." Sie betrachtete sein Gesicht, als würde sie von der Materie etwas verstehen. „Warum haben Sie es nicht in Ihrer eigenen Klinik machen lassen?"

„Das ist und war keine Klinik im herkömmlichen Sinne, wir haben nicht operiert."

„Wie sind Sie denn auf Dr. Schöner gestoßen?"

„Gestoßen? Frau Tämlin, in unserer Branche kennt man sich. Ich bin auch Arzt. Man weiß, wer sich wo spe-zialisiert hat. Neben Frauensachen (sein Mund verzog sich zu einem angedeuteten Schmunzeln) macht Dr. Schöner auch Gesicht, insbesondere Augen. Bei Ihnen waren es auch die Augen, nicht?"

„Nein. Bei mir ist alles Natur. Ich kenne Robert, also Dr. Schöner, privat."

„Da hat er aber Glück gehabt." Brögner grinste und

ließ seinen Blick von Sarischas Gesicht über ihren Busen bis zu ihren Füßen gleiten.

„Es ist nicht so, wie Sie denken. Er war in einer Vorstellung von mir und dann sind wir ins Gespräch gekommen."

„Robert war bei einer Vorstellung von Ihnen? Das wundert mich. Er hasst normalerweise alles was nach Übersinnlichem riecht. Vermutlich hat Tami, seine Frau, ihn mitgeschleppt. Wir, also Robert, Tami, ich und meine Frau, waren einmal bei einer Handleserin, nur so zum Spaß. Danach war er total verstört, weil ihm die Handleserin etwas Böses, wie er sagte, vorausgesagt hat, obwohl er ja angeblich nicht an so etwas glaubt."

„Was hat sie denn mit dem Bösen gemeint?"

„Das weiß ich nicht mehr." Brögner winkte dem Kellner und bestellte sich ein weiteres Bier. Sarischa nahm noch ein Wasser.

„Wir sollten jetzt wieder zum eigentlichen Thema unseres Treffens kommen", meinte Brögner. Sie kennen mein Angebot. Alle Nebenkosten würden wir übernehmen, wie mit Ihrem Agenten bereits besprochen. Allerdings zahlen wir Ihnen die Gage nur, wenn Sie uns auch etwas beibringen."

„Tja, lieber Herr Brögner, ich fürchte, wir kommen nicht zusammen."

„Das ist aber schade. Warum denn?"

„Weil ich Ihnen, wie gesagt, nichts beibringen kann. Es geht nicht. Vielleicht ist ja ein Naturtalent unter Ihnen, dann ja, aber die Chance stehen sehr schlecht. Im deutschsprachigen Raum leben ca. 100 Millionen Menschen, davon gibt es, soweit mir bekannt, nur zwei mit besonders ausgeprägten Fähigkeiten im Gedankenlesen, das sind: mein Vater und ich. Glauben Sie mir, ich weiß, wie Kollegen arbeiten. Mit echtem Gedankenlesen hat das absolut nichts zu tun." Sarischa hob die Brauen und lächelte.

„Ich mache Ihnen einen Vorschlag. Erstens: Ihre Gruppe bekommt von mir eine Privatvorstellung und alle können verschiedene Versuche selbst ausprobieren. Ich unterstütze jeden Einzelnen und erkläre ein paar Tricks, die man mit etwas Übung auch als Laie hinbekommt. Und zweitens: Ich möchte, dass Sie mir vorab etwas über Robert Schöner erzählen – wie er so ist, als Mensch, nicht nur als Chirurg."

„Was ist denn an diesem Mann so interessant für Sie?"

„Das möchte ich nicht sagen."

Sie steht auf ihn, aber sie will es nicht zugeben.

„Haben Sie in seine Gedanken nicht gelesen? Wenn, dann müssten Sie doch wissen, wie er so tickt."

„Er gehört zu den absoluten Ausnahmen, bei denen ich die Gedanken nicht lesen kann. Nun – wie ist es? Sind Sie einverstanden? "

„Ja, bin ich."

Sarischa reichte ihm die Hand und er schlug ein.

„Dann schießen Sie los?", sagte sie erwartungsfroh.

„Mit was?"

„Mit ihren Eindrücken von Robert Schöner."

„Was, jetzt gleich?"

„Ja, jetzt sitzen wir gerade so gemütlich zusammen."

„Tut mir leid, dafür habe ich keine Zeit mehr. Ich muss ohnehin gleich los. Auch Privatiers haben Verpflichtungen. "

Ich muss mir erst überlegen, was ich über Robert sage.

„Wir treffen uns ein anderes Mal"

Sarischa ärgerte sich über die Verzögerung. Was wusste der Mann von Robert, was er nicht spontan sagen konnte?

„Schade, aber nun gut. Mein Agent meldet sich bei mit Ihnen."

7

Tami traf sich wieder mit Freddy bei sich zu Hause, während Robert in der Klinik war, schon zum dritten Mal. Sie hatten Sex miteinander. Es ging ihr gut mit diesem Seitensprung. Ein schlechtes Gewissen hatte sie nicht. Leider würde Freddy demnächst wieder nach Afrika fliegen. Er bot ihr an mitzukommen, dann könnte sie sich einen Einblick über die Arbeit dort verschaffen. Der Einkauf von Gewürzen sei mit vielen Reisen und oft schwierigen Verhandlungen verbunden, wäre aber sehr spannend, sagte er ihr. Obwohl sie großes Interesse hatte, ging ihr das alles nun doch etwas zu schnell. Dann müsste sie sehr bald mit Robert darüber sprechen und dabei, wie Sarischa es ausdrückte, besonnen vorgehen, denn sie wollte Robert ja nicht verlieren. Er wäre nicht einverstanden, da war sie sich sehr sicher, wenn sie mit einem attraktiven Mann mehrere Monate auf einen fremden Kontinent unterwegs wäre, wenn auch nur – natürlich! – rein beruflich.

Sie erzählte Freddy von Sarischa.

„Ich muss sie bald mal wieder anrufen. Sie macht gerade Karriere im Fernsehen."

„Ich habe die Sendung gesehen. War beeindruckend. Aber im Fernsehen kann man ja alles manipulieren. Kann sie das Gedankenlesen auch in echt?"

„Kann sie. Perfekt."

„Wenn du sie triffst, könnte ich dabei sein, nur kurz? Ich würde sie gerne kennenlernen, hautnah erleben, ob das wirklich funktioniert."

„Tut mir leid, das geht nicht. Ich möchte nicht, dass sie von uns erfährt. Wegen Robert – sie kennen sich. Irgendwas läuft zwischen den beiden."

„Haben sie was miteinander?"

„Nein, nein. Das ist es nicht. Ich habe den Eindruck, dass Robert sie nicht mag. Und sie ihn vermutlich auch nicht."

„Warum?"

„Ich habe keine Ahnung. Ich muss sie mal fragen, was der Grund ist. Robert war etwas überheblich, als sie sich begegnet sind, aber es war auch so eine komische Atmosphäre zwischen ihnen, als sie bei uns zu Besuch war. Trotzdem möchte ich, dass sie meine Freundin bleibt beziehungsweise wird. Sie ist interessanter als alle meine sonstigen Freundinnen."

„Dann musst du aber ehrlich zu ihr sein und du darfst ihr nichts verheimlichen, zum Beispiel mich."

„Ich stelle euch mal vor, aber nicht schon jetzt. Ich kenne sie ja selbst noch kaum. Außerdem ist sie sehr attraktiv ..."

„Keine Angst. Ich werde mich hüten, mit einer Gedankenleserin was anzufangen. Falls sie es wirklich kann: Ist dir das nicht unheimlich?"

„Nein, eigentlich nicht. Wenn du sie privat erlebst, ist sie ganz normal. Und sie betreibt das Gedankenlesen auch nur auf der Bühne, sagt sie."

„Und du vertraust ihr?"

„Ja, schon. Ich habe nicht vor, ihr irgendwas zu verbergen. Ich möchte sie kennenlernen."

„Dann musst du den Kontakt aufrechterhalten."

„Das werde ich."

Nachdem Freddy gegangen war, rief Tami Sarischa an. Sie verabredeten sich zum Mittagessen gleich am nächsten Tag. Sarischa hatte nur mäßig Lust. Sie fand Tami nett, aber eben nur nett, spielte die perfekte Ehefrau an der Seite eines erfolgreichen Mannes, wie man das in diesen Kreisen eben erwartete. Solche Lebensentwürfe langweilten Sarischa. Trotzdem wollte sie weiterhin mit ihr in Kontakt bleiben – wegen Robert.

Nein, begegnen mochte sie ihm momentan nicht. Sie schämte sich über ihren lächerlichen Auftritt in der Klinik. Aber er ging ihr nach wie vor nicht aus dem Kopf. und sie wollte mehr über ihn erfahren. Das Kapitel Robert war noch nicht abgeschlossen, auch wenn es dafür keinen vernünftigen Grund gab, nur eine Ahnung, dass mit dem Mann irgendwas nicht stimmte. Und sie wollte wissen, was es war. Vielleicht konnte sie von Tami ein paar Hinweise bekommen, ja vielleicht sogar Details. Sie musste ihr Vertrauen gewinnen und ihre Gedanken lesen, auch wenn das ihr gegenüber nicht unbedingt fair war.

Das Mittagessen verlief anders, als Sarischa sich das gedacht hatte. Sie wollte Tami behutsam über Robert ausfragen, aber dazu kam es nicht, denn Tami fiel, nachdem sie bestellt hatten, gleich mit der Tür ins Haus.

„Was läuft zwischen dir und Robert? Ich habe durchaus mitbekommen, dass da etwas nicht stimmt."

Sarischa war überrascht, wie direkt Tami sein konnte, und schwieg. Sie wollte sie nicht einweihen. Sie wollte auch nicht lügen. Sie wollte einfach nicht, dass Tami diese Frage stellte.

„Was ist vorgefallen?", fragte Tami. „Ich will das wissen."

„Nichts ist vorgefallen. Er hat wohl etwas gegen das Gedankenlesen."

Tami blickte grimmig. „Das soll alles sein?"

„Ja."

„Und warum ist so eine seltsame Stimmung zwischen euch – unterschwellig aggressiv?"

„Das gibt es eben."

„Ich halte das für nicht normal."

„Wenn er meinen Beruf blöd findet, dann kann ich mich darüber wohl kaum freuen. Und außerdem: Schönheitschirurgen sind auch nicht unbedingt mein Fall. Wir sind nicht auf der gleichen Wellenlänge. Mehr gibt es dazu nicht zu sagen. Tut mir leid."

Tami spürte, dass Sarischa nicht wirklich darüber sprechen wollte. Sie war enttäuscht, hatte aber den Eindruck, dass es besser wäre, nicht weiter zu bohren, sonst würde sich Sarischa noch mehr verschließen, und die junge Freundschaft wäre möglicherweise schon wieder zu Ende. Also ließ sie es dabei. Sie erzählte dann von Freddy.

Sarischa hörte zu – Tami schien verliebt zu sein – und schloss daraus, dass die prickelnde Zeit ihrer Ehe wohl schon etwas zurücklag, so wie bei fast allen langjährigen Ehen.

„Weiß Robert davon?"

„Nein. Aber vielleicht vermutet er es."

„Ist er nicht eifersüchtig?"

„Nein." Tamis Blick ging an Sarischa vorbei.

Über unser Intimleben rede ich nicht mit ihr, solange wir uns nicht besser kennen.

Tami richtete ihren Blick wieder auf Sarischa und lächelte.

Und wenn du jetzt versuchst, meine Gedanken zu lesen – bitte tu es.

Sarischa lächelte zurück. „Wärst du denn eifersüchtig, wenn er eine andere hätte?"

„Nein."

„Echt nicht?"

„Nein."

„Habt ihr so etwas wie eine offene Beziehung?"

„Könnte man sagen. Und du? Hast du einen festen Freund?"

„In etwa."

„Wer ist es?"

„Ich kenne ihn schon länger. Er ist ein paar Jahre jünger als ich."

„Ist er auch Gedankenleser?"

„Du liebe Zeit, nein!"

Tami überlegte, ob sie mit einem Gedankenleser befreundet sein könnte und fand die Vorstellung nicht sehr angenehm. „Das ist für ihn sicher nicht einfach."

„Er geht sehr locker damit um, es macht ihm nichts aus, und ich halte mich zurück – so wie ich mich privat allgemein zurückhalte."

„Das sagtest du. Nun ja. So genau wirst du im Alltag die Gedanken wahrscheinlich ohnehin nicht lesen können."

Wenn du wüsstest!, dachte Sarischa.

„Auf der Bühne ist das sicher was anderes, oder?"

„Ja, ist schon anders."

Sie diskutierten noch ein wenig über den Sinn und Unsinn von Eifersucht und Treue, ohne persönlich ins Detail zu gehen.

Als sie zahlten, suchte Tami in ihrer großen Tasche nach der Geldbörse und legte dabei eine Zeitschrift und einen Flyer auf den Tisch. Der Flyer hatte den Titel „Schönheit und Psyche". Tami musste noch auf die Toilette und ließ die Sachen liegen. Sarischa nahm den Flyer und las, dass sich die Tagung an Psychologen, Ärzte und Lehrkräfte richtete. Neben anderen Referenten wurde auch Dr. Robert Schöner angekündigt.

„Fährst du da hin?", fragte Sarischa, als Tami von der Toilette zurückkam, und ihr den Flyer entgegenhielt.

„Nein. Früher habe ich Robert begleitet, aber ich habe dazu keine Lust mehr."

„Mich interessiert das Thema. Der Vortrag von Robert klingt spannend: „Schönheit um jeden Preis?" Vielleicht sollte ich teilnehmen."

„Warum willst du dir das anhören? Das ist wohl kaum dein Metier."

„Ist es doch. Ich habe Psychologie studiert."

„Das wusste ich gar nicht. Du erzählst mir so wenig von dir."

„So wichtig ist das nicht. Außerdem steht das auf meiner Homepage."

„Oh! Ich kenne natürlich deine Homepage, aber das habe ich wohl überlesen."

Sie verließen das Lokal und standen neben dem Eingang, um sich zu verabschieden, denn sie mussten in verschiedene Richtungen.

„Wir sollten mal etwas zusammen unternehmen", schlug Tami vor.

„Ich habe leider wenig Zeit."

„Ich verstehe. Du interessierst dich nicht für mich. Warum triffst du dich dann überhaupt mit mir? Wegen Robert? Sag mir, was du von ihm willst. Willst du mit ihm ins Bett?"

„Um Gottes willen, nein!" Sarischa wusste, jetzt kam sie nicht mehr aus, sie war Tami eine Erklärung schuldig, sonst würde Tami unweigerlich davon ausgehen, dass Sarischa es auf Robert abgesehen hätte.

„Hör zu Tami, ich bin Gedankenleserin. Den wenigsten Menschen gefällt es, wenn ich sie sozusagen belausche. Robert scheint diesbezüglich besonders empfindlich zu sein. Es ist aber auch so, dass ich manchmal etwas lese, was mir ganz und gar nicht gefällt."

„Und du hast bei Robert etwas gelesen, das dir nicht gefällt?"

„Ja."

„Was denn?"

„Es tut mir leid, ich plaudere keine Gedanken aus."

„Ich bin sein Frau!", empörte sich Tami. „Ich finde schon, dass du mir sagen solltest, wenn es etwas ist, das ich wissen müsste."

„Nein, das ist nicht der Fall. Es hat nichts mit dir zu tun und vermutlich auch nichts mit eurer Ehe. Vielleicht habe ich auch etwas falsch interpretiert. Mach dir keine Sorgen. Es tut mir leid, Tami, mehr kann und will ich nicht sagen. Und jetzt lasse mich bitte damit in Ruhe."

Tami verzog das Gesicht. „Ich lasse dich schon in Ruhe. Ich finde, du bist gelegentlich ganz schön arrogant."

„Aha, interessant. Und ich finde, du bist die nichtssagende Gattin eines arroganten Mannes, die sich aus Langeweile einen Lover hält."

Das saß – und es war zu viel für Tami. Sie war tief gekränkt und unendlich enttäuscht. Sie warf den Riemen ihrer Handtasche um die Schulter und zischte, während sie sich zum Gehen wegdrehte, halblaut, aber laut genug, sodass es Sarischa hören konnte: „Blöde, unverschämte Ziege."

Sarischa stand noch eine Weile auf dem Gehsteig und sah Tami nach. Sie musste sich eingestehen: Das war nicht gut, sie hatte über das Ziel weit hinausgeschossen und Tami verletzt. Das musste sie wieder in Ordnung bringen.

Tags darauf am frühen Morgen, Sarischa fuhr gerade ihren PC hoch, rief Felix an, ihr Agent. Brögner hätte abgesagt, er würde an diesem Seminar nicht mehr teilnehmen wollen. Die Nachricht wäre gestern spätabends per E-Mail ohne Begründung eingegangen. Sie ließ sich Brögners Telefonnummer geben, denn sie wollte persönlich hören, warum.

Als sie ihn nach mehreren Versuchen endlich erreichte, war er nicht besonders erfreut, mit ihr über den Grund der Absage zu sprechen.

„Der geplante Termin passt nun doch nicht. Wir finden momentan keinen Ersatztermin. Tut mir leid." Brögner räusperte sich. „Vielleicht klappt es zu einem späteren Zeitpunkt, dann kann ich mich ja wieder melden."

„Das können Sie gerne tun. Aber wissen Sie, was ich

glaube? Ihnen ist die Sache zu heiß geworden. Sie haben mittlerweile realisiert, dass ich nicht nur unterhaltsame Spielchen mache, sondern die Fähigkeit besitze, auch komplexere Gedanken zu lesen – Gedanken, die über das Erraten von Zahlen oder Namen hinausgehen, auch wenn in meinen Shows dies natürlich einen Schwerpunkt bildet."

„Da haben Sie nicht ganz unrecht", gab Brögner zu.

„Und ich vermute, es ist mitunter wegen Dr. Schöner. Sollten Sie, so wie wir es abgemacht hatten, über ihn sprechen, könnte ich sozusagen nebenbei, also über Ihre Gedanken, etwas erfahren, das ihm vielleicht nicht recht wäre."

„Wenn Sie es so ausdrücken wollen …"

„Haben Sie mit Robert über mich gesprochen?"

„Nein, habe ich nicht. Werde ich auch nicht. Wir haben keinen Kontakt mehr."

Das überraschte Sarischa. Sie ging davon aus, dass sie ein gutes Verhältnis hätten, und Brögner ein Loyalitätsproblem bekommen würde, sollte er hinter Roberts Rücken über ihn sprechen. Aber so war es anscheinend nicht.

„Warum ist der Kontakt abgebrochen?"

„Hören Sie", sagte er mittlerweile etwas genervt, „es ist mir egal, was für ein Verhältnis sie beide haben und wie nahe sie sich sind. Aber sollte ich in seinen Gedanken vorkommen – ich weiß ja nicht, wie detailliert Ihnen seine Gedanken erscheinen –, ich will an die Geschichte nicht mehr erinnert werden und ich will von ihm nichts mehr hören. Dabei soll es bleiben. Warum, das geht Sie nichts an."

„Okay. Das akzeptiere ich. Aber Sie waren doch von seiner ärztlichen Kunst begeistert?"

„Bin ich immer noch. Aber wie gesagt, ich werde an dem Treffen definitiv nicht teilnehmen und ich werde auch nicht über Robert sprechen. Bis gestern waren Sie für mich lediglich eine perfekte Entertainerin, eine Art Zauberkünstlerin. Aber da Sie möglicherweise mit ausfeilten psychologischen Tricks und irgendwelchen Hypnosemethoden arbeiten, um Menschen zu durchschauen, möchte jedenfalls ich mit Ihnen nichts mehr zu tun haben. Ihr Agent soll sich gegebenenfalls mit einen meiner Kollegen in Verbindung setzen, falls von deren Seite weiterhin Interesse besteht. Sollen sie alle ihren Spaß haben."

Sie beendeten das Gespräch.

Sarischa fühlte sich ein wenig gekränkt – Absagen kannte sie nicht, außer wenn ihre Gagenforderung nicht bezahlt werden konnte. Sie war aber auch erleichtert, dass aus diesem Deal nichts geworden ist. Wer weiß, wie das Treffen abgelaufen wäre – sie allein mit mehreren alten Männern, die vermutlich alle scharf auf sie gewesen wären. Sie arbeitete doch nicht für einen Begleitservice mit ausgefeilt mentalem Intimprogramm, das selbstverständlich ab einer gewissen Summe auch körperlich vermittelt werden sollte. Wer weiß, was sich diese Typen so alles vorstellen, dachte sie sich. Aber sie dachte sich auch, sollte noch eine Anfrage dieser feinen Herren kommen, würde sie vielleicht doch zusagen. Allerdings müsste sie sich absichern, zum Beispiel mit Felix als Bodyguard. Sie schmunzelte. Die Idee gefiel ihr. Felix wäre sicher nicht abgeneigt.

8

Die Tagung, auf der Robert referierte, lag zwischen zwei Vorstellungen, sodass einer Teilnahme nichts im Wege stand – theoretisch. Praktisch sah die Sache anders aus: Was erwartete sie sich von einer erneuten Begegnung mit Robert? Würde sie ihm in entspannter Konzentration näherkommen können, um doch noch seine Gedanken zu lesen? Sie musste es versuchen. Die Idee reizte sie zu sehr.

Sie hatte beschlossen, Felix mitzunehmen, auch wenn sie für diese Tagung keinen Bodyguard brauchte, aber jemanden zum Reden, falls sie Ablenkung brauchte. Felix wusste natürlich weder von Roberts Gedanken noch, dass sie ihn privat kannte. Sie sprach nie über ihre Gäste; das war ein Grundsatz und absolut tabu. Ob er Lust hatte mitzukommen, wusste sie zwar nicht, aber sie würde ihn schon davon überzeugen, dass es auch für ihn gut wäre, seinen Horizont zu erweitern, zumal sie ihn natürlich einladen würde.

Er staunte nicht schlecht, als sie ihn fragte. Noch nie war er mit ihr verreist. Er empfand diese Einladung sonderbar. Wozu sollte das gut sein? Sie erklärte ihm, dass sie dort nicht allein sein wolle, dass sie einen Ansprechpartner brauche und dass er sie beide bitte anmelden und in dem Tagungshotel zwei Einzelzimmer buchen möge. Er hinterfragte die Angelegenheit nicht weiter. Solange sie alle Kosten übernahm, war der *Ausflug* für ihn okay.

Das Tagungshotel lag bei Augsburg, in der Nähe einer kleinen Ortschaft, quasi in der Pampa. Felix bekam für sie beide die letzten Plätze, aber zwei Einzelzimmer gab es nicht mehr, nur noch ein Doppelzimmer. Es war klar, dass ein Doppelzimmer nicht in Frage kam. Felix schlug Sarischa vor, dass sie das Zimmer nehmen könne und er am frühen Abend abreisen würde. Das gefiel Sarischa jedoch nicht. Gerade am Abend wollte sie nicht alleine sein, zum wichtigen Get-together – beim lockeren Plaudern, auch mit Robert. Felix wäre ihre seelische Stütze, falls die Sache schieflaufen würde.

„Dann übernachten wir eben beide im Doppelzimmer. Ich habe damit kein Problem."

„Aber ich", konterte Felix.

„Warum? Wir schlafen einfach nur nebeneinander. Sonst nichts."

Er war keineswegs bereit, neben seiner attraktiven Chefin *einfach nur*, wie sie es ausdrückte, zu schlafen. „Ich bin ein Mann und du eine Frau. Das würde nicht gutgehen."

„Vorschlag: Frag im Hotel, ob man die Betten auseinanderstellen kann. Wäre das ein Kompromiss, mit dem du leben beziehungsweise schlafen könntest?"

„Ja, vielleicht. Warum ist es dir so wichtig, dass ich bei der Tagung dabei bin und dass ich auch noch mit dir in einem Zimmer schlafe? Soll ich deinen Partner spielen? Und wenn ja, warum? Ich fühle mich irgendwie ..." Er zögerte einen Moment. „...benutzt, zumindest nicht eingeweiht."

„Die Gründe erkläre ich dir auf der Hinfahrt."

Felix buchte das Doppelzimmer; es hatte separate Betten. Und bei näherer Betrachtung der Angelegenheit, fand er dieses Arrangement gar nicht mehr so übel.

Die Hinfahrt war stressig. Sarischa hatte am Abend davor noch einen Auftritt in Passau, kam erst gegen Mitternacht nach Hause und fiel todmüde ins Bett. Die Tagung begann um zehn Uhr, einchecken bis neun Uhr dreißig. Eine Stunde Anfahrt. Vorher frühstücken, stylen

– das hieß: passende Klamotten auswählen, duschen, Haare waschen, schminken.

Um acht Uhr dreißig stand Felix pünktlich vor Sarischas Tür. Er trug einen grauen Anzug mit hellblauem Hemd und einer dezent gemusterten Krawatte. Er trug normalerweise Jeans, T-Shirt und gerne eine Kappe. Als Sarischa ihn sah, musste sie lachen.

„Was gibt's da zu lachen, wenn ich mal einen Anzug trage? Ich wollte für dich schick sein als dein – ich weiß nicht was – Begleiter?"

„Der Anzug steht dir. Fehlt nur noch die Rolex."

„Du hast dich heute aber auch in Schale geworfen", bemerkte Felix auf dem Weg zu Sarischas Auto. „Bin schon gespannt, was es mit der Tagung auf sich hat. Wie war noch mal der Titel?"

„Schönheit und Psyche". Solltest du dich mal verschönern lassen, dann weißt du wenigstens, was deine Psyche eigentlich will."

Felix lachte. „Es geht doch immer nur darum, beachtet und geliebt zu werden. Und als Mann will man guten Sex. Um das zu wissen, brauche ich kein Tagung."

Sie stiegen in Sarischas Mercedes CLA Coupé. Sie fuhr flott, aber sicher. Felix wartete bis sie die Stadtgrenze erreicht hatten, dann konnte er seine Neugierde nicht mehr zurückhalten. „Sag endlich, warum du mich bei dieser Tagung dabeihaben willst."

„Ich rechne mit deiner absoluten Verschwiegenheit. Ist das klar?"

„Jawohl Chefin."

Sie zog die Augenbrauen hoch und warf ihm einen kurzen, kritischen Blick zu. „Ich meine das Ernst."

„Hey, ich quatsche nicht. Das dürftest du wissen."

„Okay. Also: Dr. Robert Schöner, einer der Referenten, war bei mir in einer Show. Ich konnte seine Gedanken lesen, sah einen blonden, jungen Mann mit aufgerissenen Mund, starren Augen, nackt auf einem Holzboden liegen. Ich hatte den Eindruck, dass er tot war oder dem Tod nahe. Ich war bei Schöner zu Hause, seine Frau hatte mich eingeladen." Sie erklärte ihm die näheren Umstände. „Und ich habe ihn in seiner Klinik aufgesucht. Schöner ist Schönheitschirurg. Ich wollte erfahren, was Schöner mit dem Mann zu tun hatte, aber es ist mir nicht gelungen. Dieser Brögner, du weiß schon, der von der Lissabonner Altherrengruppe, kennt Schöner, hatte mit ihm vermutlich eine krumme Sache laufen und distanziert sich nun von ihm Warum, weiß ich nicht. Ich will herausfinden, was da am Gange ist. Schöner ist nicht sauber."

„Du vermutest, dass dieser Schöner den nackten Mann umgebracht hat?" Felix zweifelte nicht an Sarischas Können. Er wusste sehr wohl, dass sie außergewöhnliche Kräfte hatte, aber ob sie sich da nicht doch irrte?

„Vielleicht. Es könnte sich auch um ein anderes Verbrechen handeln."

„Oder um überhaupt kein Verbrechen."

„Das glaube ich leider nicht."

„Und welche Rolle soll ich dabei spielen? Was hast du vor?"

„Ich brauche noch mal Zugang zu seiner Gedankenwelt. Das kann ich nur, wenn ich in seiner Nähe bin. Damit mein Anpirschen nicht zu auffällig ist, ist es gut, wenn ich in Begleitung bin – in Begleitung eines attraktiven Mannes."

„Danke."

„Am Abend gibt es immer ein Get-together. Da möchte ich nicht allein sein. Mehr kann ich dir im Moment nicht sagen, weil ich keine Ahnung habe, wie die Begegnung ablaufen wird. Sei am Abend einfach in meiner Nähe und ziehe dich zurück, wenn ich dir ein Zeichen gebe."

Felix schmunzelte. „Wie im Film. Sollen wir noch

unsere Daten abchecken, damit wir uns nicht widerspre-
chen?"

„Wir bleiben bei der Realität. Ausnahme: Seit drei
Wochen sind wir ein Paar."

Ein Paar, das in einem Doppelzimmer getrennt schlafen wird, dachte sich Felix und betrachtete Sarischa
plötzlich mit anderen Augen. Er sah in ihr nicht mehr nur
die coole, erfolgreiche Chefin, sondern eine Frau, die
ihm fremd war. Im Grunde kannte er nur ihre Fassade,
aber wie sie wirklich war, davon konnte er sich kein Bild
machen.

Felix Gedanken las Sarischa grundsätzlich nicht. Damit ihre Zusammenarbeit dauerhaft funktionierte, war es
unumgänglich, dass beide auf der gleichen Ebene kom-
munizierten, deshalb ließ sie ohne Ausnahme die Finger
davon.

Es gab Stau. Sie verspäteten sich, kamen erst um
neun Uhr zwanzig an. Schnell brachten sie ihr Gepäck
ins Zimmer und suchten den Veranstaltungsraum auf.
Etwa fünfzig Teilnehmerinnen und Teilnehmer, davon
etwas mehr Männer, saßen auf schicken Holzstühlen vor
einer kleinen Bühne mit einer großen Leinwand, auf der
der Titel der Tagung „Schönheit und Psyche" angezeigt
wurde.

Sarischa hielt zusammen mit Felix Ausschau nach
zwei Plätzen möglichst weit vorne. In der dritten Reihe
an der Wand gab es noch zwei Plätze. Um an die Plätze
zu kommen, musste die ganze Reihe aufstehen – peinlich, aber notwendig.

Sie ließ einen verstohlenen Blick durchs Publikum
streifen. Sie kannte niemanden – Gott sei Dank. Hoffentlich wurde auch sie nicht erkannt. Robert war nicht zu
sehen; er war wohl in einem Raum neben der Bühne. Das
Gemurmel im Saal ließ sofort nach, als eine sehr attraktive Frau um die fünfzig die Bühne betrat, die Gäste begrüßte und den Ablauf der Tagung erklärte: Vorträge,

Podiumsdiskussionen, Workshops und natürlich das abendliche Get-together. Das Übliche.

Das Eröffnungsreferat wurde angekündigt mit dem Titel „Schönheit um jeden Preis?" mit dem Untertitel „Die Selbstoptimierung ist riskant, teuer und wird immer extremer", von Dr. Robert Schöner."

Ein guter Einstieg. Sarischa war gespannt, wie sich Robert präsentierte und ob sein Referat inhaltlich hielt, was der Titel versprach. Aber noch viel spannender war, wie er reagierte, wenn er sie entdeckte.

Locker, mit entspanntem Gesicht, aber mit festem Schritt kam er von einer Seitentür und stieg locker die paar Stufen zur Bühne hoch. Er begrüßte das Publikum und legte, ganz oldschool, ein Manuskript auf das Rednerpult. Er verwendete kein Laptop.

Dann begann er mit seinem Referat und blickte ins Publikum. Er hatte gerade zwei Sätze gesprochen, da entdeckte er Sarischa. Sein Gesicht erstarrte für einen kurzen Moment. Er überbückte mit ein paar Ähs seinen unterbrochenen Redefluss, sah in eine andere Richtung, räusperte sich kurz und fuhr, genauso professionell wie er begann, mit seiner Rede fort. In den dreißig Minuten, die er sprach, warf er nur ein einziges Mal einen kurzen Blick zu Sarischa. Anschließend verschwand er im Nebenraum.

Die Tagung nahm seinen Lauf. Zwei weitere Referenten sprachen, jeweils nur zehn Minuten. Anschließend gab es eine Podiumsdiskussion, an der auch Robert teilnahm. Fragen des Publikums wurden beantwortet. Sarischa stellte absichtlich keine Frage. Es gehörte zu ihrer Strategie, nicht ansatzweise provokativ zu wirken.

Endlich war Mittagspause – man strömte zum Buffet. Und da war auch Robert. Er setzte sich mit einem Mann an einen Vierertisch. Sarischa, mit Felix im Schlepptau, ergriff die Chance und fragte freundlich, ob die zwei leeren Plätze noch frei waren, dabei blickte sie mit ihren perfekt geschminkten, großen Augen zu dem fremden Mann, der sofort ja sagte. Robert blieb nichts anderes übrig, als seinen offenen Mund wieder zu schließen und zur Situation passend, ein freundliches Lächeln aufzusetzen.

Der fremde Mann stellte sich kurz vor – er hieß Starkhoff – und sagte, dass er bis jetzt mit der Tagung zufrieden wäre.

„Sarischa Tämlin. Hallo. Bis jetzt war es interessant." Sie sah zu Robert. „Hallo Robert. Dein Vortrag hat mir wirklich sehr gut gefallen. Klar formulierte Statements und ein paar provokante Thesen. Ein gelungener Auftakt."

„Der Meinung bin ich auch. Es hat mich übrigens nicht überrascht, dass der Spitzenreiter bei den Ästhetisch Plastischen Operationen die Fettabsaugung ist, selbst wenn die Anzahl der Eingriffe 2020 gegenüber zum Vorjahr um rund 17% gesunken ist", sagte Starkhoff.

Nun mischte sich auch Felix ein. „Interessant ist auch, dass das Durchschnittsalter von Schönheitsoperationen bei etwas über 41 Jahre liegt. Dann habe ich ja noch neun Jahre Zeit, bis ich mich modellieren lasse."

Robert lächelte und schob sich einen Löffel Gemüse in den Mund, kaute kurz und fragte dann Felix: „Darf ich fragen, wer Sie sind? Sind Sie mit Sarischa hier?" Er blickte zu Sarischa und wieder zu Felix.

„Ja", sagte Felix. „Mein Name ist Braun."

„Das ist mein …" – Sarischa zögerte kurz – „… Mitarbeiter". Sie hatte sich spontan entschlossen, Felix als ihren Mitarbeiter vorzustellen. Das Spiel, ihn als ihren neuen Freund auszugeben, fand sie plötzlich albern. „Wir sind zu der Tagung gekommen, weil wir unseren Horizont erweitern wollen. Die unbewusste Motive von bestimmten Vorhaben zu beleuchten, können auf viele Bereiche des Lebens übertragen werden."

Sie konzentrierte sich mit auf Roberts Gedanken.

Und tatsächlich: Sie bekam Kontakt.

Sie erzählt Bullshit. Warum sollte sie ihren Mitarbeiter hierherschleppen? Wahrscheinlich ihr neuer Lover. Was will sie hier? Mich nerven?

„Deine Teilnahme an der Tagung wundert mich – ist doch etwas artfremd für dich."

„Könnte man meinen, ist es aber nicht. Ich bin Psychologin."

„Ich auch", sagte Starkhoff. „In meiner Praxis waren schon einige Frauen, die ihre OP bereuten."

„Ich flicke sie dann schon wieder ordentlich zusammen", bemerkte Robert mit einem süffisanten Lächeln und stand auf. „Entschuldigung. Ich muss mir noch Salat holen."

„Ich auch", sagte Sarischa. Sie nahm ihren fast leeren Teller und ging hinter Robert her.

Er drehte sich zu ihr um. „Warum?"

"Warum was?"

„Du weißt genau, was ich meine. Was willst du hier?"

„Ich möchte Neues erfahren. Und ich möchte mich bei dir entschuldigen, dafür, dass ich in deiner Klinik aufgetaucht bin und auch dafür, wie ich mich aufgeführt habe. Das war nicht korrekt."

„Wie bitte? Willst du mich verarschen?" Robert schüttelt den Kopf.

„Nein. Das ist mein Ernst."

„Ich weiß nicht …", murmelte Robert. Er ging davon aus, dass diese Entschuldigung nur ein Trick war, damit er sie nicht weiter abwehrte. „Du bist wirklich seltsam."

„Können wir heute Abend miteinander reden? Beim Get-together? Mal ein paar normale Worte, zum Beispiel über die Tagung. Als Psychologin bin ich wirklich an dem Thema interessiert, wenn auch mehr theoretisch. Keine Angst, das Gedankenlesen bleibt komplett außen vor."

„Vielleicht. Ich werde wenig Zeit haben. Mal sehen."
„Okay, wir werden sehen."

Das Get-together zog sich. Sarischa und Felix quatschten sich irgendwie durch den Abend. Er hatte teilweise Spaß – und lernte eine neue Welt kennen, die er für ziemlich abgehoben hielt. Fast alle verhielten sich so, als ob nur sie schwierige Zusammenhänge begreifen und erklären könnten, dabei war das meiste doch recht einfach. Man diskutierte über die Auswirkungen der Medien und man hielt mangelndes Selbstbewusstsein sowie Abwertungen und unrealistische Erwartungen in Beziehungen für die wesentlichsten Gründe von Schönheitsoperationen. Außerdem wären sie ein wichtiger Wirtschaftsfaktor. Felix dachte sich, um das festzustellen, braucht man kein Psychologiestudium.

Sarischa langweilte sich. Endlich schien es eine Möglichkeit zu geben, mit Robert zu sprechen. Er saß auf einer kleinen Couch im Foyer; der Platz neben ihm war gerade frei geworden. Sie gab Felix den Hinweis, nun nicht zu stören. Sie setzte sich neben Robert, ohne zu fragen, schlug ihre Beine übereinander; ihr enger Rock rutschte nach oben. Mit beiden Händen hielt sie ein Glas Wasser. Sie sagte kein Wort, aber mit ihren Augen flirtete sie.

Robert betrachtete sie von der Seite, grinste und blickte dann in den Raum. Auch er sagte kein Wort.

Sie rutschte ein Stück an ihn heran, dabei streifte sie mit dem übergeschlagenen Bein sein Bein. Das war kein Zufall. Sie streifte sein Bein eine halbe Sekunde zu lang und zu stark, was Robert nicht entging.

„Nun, Sarischa. Was willst du mir sagen? Ich höre."

„Du bist ein guter Redner und du hast einen scharfen Verstand."

„Ich weiß. Ich stecke so manchen in die Tasche."

„Ich auch." Sarischa unterstrich ihr verführerisches

Lächeln mit einem betörenden Wimpernschlag und nahm einen Schluck Wasser.

„Bei mir wird dir das nicht gelingen", konterte Robert. „An mir, meine Liebe, beißt du dir die Zähne aus."

„Bist du noch sauer auf mich?", fragte sie unschuldig.

Robert drehte sich ein Stück zu ihr und warf einen Blick auf ihre Beine. Dann legte er seine Hand auf ihren Unterarm. „Du bist wirklich sehr hübsch. Ein hübsches Miststück."

Langsam beißt er an – hoffentlich, dachte Sarischa.

„Und du? Was bist du? Ein Mistkerl."

„Auf dieser Ebene würden wir vielleicht ganz gut zusammenpassen. Aber als Gedankenleserin hasse ich dich."

„Ich weiß. Ich kann deine Gedanken ohnehin nicht mehr lesen. Ich bin dir einfach nicht gewachsen – aber nur diesbezüglich. Dabei würde ich so gerne noch mal über den jungen, blonden Mann reden und nebenbei lesen, was du mit ihm angestellt hast."

So, jetzt komm schon, verdammt, denke an den Mann, lass ein neues Bild hochkommen. Sie stellte sich mit voller Konzentration auf seine Gedankenwelt ein. Aber es kam diesbezüglich nichts. Stattdessen dachte er:

Wenn du noch einmal damit anfängst, küsse ich dich, bis du keine Luft mehr bekommst.

„Du wolltest das Thema außen vor lassen. Und nun fängst du wieder damit an? Mit dir kann man nicht normal reden."

„Haben wir doch."

„Ja, bis jetzt, ein paar Sätze. Ich habe keine Lust mehr, mich mit dir abzugeben. Außerdem wartet sicher dein Lover schon auf dich." Robert drehte sich weg von Sarischa und sah sich um, als würde er nach Felix Ausschau halten. „Wo ist er denn?"

„Felix ist nicht mein Lover. Du bist tatsächlich sexfixiert, wie Tami schon sagte."

„Ich glaube nicht, dass sie das so sagte." Er stand auf. „Einen schönen Abend noch."

Sarischa blieb sitzen, sah Robert hinterher und fragte sich, ob sie morgen noch mal mit ihm würde reden können. Diese Begegnung hier eben ging jedenfalls in die Hose.

Felix war schon im Zimmer. Als Sarischa eintrat, fiel ihr sofort auf, dass er die Betten so weit auseinanderstellt hatte, wie es irgendwie ging. Er hatte sogar die Nachtkästchen zwischen die Betten geschoben. Das war übertrieben, fand sie.

Er lag bereits in einem Bett, trug einen lustig blauweiß-karierten Schlafanzug und las ein Buch.

„Du bist schon schlafbereit?", fragte sie und kramte in ihrem Trolly.

„Ja. Ich lese immer noch vor dem Einschlafen."

„Ich auch. Aber ich habe mein Buch vergessen. Was liest du?"

„Einen Thriller. ‚Die blaue Haut.' Ziemlich spannend. Und du?"

„Einen Krimi. Mir ist der Titel entfallen."

Sie ging ins Bad, putzte die Zähne, duschte kurz und zog ihr Nachthemd über. Es war wadenlang, schneeweiß mit einem großen, goldenen Stern auf der Brust.

Felix blickte sie erstaunt an, als sie aus dem Bad kam. Irgendwie sah sie anders aus – ganz ohne Schminke mit diesem komischen Nachthemd, das ihn an die Kluft einer Sekte erinnerte.

Ohne noch etwas zu sagen, losch Sarischa die Deckenbeleuchtung, schlüpfte unter die Bettdecke und warf Felix einen müden Blick zu. Er sah sie erwartungsvoll an, was Sarischa jedoch nicht wahrnahm.

„Würde es dir was ausmachen morgen weiterzulesen, das heißt, deine Nachttischlampe auszuschalten? Ich kann bei Licht nicht schlafen."

„Ist das eine Bitte oder eine dienstliche Anordnung?"

„Was bist du denn so empfindlich?"

„Manchmal checkst du echt gar nichts. Du kommst von deinem ach so wichtigen Zusammentreffen mit diesem Robert, bei dem ich nicht stören durfte und du sagst mir nicht mal, wie es gelaufen ist. Und du hast die Absprachen geändert. Ich bin also plötzlich nicht mehr dein Freund. Schon super. Erst soll ich unbedingt mitfahren und dann behandelst du mich wie einen dümmlich Untergebenen, dem das alles nichts angeht und der auch nichts zu wissen braucht."

Sarischa setzte ich aufrecht. Deutliche Worte – leider zutreffend. Manchmal war sie wirklich daneben. „Es tut mir leid, Felix. Bitte entschuldige. Natürlich will ich dir sagen, was ich in Erfahrung bringen konnte."

„Und?"

„Nichts. Er weicht mir aus. Mental komme ich so gute wie gar nicht an ihn ran. Er schafft es verdammt gut, sich abzuriegeln. Das habe ich noch nie erlebt – und es ärgert mich. Natürlich ist das kein Grund, dich nicht zu informieren. Sorry noch mal."

„Schon gut."

„Einen Gedanken habe ich aber doch aufgeschnappt: Falls ich nochmal anfinge über den jungen Mann zu sprechen, würde er mich küssen, bis ich keine Luft mehr bekäme."

„Er steht auf dich."

„Quatsch. Das hat er sich absichtlich intensiv gedacht hat, um vom eigentlichen Thema abzulenken."

„Der Herr Doktor wird längst gemerkt haben, dass du dich auf ihn eingeschossen hast und dass du kein Typ bist, der sich so einfach abwimmeln lässt. Er wird davon ausgehen, dass du weiterbohren wirst."

„Mag sein. Was würdest denn du an seiner Stelle machen?"

„Mit dir?"

„Ja, mit mir."

Felix überlegte, dann lächelte er verhalten und schließlich lachte er. „Es gibt wohl nur zwei Möglichkeiten, dich zum Schweigen zu bringen: dich zu ermorden oder dich zu küssen, bis dir die Luft wegbleibt!"

„Sehr witzig. In beiden Fällen wäre ich tot. So, nun muss ich aber wirklich schlafen."

Felix löschte das Licht und war froh, dass er kein Verlangen verspürte, unter ihre Decke zu schlüpfen.

Am zweiten Tag der Tagung gab es Diskussionen in Kleingruppen, zum Beispiel, wann bei Jugendlichen welche Schönheits-OP vertretbar ist, oder über die körperdysmorphe Störung – also von Menschen, die sich äußerliche Makel einbilden. Keine der Gruppen wurde von Robert moderiert. Felix nahm an einer Gruppe teil, die sich mit Ausgrenzung aufgrund des Aussehens und dessen Folgen beschäftigte. Für ihn war es tatsächlich eine Art Fortbildung und ihm wurde bewusst, wie sehr Schönheitsideale das gesamte soziale Leben beeinflussen. Fast niemand könne sich dem Diktat der Schönheit entziehen.

Sarischa verließ ihre Diskussionsgruppe, die sich mit der psychologischen Nachsorge von Patienten befasste, vorzeitig nach einer Stunde. Ihr ging die Tagung langsam auf Nerven.

Sie fragte nach der Zimmernummer von Robert und wartete auf den Aufzug. Als sich die Tür öffnete, kam ihr Robert schwungvoll entgegen und hätte sie beinahe angerempelt. „Oh sorry. Guten Morgen."

„Guten Morgen Robert. Wo gehst du hin?", fragte sie ihn zuckersüß.

„Nach draußen. Frische Luft schnappen. Vor dem Mittagessen halte ich eine Abschlussrede."

„Ich weiß, steht ja im Programm."

„Hörst du sie dir an?"

„Natürlich. Das lasse ich mir nicht entgehen. "

„Ich reise anschießend sofort ab." Er sah zum Ausgang.

„Ich auch. Die abschließenden Podiumsdiskussion spar ich mir. Darf ich dich bei deinem Spaziergang begleiten?"

„Nein, ich muss die Rede nochmal durchgehen, das ursprüngliche Konzept überprüfen."

„Okay. Wann sehen wir uns wieder?".

„Du meinst, ob wir uns absichtlich treffen sollen? Vergiss es. Und lass mich in Zukunft bitte in Ruhe."

Er wandte sich zum Ausgang.

Nach ein paar Schritten, drehte sich er sich noch mal um. „Komm kurz mit nach draußen."

„Warum?"

Ohne zu antworten winkte er ihr mit der Hand, um ihm zu folgen. Draußen marschierte er schnellen Schrittes ein paar Meter weg vom Eingang, Sarischa hinter ihm her. In einer Nische eines Eingangs blieb er stehen, drehte sich zu Sarischa und sah ihr in die Augen.

„Und jetzt?", fragte sie.

Er legte blitzschnell seine Arme um ihren Hals und gab ihr einen festen Kuss auf den Mund.

Sarischa war dermaßen überrascht, dass sie wie versteinert dastand.

„Was ... was soll das?", stammelte sie.

„Ist es das, was du willst?"

„Äh, nein."

„Gut, dann hätten wir das geklärt." Robert wandte sich ab und entschwand in den Hotelpark.

Sarischa sah Robert hinterher. Was war das jetzt? Ihr Herz begann zu klopfen und ihr wurde heiß. Warum hatte sie ihm keine geknallt, was angemessen gewesen wäre? Stattdessen ließ sie es geschehen.

Sie wischte sich über den Mund und fragte sich, ob ihr dieser Kuss wirklich unangenehm war. Nicht unbedingt, gestand sie sich ein. Ihr Plan schien in eine völlig andere Richtung zu laufen. War sie dabei, sich in Robert zu verlieben? Das konnte und durfte nicht sein, denn im schlimmsten Fall war er ein Mörder.

Als Robert seine Abschlussrede hielt, saß Sarischa angespannt auf ihrem Stuhl, diesmal in der ersten Reihe, und musterte ihn. Ihr fiel auf, dass er schöne Hände hatte, dass seine Haare schon ziemlich dünn waren und dass er eine Hand immer wieder in die Hosentasche steckte, was etwas zu lässig wirkte. Er beachtete sie nicht, warf ihr keinen einzigen Blick zu. Als seine Rede zu Ende war und die Zuhörer zu klatschen begannen, stand sie sofort auf und verließ den Saal. Felix folgte ihr.

Die Hotelrechnung hatte sie bereits bezahlt, sodass sie zügig abreisen konnten.

„Warum bist du so hektisch?", fragte Felix, der noch mal ins Zimmer musste, da er seinen Schlafanzug vergessen hatte. „Es ist doch egal, ob wir ein paar Minuten früher oder später abfahren."

„Ich möchte einfach nur weg von hier."

9

Zwei Tage später rief sie ihr Vater an und meldete sich überkorrekt mit Peter Tämlin. Das kam nur vor, wenn er sauer war. Und das er war, sogar ziemlich.

„Dein Dr. Schöner hat mich kontaktiert. Er sagte, du würdest ihn stalken. Stalken! Das darf doch wohl nicht wahr sein! Er bat mich, mit dir zu reden, dir klarzumachen, dass du ihn in Ruhe lassen sollst, sonst würde er die Polizei einschalten. Was ist da los?"

„Wie bitte? Was behauptet der Typ? Ich würde ihn stalken? Er lügt", verteidigte sich Sarischa lautstark.

„Seine Schilderung klang nicht so, als hätte er sich das ausgedacht. Warum sollte er es tun, wenn nichts dahinter wäre? Sarischa, ich habe dir neulich doch gesagt, lass den Mann in Ruhe. Das führt zu nichts."

„Was hat er denn genau gesagt?"

„Du wärst bei ihm Zuhause plötzlich im Garten gestanden, du hättest ihn in seiner Klinik belästigt, würdest dich auch an seine Frau ranmachen und jetzt wärst du bei einer Tagung aufgetaucht und hättest ihn überfallartig geküsst."

Sarischa schluckte – mehrmals. Das durfte doch nicht wahr sein! Sie hatte ihn unterschätzt.

„Papa, er verdreht alles. Hör zu ..." Sie schilderte die Begegnungen aus ihrer Sicht – wahrheitsgemäß. Sie gab sogar zu, dass sie möglicherweise dabei war, sich in ihn zu verlieben, nachdem *er* sie geküsst hatte – nicht umgekehrt.

Ihr Vater glaubte ihr, aber das änderte nichts daran,

dass er ihre Vorgehensweise absolut inakzeptabel fand. „Was reitet dich nur? Warum kannst du von dem Mann nicht ablassen? Geht es dir um Macht? Und jetzt sage bloß nicht, dass du nur die Wahrheit wissen willst über den angeblich toten Mann in seinen Gedanken. *Das* glaube ich dir nämlich nicht."

„Was ist schlecht daran, die Wahrheit herausfinden zu wollen?"

„Nichts. Das ist prinzipiell gut. Aber, liebe Sarischa, merkst du nicht, dass du mir ausweichst? Warum bist du wirklich hinter diesem Doktor her? Hinter einem verheirateten, noch dazu wesentlich älteren, Mann? So wie die Sache ausschaut, hat er kein Interesse an dir. Das musst du akzeptieren."

„Mir geht es um die Klärung eines Sachverhalts."

„Sachverhalt!", wiederholte ihr Vater genervt. „Es gibt keinen Sachverhalt. Es gibt nur deine Vermutung. Ich rate dir wirklich inständig: Lass die Finger von dem Mann, wenn du nicht deine Karriere aufs Spiel setzen willst. Denk doch mal nach: Sollte die Sache öffentlich werden – was ein gefundenes Fressen für die Presse wäre –, wer glaubst du, wird da gewinnen? Der angesehene Schönheitschirurg oder die seltsame Gedankenleserin aus der Showbranche? Hm? Man wird dich schneller als du schauen kannst als Verrückte darstellen. Darauf kannst du Gift nehmen."

Sarischa war sprachlos und schwieg.

„Hallo, bist du noch dran?", fragte ihr Vater.

„Ja. Ja, ich bin noch dran."

„Willst du zu mir kommen? Ich würde dich gerne in den Arm nehmen."

In Sarischas Augen sammelten sich Tränen, immer mehr, und dann fing sie zu weinen an. „Ich komme, Papa. Hast du Schnaps zu Hause?"

„Genügend."

Peter Tämlin konnte ihre Tochter beruhigen und er

musste sie wieder mal daran erinnern, dass ihr Metier nicht mit einer x-beliebigen künstlerischen Darbietung vergleichbar war.

„Wer sich ins sogenannte Übersinnliche wagt und damit an die Öffentlichkeit geht, wird bewundert, belächelt oder misstrauisch beäugt. Wer gut ist, macht gute Kohle. Wer sehr gut ist, macht Karriere. Wer aber das Mentale so gut kann, dass sich selbst die Profis – also deine Konkurrenten – wundern, der wird ganz schnell zum Feind, zur Hexe, zum Teufel, weil er die ‚normalen Grenzen‘ des Paranormalen überschreitet. Was hat man früher mit solchen Leuten gemacht? Man hat sie umgebracht. Letztlich ist das heute noch genauso. Man wird zwar nicht mehr geköpft oder verbrannt, aber man wird in den Medien, besonders im Internet, verhöhnt, dann nicht mehr gebucht und ganz schnell vergessen. Körperlich lebst du zwar noch, aber sozial bist du tot.“

„Ich weiß das alles. Ich baue manchmal sogar kleine Fehler in die Shows ein, genau aus dem Grund.“

„Gut so“, meinte Peter. „Du hast bisher alles richtig gemacht, richtig gut sogar. Du bist bekannt und hast viele Fans. Du hast eine tolle Karriere hingelegt. Was willst du mehr? Selbst wenn Robert Schöner ein Verbrechen begangen haben sollte, darf es nicht deine Aufgabe sein, dies offenzulegen. Es ist zu gefährlich. Die Gesellschaft will, wie gesagt, keine Leute, die anders sind. Nur wenige können damit ungezwungen umgehen, so wie zum Beispiel dein Agent Felix. Sei nett zu ihm und vergiss nicht: Jeder, der weiß, was du kannst, ist im Grunde dein Feind. Freunde haben wir nur sehr wenige. Das ist der Preis, den wir für unsere Gabe bezahlen. So – und nun beende ich meine Rede, bevor ich mich wiederhole. Reiche mir die Flasche.“

Peter füllte sein Schnapsglas, und Sarischa ließ sich zum dritten Mal nachschenken. Langsam konnte sie sich entspannen.

„Wenn du jetzt eine Frau kennenlernst, mit der du eine engere Beziehung eingehen willst, wann weihst du sie ein?", fragte sie.

„Gar nicht. Ich habe das nach dem Tod deiner Mutter nur ein einziges Mal gemacht. Die Frau hat total verstört reagiert und mich nach kurzer Zeit verlassen."

„Das kenne ich. Neben Felix gibt es noch Julian, der zu mir hält. Und meine Uralt-Freundin Regina, die ich schon monatelang nicht mehr gesehen habe. Ich werde mich bald bei ihr melden."

„Tu das. Kümmere dich um deine Freunde und versprich mir, dass du diesen Schönheitschirurg in Ruhe lässt."

„Ich verspreche es. Ich hoffe nur, dass er auch mich in Ruhe lässt. Und wenn nicht?"

„Dann musst du alles dokumentieren, möglichst mit Fotos, Filme und Zeugen."

Als Sarischa nach Hause kam, fand sie einen Brief der Bestbeauty-Klinik in ihrem Briefkasten. Es war die Rechnung von Schöner für die Beratung zur Brustkorrektur. Zweihundert Euro! Zweihundert Euro für einen Blick? Sollte sie das bezahlen? Die Fakten waren auf seiner Seite. Wer konnte bezeugen, dass sie quasi privat bei ihm war? Niemand. Sie ließ sich einen Termin geben, also war der Besuch ein geplanter ärztlicher Beratungstermin. Pech.

Sie schrieb ihm eine E-Mail, dass sie die Rechnung innerhalb der Frist nur unter Vorbehalt bezahlen würde. Sie druckte sie aus und legte sie zur Rechnung. Dann rief sie Regina an, erreichte aber nur ihre Mailbox. Sie hinterließ liebe Grüße und dass sie sich bald mal treffen sollten.

Anschließend meldete sich Felix, um Termine abzuklären, unter anderem fürs Radio – ein Interview über das Leben und Arbeiten einer Gedankenleserin. Sie sagte es ab. Zu schwierig, geeignete Aussagen zu treffen, für ein Publikum, das mit Informationen über eine außergewöhnliche Kunst unterhalten werden möchte. Und Werbung hatte sie nicht nötig.

Als sie aufgelegt hatte, war Julian in der Leitung.

„Du solltest zu mir kommen. Ich muss dir was zeigen", sagte er in einem geheimnisvollen Ton.

„Was denn?"

„Kennst du den Film ‚Die rote Blume ohne Stil'?"

„Ach Julian. Ich habe keine Lust auf Film."

„Es geht nur um eine Szene. Die wird dich interessieren. Ich kann sie nicht beschreiben, du musst sie sehen."

„Hast du was zum Abendessen zu Hause? Wenn ja, dann komme ich."

„Ich lass uns was vom Italiener bringen. Okay?"

„Für mich Pizza mit Sardellen."

Julian hatte bereits gedeckt, als Sarischa fast gleichzeitig mit dem Lieferdienst eintraf. Sie setzten sich gemütlich an den Tisch und öffneten eine Flasche Bier.

„Wir könnten zum Essen die Szene aus dem Film anschauen", schlug Sarischa vor.

„Nein. Die gibt es erst nach dem Essen. Ist zu aufregend."

Julian machte es manchmal wirklich spannend. Also aßen sie erst die Pizza, die beiden sehr gut schmeckte. Nachdem sie die Teller weggeräumt hatten, drückte Julian auf die Wiedergabe der Fernbedienung und Sarischa starrte erwartungsvoll auf den Fernseher. Es war ein Mann zu sehen, der in einem schicken Wohnzimmer einer gepflegten Altbauwohnung auf eine Frau zuging. Beide waren etwa zwanzig Jahre alt. Sie umarmten und küssten sich, dann zogen sie sich komplett aus. Der Mann stieß die Frau sanft auf einen Sessel, sie kreischte verzückt und streckte einen Arm nach ihm aus. Völlig unerwartet schlug er ihr ins Gesicht. Immer wieder. Sie schrie, er solle aufhören. Sie war kräftig und wehrte sich.

100

„Warum soll ich mir den Scheiß anschauen?", fragte Sarischa.

„Warte. Gleich kommt's."

Es wurde ein ernsthafter Kampf zwischen den beiden, warum, war nicht nachvollziehbar. Sie versuchte, ihm zu entkommen, lief um einen großen Tisch, an dessen Ende eine schwere Skulptur stand. Sie griff nach ihr, zielte damit auf den Kopf des Mannes, traf aber nur seine Schulter. Er rutschte aus, schlug mit dem Kopf auf die Tischkante und fiel hin."

„Jetzt, pass auf", sagte Julian.

Der junge Mann lag regungslos am Boden, auf einen alten Fischgrätparkett. Sein Mund war weit geöffnet, sein Blick starr. Die Kamera zoomte näher an den Mann, man sah nur noch seinen Oberkörper und seinen Kopf, der nach hinten geneigt war. Und man fragte sich: War er bewusstlos oder hatte er sich das Genick gebrochen? Lebte er noch oder war er tot?

Julian drückte auf Pause.

Sarischa starrte auf den Bildschirm. Fassungslos sah sie zu Julian. Dann starrte sie wieder auf das Bild.

„Mach den Fernseher aus", sagte sie zu Julian.

„Und?", fragte er.

„Es ist fast genau die Szene … ich weiß nicht, was ich sagen soll."

Sie stand auf, raufte sich das Haar und sagte fast verzweifelt: „Es war eine Szene aus einem Film!" Sie drehte sich um sich selbst. „Ich habe nur eine Szene aus einem Film gesehen!", wiederholte sie. „Alles passt, einzig und allein der Fußboden war anders, glaube ich."

Julian sah sie fast mitleidig an. „Da hast du dich wohl ein wenig verrannt."

„Vielleicht noch schlimmer: ich bin ihm auf dem Leim gegangen. Er hatte bewusst intensiv an die Filmszene gedacht. Er spielte mit mir. Er provozierte mich. Und ich blöde Kuh war darauf hereingefallen. Es gibt keinen jungen, blonden Mann, der irgendwo tot in einer Hütte liegt. Es gibt nur einen Schauspieler, der nach dem Dreh aufsteht, sich anzieht und sich des Lebens freut."

„Sei doch froh", meinte Julian und wollte Sarischa aufmuntern, „das Rätsel ist nun gelöst und es wurde niemand ermordet."

„Ich bin nicht froh."

„Warum? Ich verstehe dich nicht. Es ist doch alles gut."

„Ja, vielleicht. Aber – ich habe mich geirrt! Ich bin total von meinem Weg abgekommen, habe mich zu Spekulationen verleiten lassen und Schöner, der zwar undurchschaubar ist, eines Mordes verdächtigt – aufgrund von Bildern aus einem Film! So etwas darf mir nicht passieren. Ich darf die Gedanken der Menschen, egal um was es sich handelt, nicht benutzen, interpretieren oder verwerten. Ich habe meinem Vater einst geschworen, dass ich kein Schindluder treibe. Ich war immer eine ehrenvolle Gedankenleserin – bis jetzt."

„Das bist du auch nach wie vor." Julian versuchte, Sarischa in den Arm zu nehmen, aber sie war viel zu aufgeregt, um es zuzulassen.

„Nicht mehr."

„Nimm dir das alles doch nicht so zu Herzen. Du hast ein einziges Mal einen Fehler gemacht. Ja und? Alle machen Fehler. Das darf auch eine Gedankenleserin. Es ist ein Fehler, der überhaupt keine Auswirkungen hat. Es ist nichts, rein gar nichts passiert. Du hast den Doktor ein bisschen angemacht. Das ist pipifax! Vergiss es einfach. Lass ihn ab jetzt in Ruhe und mache weiter dein Ding wie gehabt – und alles ist gut."

„Das sagt mein Vater auch."

„Siehst du! Wir weisen Männer haben recht, glaub' mir. Jetzt trinken wir noch ein Glas Wein und machen uns einen gemütlichen Abend." Julian öffnete eine Flasche Rotwein. Sarischa schmiegte sich an Julian, der sie liebevoll küsste.

„Ist es ein deutscher Film und von wann ist er? Wer ist der Schauspieler?"

„Es ist ein deutscher Film von diesem Jahr. Der Schauspieler heißt … ich habe es vergessen. Der Film ist gut, du solltest ihn mal ganz ansehen."

„Das werde ich tun. Ich will wissen, um was es da geht."

Sie umarmte Julian. „Ich will heute Nacht bei dir bleiben."

„Natürlich kannst du das. Lass uns schlafen gehen."

Am nächsten Tag überwies Sarischa Roberts Rechnung. Sie versuchte Tami anzurufen, die jedoch nicht abnahm. Sie sprach ihr auf die Mailbox, mit der Bitte, zurückzurufen. Sarischa wollte sich bei Tami entschuldigen für ihren bösen Kommentar. Lieber hätte sie eine E-Mail geschrieben, befürchtete aber, Robert könnte eine schriftliche Entschuldigung gegen sie verwenden, sollte Tami ihm die E-Mail zeigen. Es war ihr wichtig, den Fall Dr. Robert Schöner, dazu gehörte auch Tami, abzuschließen. Keinesfalls würde sie ihn nochmals aufsuchen, das schwor sie sich.

Sie konzentrierte sich wieder voll auf ihre Auftritte und dachte kaum noch an Robert.

Sie informierte ihren Vater über ihren Irrtum, der diesen lediglich mit einem Sätzen kommentierte: „Hoffentlich ist damit der Fall Schöner abgehakt".

Mit Julian traf sie sich nach wie vor regelmäßig, obwohl er wieder eine Neue hatte, aber das bedeutete nicht allzu viel. Er hatte oft eine Neue – das kannte sie und interessierte sie nicht sonderlich. Tami rief nicht zurück; damit hatte sie gerechnet. Sie war wohl zu sehr gekränkt.

10

Sarischa war nach einem vergnüglichen Shopping-Nachmittag mit Regina, ihre beste Freundin aus der Gymnasialzeit, auf dem Weg nach Hause. Sie sie bog gedankenverloren um die Ecke von der Mannhardt- in die Adelgundenstraße und stieß ziemlich heftig mit einer Person zusammen. Sie nahm Männerschuhe und -hosenbeine wahr, spürte einen kräftigen Körper vor ihrer Brust, sah hoch und blickte in Robert Gesicht.

Sie waren beide dermaßen erschrocken, nicht nur vom unerwarteten Zusammenstoß, dass sie bewegungslos voreinander standen – hautnah. Worte, wie Hoppla, Huch, Entschuldigung, blieben ihnen im Hals stecken. Sarischa rutschte ihre Einkaufstasche aus der Hand, sie ließ sie liegen.

Erst nach einer gefühlt viel zu langen Schrecksekunde traten beide einen Schritt zurück.

„Was … was machst du hier? Wolltest du mich abpassen?", fragte Robert.

„Ich wohne hier!, sagte sie leicht entrüstete. "Gleich da vorne."

„Tatsächlich?"

„Ja, in dem Eckhaus." Sie deutete nach vorne. „Und was tust du hier? In meiner Gegend?" Sie griff nach dem Henkel ihrer Einkaufstasche.

„Ich war beim Zahnarzt."

„Super."

„Das nicht gerade, aber ich hab's überlebt. Schöne Wohngegend hier."

„Ja. Durchaus. Sorry, ich muss weiter", sagte Sarischa und wuchtete ihre Einkaufstasche unter den Arm.

„Na dann. Mach's gut, Sarischa." Robert trat einen
Schritt beiseite.

Nach einigen Schritten drehte sie sich um, und genau
in diesem Moment drehte sich auch Robert nach ihr um.
Sie lächelten beide verlegen.

Sarischa spürte erst, während sie die paar Meter nach
Hause ging, wie stark ihr Herz klopfte. Dieser Zufall
konnte kein Zufall sein, dachte sie. War es aber wohl
doch, denn um die Ecke gab es einen Zahnarzt. Trotzdem empfand sie diesen Zusammenstoß wie von einer
höheren Macht arrangiert. Unglaublich.

Sie stellte ihre Sachen ab, zog Mantel und Schuhe
aus, nahm einen Schluck Wasser, dann klingelte es an
der Haustür. Nein, dachte sie. Wenn er das ist, dann …
Was mache ich dann?

Sie drückte weder den Öffner noch sprach sie in die
Sprechanlage. Es klingelte noch mal, länger als eben. Sie
wartete – und dann drückte sie wie in Trance doch den
Öffner. Sie hörte das Summen. Kurz darauf klingelte es
erneut, diesmal an der Wohnungstür. Sie sah durch den
Spion: Robert. Sie wusste es. Verdammt. Ich mache
nicht auf. Das darf ich nicht. Auf keinen Fall. Er klopfte.

„Was willst du?", fragte sie durch die geschlossene
Tür.

„Mit dir sprechen."

„Es gibt nichts zu besprechen."

„Ich denke doch. Bitte mach auf."

„Nein. Bitte geh."

Sie lugte durch den Spion. Er ging nicht. Sie sah, wie
er sich links an die Wand lehnte. Warum haute er nicht
ab? Er wippte mit dem Fuß. Er musste gespürt haben,
dass er durch den Spion beobachtet wurde, denn er
drehte seinen Kopf zu Sarischas Tür, drückte sich langsam von der Wand weg und sagte: „Ich weiß, dass du

mich beobachtest. Du kannst ja herauskommen, wenn ich schon nicht in deine Wohnung darf."

Nun öffnete sie doch und stellte sich breit in die Tür. „Was willst du?"

„Sarischa, hör zu. Dass wir uns gerade über den Weg gelaufen sind, das ist ein sehr eigenartiger Zufall. Findest du nicht?"

„Doch, aber das kommt eben vor."

„Meinst du nicht, wir sollten uns – wie man so sagt – aussprechen? Unseren Krieg beenden?"

„Krieg? Ich bin mit dir nicht im Krieg, auch wenn unsere Begegnungen ungut gelaufen sind."

„Lass uns vernünftig miteinander umgehen."

„Vernünftig? Das funktioniert nicht. Es tut mir leid, aber ich möchte mit dir nichts mehr zu tun haben."

„Dasselbe hatte ich mir bis vorhin, als wir auf der Straße zusammengestoßen sind, auch gedacht. Unsere Begegnungen sind nicht gerade optimal gelaufen, ... aber ..." Er hielt inne, als müsste er nach den passenden Worten suchen.

„Aber was?"

„Ungewöhnlich. Spannend. Speziell."

„Oh ja, speziell, leider nicht gerade harmonisch. Das lässt sich auch nicht mit Vernunft ändern. Wozu auch? Wir sollten uns in Frieden lassen."

„Nein, das sehe ich anders. Zwischen uns hat sich etwas hochgeschaukelt. Man muss aber nicht zwangsläufig immer weiterschaukeln, wenn man einsieht, dass das zu nichts führt."

„Ich bin von dieser Schaukel längst abgestiegen. Du interessierst mich nicht mehr."

„Vielleicht interessiere ich mich aber noch für dich."

„Und warum jetzt so plötzlich? Quasi von einer Minute auf die andere?" Sarischa verschränkte ihre Arme und hob den Kopf.

„Weil du mich irgendwie reizt. Und faszinierst."

„Da bin ich sicher nicht die einzige."

„Doch."

„Ach Robert, bitte. Das ist doch nur Geschwätz. Wir haben uns nichts mehr zu sagen, um genau zu sein, wir hatten uns noch nie was zu sagen. Unsere Begegnungen waren ein einziger Irrtum. Komm bitte auf keinen Fall mehr hier her. Das ist mein heiliger Privatbereich. Tschüss", sagte sie und wollte die Tür schließen.

Robert stellte jedoch einen Fuß zwischen Tür und Angel. Bevor Sarischa darauf reagieren konnte, umfasste er sie an der Taille und drückte sie an sich. Sie spürte seinen muskulösen Arm, seine Finger, die sich sanft zwischen ihren Rippen und Bauch bohrten. Es war kein harter Griff, den sie ebenso hart abgewehrt hätte. Diese Berührung hatte etwas Zärtliches, obwohl sie genauso unerwartet wie unpassend war, wie der Kuss auf der Tagung – und sie ließ es einfach geschehen. Dabei sahen sie sich tief in die Augen – ein Blick zwischen Erotik und Skepsis. Sie spürten ihren Atem und ihre Lippenberührten sich sanft – vorsichtig. Dann umarmten und küssten sie sich. Leidenschaftlich. Sie ließen sich wieder los, und Robert ging die Treppen hinab.

Sarischa schloss die Tür, lehnte sich im Flur an die Wand, schloss die Augen und befühlte ihre Lippen. Sie und spürte ihr Herz klopfen.

Im Wohnzimmer packte sie ihre gekauften Sachen aus und warf sie auf den Wohnzimmertisch. „So eine Scheiße!", kreischte sie. „So eine verdammt Scheiße!"

Roberts körperliche Nähe, sein zärtlicher Griff und der Kuss gingen ihr nicht mehr aus dem Kopf. Dabei war ihr keineswegs klar, was sie Robert gegenüber fühlte. War es nur der Reiz des Verbotenen? Oder war sie vielleicht doch ein wenig verliebt? Wohin sollte das führen? Gerade hatte sie den Fall Robert abgehakt, da tauchte er auf, wie aus dem Nichts, und brachte sie wieder durcheinander.

11

Robert und Tami stritten, weil Tami nach Afrika wollte – zu Freddy, um den Gewürzhandel kennenzulernen. Sie plante, zu einem späteren Zeitpunkt einen eigenen Laden zu eröffnen. Das alles passte Robert nicht. Er hielt dies für ein von vornherein zum Scheitern verurteiltes Vorhaben.

„Du bist noch lange keine Unternehmerin, nur weil du ein paar Fremdsprachen sprichst. Du hast doch von der Materie überhaupt keine Ahnung", argumentierte Robert.

„Ich arbeite mich ein. Das kann man lernen", entgegnete Tami. „Du willst ja nur nicht, dass ich was Eigenes mache. Dir ist nur wichtig, dass ich immer für dich da bin, dir jeden Abend ein super Essen serviere, den Haushalt organisiere und mich um den alltäglichen Kleinkram kümmere. Praktisch für dich, stinklangweilig für mich. Du hast jeden Tag in der Klinik Erfolgserlebnisse, freust dich, wenn dich deine Patienten loben, und du genießt ein hohes Ansehen, verdienst dein eigenes Geld. Und ich?"

„Du bekommst Lob und Geld von mir."

„Ja, von dir. Aber eben nur vor dir. Das genügt mir nicht."

„Ich weiß nicht, was du plötzlich hast. Du hast das beste Leben, kannst dich um dich selbst kümmern, machst Yoga …"

„Das erfüllt mich aber nicht", unterbrach ihn Tami. „Ich möchte mich durch eine richtige Arbeit definieren können und nicht nur die schöne Frau des schönen Chirurgen sein …"

In dem Moment läutete Tamis Handy.

„Ich gehe nicht ran", sagte sie missmutig und warf einen Blick auf die ihr unbekannte Nummer. Nach dem fünften Klingeln ging sie doch ran.

„Sarischa hier. Hallo Tami."

„O! Äh! Hallo Sarischa. Das ist jetzt gerade ungünstig", sagte Tami etwas wirsch. Sie hatte absolut keine Lust, jetzt zu telefonieren, und mit Sarischa schon gleich gar nicht.

„Bitte leg nicht auf. Ich möchte mich bei dir entschuldigen."

„Ach, sag bloß!"

„Ja. Was ich zu dir gesagt habe, war nicht okay. Es tut mir leid. Wirklich."

„Hm."

„Du bist keine nichtssagende Gattin. Ich habe das nur gesagt, weil du mich als arrogant bezeichnet hast. Es kann durchaus sein, dass ich das manchmal bin. Bitte entschuldige."

„Du rufst gerade in einem sehr ungünstigen Moment an. Robert und ich streiten gerade, weil … weil ich keine *nichtssagende Gattin* mehr sein will!" Tami blickte zu Robert, der das Gespräch mithörte.

Er fuhr mit der Hand vor seinen Augen hin und her wie ein Scheibenwischer.

„Das bist du auch nicht", sagte Sarischa.

„Lass uns später darüber reden", sagte Tami. „Ich kann jetzt nicht."

„Ja klar."

„Ich melde mich. Bis dann." Tami legte auf.

Zurück zum Thema", sagte Robert, ohne auf den Anruf von Sarischa einzugehen. „Ich verstehe ja, dass du dich selbstverwirklichen willst, aber dass das ausgerechnet wochen- oder gar monatelang in einem fremden

Land sein muss, zusammen mit deinem Ex-Lover, das geht zu weit. Du weißt, ich sage nichts, wenn du mal mit dem einen oder anderen Mann … okay, geschenkt. Aber das hier ist eine andere Dimension. Oder willst du mich verlassen?"

„Nein! Ich will dich nicht verlassen. Das hat damit nichts zu tun, verstehe doch, das ist eine Chance für mich. Außerdem: wenn ich merke, das alles ist zu viel für mich oder es gefällt mir nicht, ich kann jederzeit aufhören. Mit der Reise bekäme ich Einblick in das Geschäft vor Ort. Die Reise ist nur ein Test."

„Wie du meinst. Ich kann dich nicht zwingen, hier zu bleiben. Hoffentlich wirst du nicht krank."

„Oder entführt. Oder ermordet", zischte Tami. „Ich habe keine Angst."

„Ich aber – um dich."

Eine halbe Stunde später sah Sarischa auf dem Display die Festnetznummer von Tami. Es war jedoch Robert.

„Hallo Sarischa."

Sie war dermaßen überrascht, seine Stimme zu hören, dass sie kurz den Atem anhielt.

„Hallo Robert."

„Magst du mit mir sprechen?", fragte Robert vorsichtig.

„Ja, mag ich." Und Sarischas Herz klopfte. Schon wieder.

„Tami und ich mussten gerade etwas ausdiskutieren", erklärte Robert.

„Das habe ich mitbekommen. Und habt ihr das Thema ausdiskutiert?"

„Nein, nicht wirklich." Dann fragte er mit tiefgründiger Stimme: "Wie geht es dir?"

„Gut. Und dir?"

„Danke, auch gut. Ich habe mich übrigens gewundert, dass du Tami angerufen hast. Ich dachte, ihr versteht euch nicht mehr."

„Hat sich Tami über mich beschwert?"

„Ja, hat sie."

„Das dachte ich mir schon. Und sie hatte damit recht. Ich musste mich bei ihr entschuldigen."

„Ich würde dich gerne treffen – absichtlich."

„Okay", sagte Sarischa und lächelte, was Robert zwar nicht sehen aber annehmen konnte, denn Sarischas Stimme klang eine Nuance dunkler als sonst. „Wann hast du denn gedacht?"

„Morgen Abend um zwanzig Uhr zum Abendessen im Les Deux?", schlug er vor. „Kennst du das Lokal?"

„Ja, aber ich kann nicht. Ich muss am späten Nachmittag zu einer Fernsehaufzeichnung und das zieht sich wahrscheinlich. Wie wäre es übermorgen?"

„In Ordnung. Dann übermorgen im Les Deux."

„Bitte sei pünktlich", sagte Sarischa. Sie hasste es, auf Verabredungen warten zu müssen.

„Ich bin pünktlich. Bis dann."

Sie fuhr mit der Straßenbahn und war ein paar Minuten zu früh. Sie wartete auf Robert und fror in ihrem Minikleid. Für Anfang Oktober war der Abend schon ziemlich kühl. Es war zehn nach acht. Um sechzehn nach acht war sie sich sicher, dass er sie versetzt hatte. Sie hatte keine Handynummer von ihm und war sauer, wütend – aber vor allem enttäuscht. Und sie schämte sich. Sie ließ sich auf ihn ein – und er ließ sie auflaufen. Sie wartete noch zwei Minuten, dann fuhr sie nach Hause. Und wer stand vor ihrer Haustür? Robert.

„Warum bist du hier? Wir wollten uns im Les Deux treffen", fragte sie verärgert, als sie auf ihn zuging. „Es macht mir keinen Spaß, sinnlos in der Gegend rumzufahren."

„Es tut mir wirklich sehr leid, ich war ein wenig zu spät. Ich bin sofort hierhergefahren, nach dem ich dich nicht angetroffen habe. Warum hast du denn nicht im Lokal auf mich gewartet?"

„Weil ich das nicht mag, alleine rumzusitzen."

„Bitte sei nicht sauer. Ich bin gerade etwas unter Stress."

„Ich bin auch unter Stress."

„Sollen wir zu dir hochgehen und uns eine Anti-Stress-Pizza bestellen?"

„Nein, das möchte ich nun wirklich nicht."

„Das war kein guter Vorschlag, ich weiß. Bitte sei nicht mehr sauer."

„Ich habe fast zwanzig Minuten auf dich gewartet!"

„Es ist blöd gelaufen. Ich war um zwanzig nach acht Uhr dort. Wir sollten unsere Handynummern austauschen."

Robert griff nach Sarischas Hand. Erst jetzt sahen sie sich in die Augen und lächelten sich zu.

„Schön, dich zu sehen", sagte Robert. Er wartete einen Moment, dann gab er ihr einen Kuss auf die Wange.

Sarischa schwieg und lächelte.

„Und jetzt?", fragte Robert. „Fahren wir zurück ins Les Deux, allerdings besteht die Gefahr, dass der Tisch anderweitig vergeben wurde."

„Was schlägst du vor?"

„Ich kenne ein ganz besonderes Lokal, leise, gut zum Reden, exklusiv, aber es gibt immer nur zwei Gerichte. Mein Auto steht um die Ecke."

„Okay, lass uns das machen."

Robert fuhr nach Solln – recht flott, mit seinem silbergrauen BMW. Während der Fahrt blickte er immer wieder zu Sarischa. Nach fast dreißig Minuten waren sie endlich am Ziel. Das Lokal hieß Kelsy Club, war nur für Clubmitglieder und deren Begleitung, und nur mit Kontrolle des Clubausweises zugänglich. Sarischa fand dies schon äußerst bedenklich. Noch bedenklicher war das Lokal selbst. Schwarzer Boden, graue Wände; schwere, rotgoldene Tische; dunkle, sesselartige Stühle mit roter Sitzfläche aus Samt; riesige Bilder mit wilden Tieren – Löwen, Bären, Elefanten, Hyänen; künstliche Grünpflanzen. Über jedem Tisch hing eine Leuchte in Form eines Tierfußes; gedämpftes Licht. Ein Mix aus Gothic, Puff und African Style. An einer Seite des Raumes gab es eine Bar und mehrere Stehtische.

Sarischa starrte in den Raum. Ihr wurde ein wenig unheimlich und wäre am liebsten sofort wieder geflüchtet – einerseits. Andererseits war sie fasziniert, während sie ihren Blick über das ausgefallene Ambiente schweifen ließ.

„Na, wie findest du es?", fragte Robert.

„Ungewöhnlich. Nun ja, befremdlich."

„Mal was anderes, nicht wahr?"

Es gab etwa zwanzig Tische für je zwei bis vier Personen mit reichlich Abstand zueinander. Robert führte Sarischa in eine Ecke. Das Lokal war etwa zu zwei Drittel besucht. Die Gäste wirkten normal – keine stinkreichen, fetten Männer mit jugendlichen Gespielinnen und keine abgetakelte Frauen mit Goldklunker. Das Alter der Gäste lag etwa bei Mitte vierzig bis Ende sechzig. Somit gehörte Sarischa mit ihren sechsunddreißig Jahren zu den jüngeren.

Sie nahmen Platz. Sarischa inspizierte die Gäste noch etwas genauer und stellte fest, dass alle sehr gut gekleidet waren. Die Männer trugen Anzug, zumindest ein Sakko, die Frauen sexy Kleider und hohe Schuhe. Sie selbst trug auch ein sexy Outfit, konnte also mithalten. Roberts schwarzer Nadelstreifenanzug mit hellgrauem Hemd, aber ohne Krawatte, passte perfekt in diesen Laden. Einige Männer standen an den Stehtischen zusammen und unterhielten sich. Ansonsten waren einige Paare hier, auch Männerpaare, vielleicht Schwule, aber keine Frauenpaare.

Nach kurzer Zeit kam eine Kellnerin zu ihrem Tisch.

Sie hatte einen großen Busen, den sie hochdrapiert hatte und der aus dem eng anliegenden Top herausquoll. Auch ihr Po, groß und kugelrund, steckte in einem viel zu engen Rock. Ihr Taille hingegen war dermaßen schlank, sodass man das Gefühl hatte, die Kellnerin könnte jeden Augenblick in der Mitte durchbrechen.

„Was darf ich Ihnen bringen?", fragte sie mit einem breiten Lächeln.

„Was gibt es denn?", fragte Sarischa.

„Was Sie wollen – vom stillen Wasser über Champagner bis zu Whisky haben wir alles."

„Okay, dann nehme ich einen spanischen Rotwein, zum Beispiel einen Alión."

„Könnte sein, dass wir ihn haben. Wenn nicht …"

„… dann wählen Sie einen aus. Und ich habe Hunger."

„Wir haben heute Kalbsmedaillons mit Macadamia-Petersilien-Füllung oder Gebackener Lachs mit Zuckerschoten-Risotto."

„Ich nehme den Lachs."

Robert amüsierte sich über Sarischas zackiges Bestellen. Er nahm einen Beach Beauty.

„Ein Beach Beauty für den Mann der Bestbeauty-Klinik." Sarischa musste lachen. „Was ist denn bitte ein Beach Beauty?"

„Ein Cocktail mit Wodka."

„Gibt es hier keine Getränkekarten?", fragte sich Sarischa.

„Doch. Aber die meisten Leute haben ihre Lieblingsgetränke."

„Ist dir die Taille der Kellnerin aufgefallen? Zu schlank, wenn du mich fragst. Passt nicht zur übrigen Figur. Hast du sie operiert?"

„Solche Sachen mache ich nicht."

Nachdem die Getränke serviert waren, fragte Sarischa, was dieses eigenartige Interieur zu bedeuten hätte und warum es eine Einlasskontrolle gäbe.

„Ich bin gerne mal in einer ganz anderen Umgebung als gewöhnlich. Hier kann ich mich entspannen. Die Leute sind angenehm. Man kann sich gut unterhalten und man wird auch gut unterhalten. Heute ist zwar kein Programm, aber immer wieder treten zum Beispiel Bauch- oder Schlangentänzerinnen auf oder Zauberer – ja Zauberer! – ganz normale Zauberer. Gelegentlich, aber das ist die Ausnahme, gibt es aus Striptease. Das interessiert mit nun wirklich nicht. Ich habe täglich genug Striptease."

„Verstehe. Ich würde mir in meiner Freizeit auch keine Zaubershow anschauen. Aber warum muss man Clubmitglied sein? Und kann das jeder werden?"

„Mit der Clubmitgliedschaft siebt man aus – was sonst. Die Leute hier kommen nicht gerade aus der Unterschicht. Es gibt keinen Stress. Man toleriert sich. An der Bar kann man neue Kontakte knüpfen. Ob man dich aufnehmen würde? Wenn ich dich empfehle, dann bestimmt."

„Was kostet die Mitgliedschaft?"

„Nichts. Aber man sollte schon gelegentlich erscheinen und auch entsprechend konsumieren. Ist nicht ganz günstig hier. Die Rechnung geht heute natürlich auf mich."

„Danke. Ich nage aber auch nicht am Hungertuch."

„Man sieht's!", bemerkte Robert und blickte auf ihren diamantenen Anhänger. Dann wanderte er mit seinem Blick über ihre Brüste, die hinter einem weinroten, glitzernden Kleid versteckt waren, und sah auf ihre Hände, vielmehr auf den Ring mit einem funkelnden, pinkfarbenen Stein. Er kannte sich mit Edelsteinen nicht aus, aber er gefiel ihm.

„Schöner Ring", sagte er.

„Mein Lieblingsring." Sie hob die Hand, damit ihn Robert betrachten konnte.

Dann blickten sie sich in die Augen. Nach einer Weile fragte er: „Hast du einen festen Freund?"

„Einen halbfesten."

Robert zog die Augenbrauen zusammen, als würde er die Antwort nicht verstehen.

„Wir treffen uns", erklärte Sarischa, „machen einiges gemeinsam, schlafen miteinander, dann trennen wir uns wieder. Wir sind nicht treu. Jetzt weißt du Bescheid. Bist du treu?"

„Ja, ich bin treu."

„Wirklich?"

Sie versuchte seine Gedanken zu lesen – wieder mal. Und wieder misslang es ihr.

„Ja, aber es ist kompliziert. Das kann ich dir jetzt nicht erklären", sagte Robert. Er wirkte ein wenig betrübt und nahm einen Schluck seines Cocktails.

„Musst du auch nicht. Ich wundere mich nur über dich, weil … ich weiß nicht, wie ich sagen soll – du bist plötzlich so … so anders zu mir?"

„Du auch. So plötzlich ist das gar nicht. Du hast mich bei deinem Auftritt durchaus fasziniert – irgendwie. Aber als du bei uns zu Hause eingedrungen bist, und es wieder um das Gedankenlesen ging, hat mir das gar nicht gefallen. genauso wenig, als du in der Klinik aufgetaucht bist und dann auch noch auf dem Seminar. Du hast mich genervt. Ich wollte meine Ruhe vor dir. Doch als ich dich schon fast vergessen hatte, liefen wir uns über den Weg, beziehungsweise stießen wir zusammen. Du warst mir körperlich nah, was sehr schön war. Und ich nahm dich als ganz normale Frau wahr, mit einer Einkaufstasche, die ganz normal nach Hause geht. Sehr hübsch und sehr sexy."

„Robert, ich muss dir etwas sagen. Hör zu: Ich habe einen Fehler gemacht. Als wir uns damals nach meiner Vorstellung kurz unterhalten haben, habe ich gedacht, ich hätte bei dir schreckliche Gedanken gelesen. Ich weiß jetzt, dass du nur an eine Szene aus einem Film gedacht hast. Ich habe diese Szene durch Zufall später auf einer DVD gesehen. Ich hatte fälschlicherweise angenommen, du hättest an ein reales Ereignis aus deinem Leben gedacht. Ich habe mich geirrt. Bitte entschuldige, dass ich dich belästigt habe."

„Okaaay", sagte er langgedehnt und wirkte dabei äußerst erstaunt. „Ich entschuldige dein Verhalten." Mit einem prüfenden Blick sah er in ihr Gesicht. „Aber ich bitte dich, dass du mich mit Gedankenleserei nicht mehr behelligst."

„Einverstanden. Allerdings fand ich dein Verhalten genauso wenig in Ordnung, um nicht zu sagen unmöglich. Was sollte das mit dem Stalking? Du hast meinen Vater mit hineingezogen! Das ging wirklich zu weit."

„Ich gebe ja zu, es wäre besser gewesen, ich hätte erst mit dir gesprochen. Es tut mir leid."

„Ist das alles?" Sarischa sah erwartungsvoll und leicht verärgert in Roberts Augen.

„Ich entschuldige mich auch bei dir. Kannst du meine Entschuldigung annehmen?", fragte er in einem formalen Tonfall, als wären sie bei einem Mediator.

Sarischa schmunzelte. „Ja, kann ich."

„Dann sind wir jetzt quitt, wenn ich das richtig sehe."

„Es sieht danach aus", sagte Sarischa und lächelte, als die Kellnerin ihr Essen brachte. Sie hatte riesigen Hunger und fing sofort zu essen an.

Robert sah ihr zu. „Schmeckt es dir?"

„Ja, sehr gut."

Als sie fertig gegessen hatte, servierte die Kellnerin ab, und Sarischa bestellte ein zweites Glas Wein, und Robert ein alkoholfreies Bier.

Der Gesprächsfaden war abgebrochen. Sie saßen sich schweigend gegenüber. Ihre Blicke trafen sich. Es prickelte. Unsicherheit und Begierde lag zwischen ihnen. Ihre Hände suchten sich. Sie streichelten gegenseitig ihre Finger; die Haut war wie elektrisiert.

Sarischa suchte die Toilette auf, um dem Sinnesreiz ein paar Minuten zu entfliehen. Dasselbe tat dann Robert. Als sie sich wieder gegenübersaßen, blickte Sarischa in den Raum. Da entdeckte sie einen älteren Mann, der sich gerade auf die Bar zubewegte. Sie konnte ihn nur von der Seite sehen, aber er kam ihr bekannt vor. Er setzte sich zu einem Mann und dann sah sie sein Gesicht. Unwillkürlich öffnete sie den Mund und starrte zur Bar.

„Brögner", sagte sie.

„Wie bitte?", fragte Robert. Er glaubte, Sarischa nicht richtig verstanden zu haben.

„Brögner", wiederholte sie.

Nun hatte Robert den Namen deutlich vernommen. „Brögner?", fragte er trotzdem noch mal. Langsam drehte er sich um, denn er saß mit dem Rücken zur Bar. Er sah ihn. Sofort drehte er sich wieder zurück und starrte Sarischa an.

„Du kennst ihn?"

„Ja."

„Woher?", fragte Robert äußerst verwundert.

„Er wollte mich engagieren. Privat."

„Brögner? Er wollte dich engagieren? Wozu?"

"Für ein Treffen mit seinen Freunden – irgendwelche älteren Männer. In Lissabon. Ich sollte ihnen das Gedankenlesen beibringen. Dann hatte er sich anders überlegt und abgesagt."

„Aha." Robert rutschte auf seinem Sessel in eine neue Position. „Ich habe überhaupt keine Lust, Brögner zu begegnen."

Sarischa konzentrierte sich auf seine Gedanken. Erstaunlicherweise gelang es ihr, einen Kontakt herzustellen.

Das darf doch nicht wahr sein – muss der hier auftauchen – will ihn nicht sehen …

118

Der Kontakt riss wieder ab.

„Woher kennt ihr euch?", fragte sie, so neutral wie es ihr möglich war.

„Er war mein Patient."

„Das hatte Brögner erwähnt. Und ihr seid befreundet gewesen jenseits der Schönheits-OP, nicht?"

„Ja. Aber das ist eine längere Geschichte, die kann ich dir jetzt nicht erzählen. Nur soviel: Er ist nicht mein Freund. Nicht mehr."

Anscheinend, kombinierte Sarischa, hatten die beide irgendeine krumme Sache laufen, die im Streit endete, und nun gehen sie sich aus dem Weg. Sie hätte so gerne Brögners Gedanken gelesen, wenn sie bei Ankunft direkt aufeinander zugelaufen wären – sie mit Robert. Aber so war es leider nicht. Jetzt hockte jeder in einer anderen Ecke und wahrscheinlich passierte nichts. Die Entfernung zu Brögner war zu groß und die Atmosphäre im Raum zu unruhig, um seine Gedanken lesen zu können.

Robert fühlte sich jedenfalls nicht mehr wohl, das war nicht zu übersehen. Er trank sein Bierglas leer. „Es tut mir leid, Sarischa, aber ich würde gerne gehen. Sei mir bitte nicht böse, aber diesen Mann ertrage ich gerade nicht."

Robert winkte der Kellnerin, um zu zahlen.

Sarischa trank noch ihren Wein aus, auch wenn sie spürte, dass Robert so schnell als möglich das Lokal verlassen wollte.

Sie gingen zum Ausgang. Sarischa drehte sich um, bevor sie die Tür erreichten und sah, dass Brögner einen verstohlenen Blick zu ihnen herüberwarf. Sarischa lächelte ihm zu, was Robert nicht mitbekam.

Auf der Heimfahrt saßen sie einige Zeit stumm nebeneinander. Sarischa konnte Roberts Gedanken nicht mehr erreichen. Gar nicht. Nicht ansatzweise. Sie hätte zu gerne gewusst, was ihm durch den Kopf ging.

Nach einer Weile unterhielten sie sich über ihre Essgewohnheiten, obwohl dies ein Verlegenheitsthema war, um nicht das eigentliche Thema, das Robert beschäftigte, anzusprechen: Brögner. Sarischa fragte nicht, denn sie wusste, Robert würde nichts sagen.

Als sie in die Adelgundenstraße einbogen, in der Sarischa wohnte, lockerte sich die Stimmung zwischen ihnen wieder auf.

„Es war ein schöner Abend, bis auf den Schluss", sagte Sarischa. „Vielen Dank für die Einladung."

„Wir holen den schönen Schluss ein anderes Mal nach. Ich begleite dich auch nicht mehr nach oben, weder zu einem Kaffee noch zu einem Absacker. Gute Nacht Sarischa."

Sie umarmten sich. Kein Kuss. Ihre erotischen Gefühle waren wie weggeblasen. Sarischa stieg aus, und Robert fuhr ab.

Da stand sie nun, nachts, vor ihrer Haustür, allein. Und fragte sich, warum Robert auf Brögner so heftig reagierte? Bei dem Streit, oder was auch immer, musste es um eine größere Sache gegangen sein, die ihn immer noch stresste. Schade. Wäre dieser alte Brögner nicht aufgetaucht, hätte der Abend sicher anders geendet. Kein Zweifel, sie war an Robert interessiert. Der Abschied – nur eine schnelle Umarmung, nicht mal ein Küsschen … Sie war enttäuscht. Den schönen Schluss, wie Robert sagte, ja, den würde sie gerne nachholen.

Nachzuholen gab es auch noch etwas anderes, zumindest dachte sich das Julian, und zwar einen gemütlichen Abend mit dem Film „Die rote Blume ohne Stil".

Am folgenden Tag lud er Sarischa zu einer bunte Gemüsepfanne ein. Eigentlich hätte sie gearbeitet, aber der Veranstalter musste wegen eines Wasserschadens den Termin verschieben. Der freie Abend kam ihr ganz recht; sie freute sich auf ein schönes Essen mit Julian.

Als sie das Geschirr weggeräumt hatten, schlug Julian vor, heute endlich den besagten Film anzuschauen. Sarischa war aber nicht begeistert, eher irritiert. Warum sollte sie sich da antun, den Abend mit einem grausamen Film zu verderben? Noch dazu jetzt, nach dem ziemlich netten Treffen mit Robert.

„Ich habe keine Lust auf den Film."

„Aber du wolltest ihn doch sehen."

„Er interessiert mich nicht mehr. Ich möchte gar nicht mehr an die Szene erinnert werden. Man muss auch mal was abhaken."

Julian musterte Sarischa, da er ihren Sinneswandel nicht verstand. „Was ist mit dir?"

„Gute Frage. Vielleicht habe ich mich in Robert Schöner verliebt."

Julian lachte. „Aus dir soll einer schlau werden. Dein spezieller Freund wandelt sich vom Mörder zum Lover! Aber ich finde das gut. Dann treffen wir uns mal zu viert – du, dein Robbi, Vivi und ich! Das wird lustig."

„Hör auf mich zu verarschen."

„Das sollte ein Witz sein."

„Wie geht es dir mit Vivi?"

„Gut. Sehr gut. Sie ist sensibel, hübsch, klug – wenn auch nicht ganz so klug wie du – und sie ist eigenständig. Du weißt ja, Frauen, die mich einverleiben wollen, halte ich nicht lange aus."

„Was macht sie beruflich?"

„Sie arbeitet in einem Reisebüro und ist momentan in Hamburg."

„Und siehe da, Julian hat Zeit für mich."

„Wenn du mich brauchst, habe ich immer Zeit für dich. Das weißt du."

„Auch in ganz schwierigen Zeiten?"

„Aber natürlich, gerade dann."

Ob das wirklich so war, wusste sie nicht. Ihre schwierigsten Zeiten kannte er nicht. Kannte niemand. Julian war zwar emotional stabil und ließ sich weder von schlechten Stimmungen noch von Meinungsverschiedenheiten irritieren. Aber wieviel hielt er im Zweifelsfalle aus? Würde er sie auch ertragen, vielmehr: könnte er sie stützen, wenn sie komplett durchhängen würde?

12

Zwei Tage später erhielt sie von Robert eine WhatsApp:

Treffen wir uns heute Abend, um den noch offenen schönen Schluss nachzuholen? Würde mich freuen.

Geht leider nicht. Habe einen Auftritt, komme frühestens um 22.00 Uhr nach Hause. Wie wäre es mittags bei mir?

Du würdest mich in deine Wohnung lassen? Ich müsste nicht vor deiner Tür stehenbleiben?

Nein, dass müsstest du nicht.

Wunderbar.

Wie wäre es um 12.00 Uhr?

Ich kann erst um 13.00 Uhr. Vorher eine OP.

Habe auch nur eine Stunde Zeit. Ist das okay?

Ist okay.

Ich freue mich. Bis dann. LG Robert

Sarischa legte das Handy beiseite, trank einen Schluck Kaffee während sie aus dem Fenster sah, ohne etwas wahrzunehmen. Und dann juchzte sie: „Wow!"

Der Vormittag verging wie im Flug. Sie zog sich dreimal um. Um zehn vor eins stand sie geschminkt mit einem schwarzen Pulli und einem grellgrünen Rock vor dem Spiegel, und gefiel sich damit nur halbwegs.

Dann klingelte es. Robert war überpünktlich. Schnell schlüpfte sie noch in schwarze Stiefletten, bevor sie die Wohnungstür öffnete und auf Robert wartete. Sie lächelte ihm entgegen. Wortlos öffnete sie die Tür und machte mit dem Arm eine einladende Geste. Er trat in den Flur. Sie ging vor ihm her – noch immer wechselten sie kein Wort. Nach einigen Schritten drehte sie sich zu ihm um und dann umarmten sie sich.

„Hallo", flüsterte er ihr ins Ohr.

„Schön, dass du da bist", flüstere sie in sein Ohr.

Dann küssten sie sich. Es war ein langer, leidenschaftlicher Kuss.

Sarischa nahm Robert an die Hand und führte ihn in die Küche.

„Was willst du trinken?"

„Nichts."

„Nichts?"

„Nein.

„Ich hätte eine Flasche Champagner ... oder lieber nur Wasser?"

„Nein, danke. Ich will nichts trinken."

Er setzte sich auf einen Stuhl und zog Sarischa zu sich. Sie setzte sich auf seinem Schoß. Wieder küssten sie sich. Er streichelte ihren Rücken, ihre Beine und Brüste.

„Wo ist dein Schlafzimmer?"

„Zwei Türen weiter." Sarischa erhob sich und ging voraus, während Robert ihr langsam den Rücken von oben nach unten entlangstrich.

„Ich bin aufgeregt", flüstere Robert, als Sarischa die Schlafzimmertür öffnete.

„Ich auch." Sie umarmte Robert und drückte sich an ihn.

Er fasste sie am Po und drückte sie stärker an sich. „Und ich bin ... erregt."

Sarischa küsste ihn auf die Wange. „Ich auch."

Sie zogen sich aus, ziemlich schnell; und ziemlich wild schleuderten sie ihre Kleidungsstücke in eine Ecke. Dann warfen sie sich aufs Bett.

„Du musst ein Kondom benutzen."

„Oh! Okay. Hast du welche hier?"

„Ja. Ich hoffe, du hast damit kein Problem."

„Ich glaube nicht." Er hatte kein Problem.

Und dann liebten sie sich.

Als sie ermattet, eng aneinandergeschmiegt dalagen, sagte Robert mit einem leichten Seufzen aus tiefstem Herzen: „Wunderbar, einfach wunderbar."

„Ich fand es auch sehr schön."

„Was für ein Wunder!"

„In Anbetracht unserer Vorgeschichte – wirklich ein Wunder."

Dann unterhielten sie sich – locker, unbeschwert, über nichts Wichtiges.

Um vierzehn Uhr stand Robert auf, zog sich an und fragte nach dem Badezimmer. Als er zurückkam, lag Sarischa immer noch im Bett, halb zugedeckt, und strahlte Robert an. Er zog die Bettdecke weg, betrachtete Sarischa und deckte sie wieder zu.

„Ich muss jetzt los."

„Ich weiß." Sarischa stand auf und umarmte Robert. „Schade, dass du schon gehen musst."

„Leider. Eine Besprechung ruft." Er küsste ihre Brüste und lächelte herausfordernd. „Die eine Brust schaut mehr nach rechts."

Sarischa lachte amüsiert. „Genau. Und die andere nach links."

Nackt begleitete sie ihn zur Tür. Als er schon die Hand an der Klinke hatte, wurde er plötzlich ernst. „Hast du wieder versucht, meine Gedanken zu lesen? Ich hoffe nicht. Du weißt, dass ich das nicht mag."

„Nein, wo denkst du hin? Außerdem habe ich keinen Zugang mehr zu deinen Gedanken."

„Dann ist es ja gut. Ciao meine Schöne". Er umarmte sie fest, gab ihr einen Abschiedskuss und ging.

Sarischa zog sich an, trank ein großes Glas Wasser und träumte vor sich hin. Es war sehr schön, irgendwie anders als wie mit Julian. Spannender. Aufregender. Aber war es das nicht immer beim ersten Mal? Nein, ganz und gar nicht. Sie hatte genug Reinfälle erlebt. Mit Robert war es etwas Besonderes.

Nach ihrem Auftritt zappte sie durchs Fernsehprogramm. Das Telefon klingelte – es war schon 21.30 Uhr. Ihr erster Gedanke war, dass es Robert sein könnte. Sie sah erwartungsvoll auf das Display. Es war die Nummer von Robert und Tami. Tami wollte sich ja noch bei ihr melden. Sollte sie abheben? Und mit Tami reden – jetzt, nachdem sie vor neun Stunden mit ihrem Mann geschlafen hatte? Und wenn es doch Robert war? Sie musste ihm dringend sagen, er dürfe in Zukunft nur noch vom Handy aus anrufen. Dann hob sie spontan ab.

Es war Tami. Sarischa schaltete den Fernseher aus und atmete tief durch. Sie zwang sich, den Anflug eines schlechten Gewissens – ein Gefühl, das sie eher nicht kannte – im Zaum zu halten.

Tami erklärte Sarischa die Situation, in der sie während ihres letzten kurzen Gesprächs war. Sie hätte gerade eine Auseinandersetzung mit Robert gehabt wegen ihrer geplanten Reise nach Afrika und wäre deshalb nicht in der Lage gewesen, mit ihr zu sprechen. Sie hätte aber über Sarischas Entschuldigung nachgedacht und würde den Kontakt gerne wieder aufnehmen wollen. Allerdings sei sie über ihr Verhalten in puncto Offenheit sehr enttäuscht.

Tamis Stimme klang sachlich, ohne einen beleidigten Unterton. Sie wurde dann aber doch emotionaler.

„Du erzählst von dir sehr wenig und machst immer so ein Geheimnis um dich und deine Gedankenleserei. Ich finde, unsere Begegnungen waren bisher ziemlich einseitig. Ich erzähle und du nickst. Das ist jetzt zwar etwas übertrieben, aber im Kern richtig. Ich kam mir mit meinem banalen Leben dir gegenüber oft unwichtig vor.

Interessierst du dich denn überhaupt für mich?"

Mit dieser Frage hatte Tami Sarischa voll erwischt. Bis heute Mittag war Tami für sie eine Art Informantin, über die sie an Robert herankommen wollte. Tami hatte sehr wohl gespürt, dass Sarischa an ihr kein großes Interesse hatte. Und nun? Was sollte sie ihr sagen? Etwas Nettes, auch wenn es nicht unbedingt ganz der Wahrheit entspräche, wäre wohl am besten. Aber im Grunde war das Gespräch an sich schon eine einzige Lüge, egal was sie sagte.

„Ich finde dich nett und sympathisch. Und es beeindruckt mich, dass du dich selbständig machen willst. Vielleicht sollten wir mal Sport machen. Leider habe ich wenig Zeit. Ausgehen ist bei mir schwierig, weil ich berufsbedingt schon sehr viele Abende unterwegs bin und deshalb keine Lust habe auf Kultur, Partys, Clubs mit vielen Leuten und Getöse."

„Genau das meine ich. Du sagst ‚vielleicht' und im selben Moment, dass du wenig Zeit hast. Immer so lala."

„Ich habe einen Vorschlag gemacht: Sport. Das war konkret, nicht lala. Und ich habe in der Tat wenig Zeit. Ich bin sehr viel unterwegs, das weißt du doch."

„Okay. Lassen wir das jetzt mal so stehen. Was mich aber ernsthaft interessiert ist, was zwischen dir und Robert läuft. Ihr seid zusammen im Kelsy Club gewesen. Wie kam es dazu? Ich dachte, ihr könnt euch nicht ausstehen und jetzt – dafür hattest du dann doch Zeit – geht ihr zusammen zum Essen. Ich verstehe das nicht. Wieso dieser plötzliche Wandel?"

Sarischa fühlte sich, als hätte ihr Tami eine Schlinge um den Hals gelegt und würde langsam zuziehen. Sie bekam kaum noch Luft.

„Hat dir das Robert nicht erklärt?"

„Nein, nur so ungefähr. Außerdem möchte ich es von dir wissen. Aber typisch, ich erfahre es von ihm, nicht von dir. *Du* hättest es mir sagen können. Hast du aber nicht."

„Es war ja noch gar keine Gelegenheit."

„Also bitte. Ein kurzer Anruf – nein. Ich muss nachfragen. Und ich frage dich jetzt noch mal explizit: Warum habt ihr euch anfangs gehasst und jetzt nicht mehr?"

„Ich hatte dir doch neulich gesagt, dass ich in Roberts Gedanken etwas gelesen habe, was mir nicht gefiel. Ich hatte mich jedoch getäuscht. Meine Energien waren ihm gegenüber umsonst so negativ. Ich habe mich bei ihm entschuldigt. Und dass Robert nicht unbedingt auf irgendwelche, ich sage mal: parapsychologische Phänomene, gut zu sprechen ist, weißt du auch. Wir haben sozusagen das Kriegsbeil begraben."

Sarischa hoffte, dass sich Tami damit zufriedengab. Das war sie aber nicht, sondern sie zog die Schlinge weiter zu.

„Du warst in Roberts Klinik wegen deiner Brüste – ja, das hat er mir erzählt. Du bist zu der Tagung gefahren, auf der Robert referierte. Und nun bist du mit ihm zum Essen. Bist du scharf auf ihn?"

Nun war es soweit. Die Schlinge bot keinen Spielraum mehr – Sarischa war kurz davor zu ersticken. Es gab kein Entrinnen, sie musste skrupellos lügen. Und, das wurde ihr schlagartig klar, sollte die sexuelle Begegnung mit Robert kein einmaliges Erlebnis gewesen sein – und da war sie sich ziemlich sicher – dann musste sie mit ihm klären, wie er gegenüber Tami damit umgehen will. Vielleicht würde er ihr sogar die Wahrheit sagen, was sie zwar für ziemlich unwahrscheinlich hielt, aber es war nicht ausgeschlossen. Dann wäre dieses Lügengespräch hier sowieso komplett sinnlos. Sie musste diese Pseudofreundschaft möglichst unaufgeregt beenden – und zwar jetzt sofort.

„Nein, ich bin nicht scharf auf ihn. Ich stehe nicht auf ältere Männer."

„So alt ist er mit einundfünfzig nun auch wieder

nicht."

„Wie man's nimmt. Ich bin immerhin fünfzehn Jahre jünger als er."

„Was weiß ich, auf welche Männer du stehst. Außerdem ist Robert immer noch attraktiv. Wenn es dir also nicht um Sex gehen sollte – du hättest sowieso keinen Spaß mit ihm – um was geht es dir dann? Was willst du von ihm?"

„Langsam fühle ich mich von dir in die Enge gedrängt, als müsste ich mich dafür entschuldigen, dass ich mit deinem Göttergatten beim Essen war. Ich habe es dir erklärt. Gerne noch mal: Ich meinerseits wollte die negativen Energien durch positive ersetzen, auch wegen uns."

„Wegen uns beide?"

„Ja."

„Das glaube ich dir nicht. Ich bin dir doch egal", sagte Tami verbittert. „Unter Freundschaft verstehe ich etwas anderes."

Sarischa war erleichtert. Tami stellte tatsächlich von sich aus ihre Freundschaft in Frage. Sie bekam wieder Luft.

„Nun ja, Tami. Wahrscheinlich ist es mir nicht möglich, das für dich zu sein, was du dir von mir wünschst – eine Art Busenfreundin."

„Ich habe eine Busenfreundin, ich brauche keine zweite", entgegnete Tami. „Ich hätte gedacht, dass wir ganz normale Freundinnen sein könnten. Aber das geht mit dir anscheinend nicht. Vermutlich bist du männerfixiert und brauchst überhaupt keine Freundinnen."

Tami glaubte Sarischa nicht, dass es ihr nur um gute Energien ginge. Sie glaubte vielmehr, dass Sarischa Robert verführen wollte, weil sie sich für unwiderstehlich hielt. Dass sie bereits heute Sex miteinander hatten, ahnte sie nicht. Nie wäre sie auf die Idee gekommen, dass sich Robert mittags von der Klinik abgeseilt haben könnte, um eine Frau zu treffen.

„Das war's dann wohl mit uns", fasste Tami die Situation zusammen.

Gott sei Dank, dachte Sarischa, somit dürfte das Telefonat in einigen Sekunden beendet sein.

„Es schaut ganz danach aus. Ich glaube nicht, dass wir ganz normale Freundinnen werden können. Wir sind zu unterschiedlich. Ich wünsche dir viel Erfolg für deinen Gewürzladen."

„Danke. Mach's gut."

„Du auch."

Sie legten auf.

13

Sarischa träumte von Robert, wie sie sich im Kelsy Club leidenschaftlich küssten, währenddessen Tami und Brögner wild kreischend umherliefen während Wolfsgeheul aus den Lautsprechern dröhnte. Vögel flogen durch den Raum und ein riesiges Hirschgeweih fiel knapp neben ihr von der Wand. Ein verrückter Traum mit einem nicht entwirrbaren Durcheinander unklarer Gefühle. Sie versuchte erst gar nicht, den Traum zu deuten. Er war zu skurril.

Mittags hatte sie eine Lagebesprechung mit Felix. Er teilte ihr unter anderem mit, dass sich die Altherrengruppe von Brögner gemeldet hätte und dass sie die sogenannte Privatschulung in Lissabon gerne noch durchführen möchten. Sie hätten gesagt, Geld spiele keine Rolle. Sarischa ärgerte sich über dieses großkotzige Getue. Was denken sich diese Typen, wer sie sind?

„Ich mache das nicht", sagte sie zu Felix. „Die können mich mal. Die glauben, mit Geld kann man alles kaufen, sogar Fähigkeiten, zu denen sie weder einen Zugang haben noch haben können. Sag ihnen ab."

„Bist du blöd? Nimm sie aus! Warum nicht?"

„Vielleicht bin ich blöd. Mag schon sein. Aber ich habe immer noch meine Prinzipien. Und außerdem ist mir das ganze Setting nicht geheuer. Vielleicht würden sie sogar über mich herfallen und mich vergewaltigen."

„Daran habe ich auch schon gedacht. Du müsstest auf alle Fälle Bodyguards mitnehmen. Mich zum Beispiel. Und Julian. Könnte lustig werden. Kostenloser Urlaub in Lissabon!"

„Okay, ich denke noch mal darüber nach. Was steht sonst noch an?"

„Eine Anfrage aus Köln am neunzehnten Oktober. Gage dreitausend Euro plus Nebenkosten."

„Was ist am achtzehnten?"

„Aufzeichnung Kölner Treff."

„Ach ja, wunderbar, das passt. Sag zu."

Nachmittags dachte sie an Robert. Sie spürte Sehnsuchtsgefühle. Sollte sie eine WhatsApp schicken? Oder anrufen, ihm gegebenenfalls auf den Anrufbeantworter sprechen? Sollte überhaupt sie es sein, die den Kontakt wieder aufnimmt? Plötzlich kam sie sich kindisch vor. Sie war doch kein Teenager mehr, der dahinschmolz und schmachtete … und auf ein Zeichen des Angebeteten wartete. Sie gab sich einen Ruck. Robert durfte ihr alltägliches Leben nicht beeinflussen, das sie gut organisiert hatte.

Um sechzehn Uhr checkte sie die Verkehrssituation in Google. Kein Stau, flüssiger Verkehr. Noch. Sie hatte einen Auftritt in Rosenheim, Vorstellungsbeginn war um neunzehn Uhr, sie musste sich langsam beeilen.

Sie kontrollierte ihren fast fertig gepackten Auftrittskoffer. Viel war es nicht, was sie brauchte: Schminke, Schmuck, Zeichenblock, Stifte, Spielkarten und die üblichen Zauberutensilien, wie einen Hut und diverse Tücher. Nun musste sie nur noch ihr Kleid in einen Kleidersack stecken, denn es durfte nicht verknittern. Der Auftritt war Standard – vorrangig Gedankenlesen mit ein paar Zaubertricks.

Als sie auf der Straße stand, musste sie überlegen, wo sie ihren Mercedes geparkt hatte. Es gab in ihrer näheren Umgebung keine Garage zum Mieten und die Parkplätze waren einfach zu wenig, also parkte sie öfter im falschen Parklizenzgebiet und kassierte dafür schon eine Menge Strafzettel. Auch diesmal war es so. Sie ärgerte sich nicht, denn sie hatte damit gerechnet.

Bevor sie auf die Autobahn fuhr, musste sie noch tanken. Auf der Autobahn war der Verkehr vor Holzkirchen schon ziemlich dicht. Sie hoffte, dass sich kein Stau bildete. Das war aber nicht der Fall; nach Holzkirchen war der Verkehr wieder flüssig.

Sie fuhr gerade auf der rechten Spur, als hinter ihr ein schwarzer Audi ziemlich nah auffuhr, mit geringem Abstand hinter ihr herfuhr, und sie dann scheinbar überholen wollte. Er fuhr auf die Überholspur und blieb auf gleiche Höhe mit ihr. Sie sah zu dem Fahrer hinüber – ein Mann mit Bart und Brille, etwa Mitte Vierzig mit einem ziemlich ernsten Blick. Er gab ihr ein Zeichen, wies mit dem Daumen nach rechts. Sarischa verstand nicht, was er wollte. Sie zuckte mit den Schultern. Wieder zeigte er mit dem Daumen nach rechts und sagte etwas, indem er den Mund wie eine übertriebene Lautmalerei bewegte. Er deutete nach vorne rechts. Jetzt verstand Sarischa, was er meinte: Weyarn. Die nächste Ausfahrt. Sie waren kurz davor.

Sarischa war total verunsichert. War das ein Polizist? Nein, niemals. Polizisten sitzen immer zu zweit im Wagen und außerdem hätte die Polizei eine Kelle und das Blaulicht verwendet, um sie zum Abzweigen aufzufordern. Sie fühlte sich bedrängt von dem Fahrer des Audis, denn er fuhr so nah an sie ran, dass sie befürchtete, er würde sie gleich schrammen. Also nahm sie die Ausfahrt. Er klebte hinter ihr. Bei der nächsten Möglichkeit parkte sie. Er stellte sich mit seinem Wagen hinter ihren.

Sarischa stieg aus und lief sofort zur Fahrerseite des Audis. Sie wartete, mit den Händen in der Hüfte, dass der Mann ausstieg, aber er steckte irgendwelchen Papiere in eine Tasche, die auf dem Beifahrersitz lag. Sie hätte beinahe an die Scheibe geklopft, doch dann drehte er sich um und stieg aus.

„Sie drängen mich dazu, diese Ausfahrt zu nehmen.

Warum?", fragte sie ziemlich unwirsch.

„Stellen Sie fremden Menschen immer so unfreundlich Fragen, bevor Sie sie grüßen?"

„Normalerweise nicht. Hallo." Sie sah ihn mit einem auffordernden Blick an, ihr die Situation erklären.

„Hallo. Sie sollten ihren Kofferraum überprüfen. Da hängt etwas heraus."

Sarischa schüttelte verständnislos den Kopf. „Was soll da raushängen?" Sie ging um ihren Wagen herum. Und dann sah sie es. Erschrak. Sie hielt sich die Hand vor den Mund. Das konnte doch nicht sein! Ein halbes Hundebein hing aus dem Kofferraum, abgequetscht von der Tür.

„Ich weiß nicht was ... ich verstehe nicht", stammelte Sarischa. „Ist das ein Bein von einem echten Hund? Oder ein Scherzartikel?" Sie ging etwas näher heran. Es sah ziemlich echt aus.

„Ich finde, es sieht sehr echt aus", sagte der Mann. „Man kann sogar Blut sehen."

„Hören Sie, ich weiß nicht, wie das sein kann. Ich lasse doch kein Hundebein aus meinem Kofferraum hängen. Jemand muss mir einen toten Hund in meinen Kofferraum gelegt und dabei ist das Bein ..."

„Jetzt machen Sie doch endlich mal auf", drängte der Mann. „Vielleicht lebt er ja noch."

Das tat sie. Beide starrten auf das Tier. Es war ein mittelgroßer Hund, irgendein Mischling mit dunkelbraunem Fell. Tot. Eindeutig. Und es war kein Spielzeug. Es war ein echter Hund.

„Mein Gott", sagte Sarischa. „Wie kommt dieser Hund in meinen Kofferraum? Und wie lange fahre ich den schon umher – mit der heraushängenden Pfote? Warum hat mir nicht schon früher jemand ein Zeichen gegeben? Das ist ja schrecklich!"

„Als ich die Pfote gesehen habe, dachte ich mir, ich will wissen, was da los ist. Ich hatte nämlich auch mal einen Hund. Ich vermute, die anderen Autofahrer haben angenommen, das wäre ein Gag. Es gibt ja alle möglichen Spinnereien. Und Sie wissen also nicht, wie der Hund in ihr Auto kam?", fragte der Mann mit einem misstrauischen Blick.

„Nein!" Sarischa nahm ein kleines Gästehandtuch, das sie im Kofferraum liegen hatte, packte damit das Bein, schleuderte es in den Wagen und warf den Kofferraumdeckel zu. „Mir ist schlecht", sagte sie. „Das ist jetzt wirklich zu viel. Ich habe heute Abend einen Auftritt und eigentlich überhaupt keine Zeit, mich um die Angelegenheit zu kümmern. Wollen Sie mich jetzt anzeigen? Wegen was? Ich habe den Hund noch nie gesehen. Er gehört mir nicht. Das ist doch alles makaber. Es kann eigentlich nur passiert sein, als ich beim Tanken war. Ich hatte den Wagen offengelassen, als ich zur Kasse ging. Da muss mir jemand den Hund in den Kofferraum gelegt haben. Aber warum macht jemand so etwas?" Sarischa wurde nervös.

„Jetzt beruhigen Sie sich. Warum sollte ich Sie anzeigen und wegen was? Sie können so viele tote Tiere in ihrem Kofferraum haben, wie Sie wollen. Mir ist das egal. Ich wollte Sie nur darauf aufmerksam machen, weil es in der Tat etwas makaber ist, wenn eine Pfote aus einem Kofferraum hängt." Der Mann lächelte und legte eine Hand auf ihre Schulter.

„Danke. Es tut mir leid, dass ich vorhin so unwirsch war. Ich wusste ja nicht … Entschuldigen Sie bitte."

„Nichts für ungut. Ich denke, jemand wollte den Hund schnellstmöglich entsorgen. Unglaublich. Dass das niemand gesehen hat, wundert mich allerdings. An einer Tankstelle ist doch normalerweise viel los."

„Als ich getankt habe, war kaum was los. Und ich hatte im Shop auch noch eine Zeitschrift mitgenommen. Zeit genug wäre gewesen … unglaublich."

Der Mann war von Sarischas Äußerem fasziniert. Er

blickte sie aufmerksam an. „Darf ich fragen, in welchem Metier Sie tätig sind? Sind Sie Künstlerin?"

„Ja. Ich bin Gedankenleserin."

„Interessant. Wo treten Sie denn auf?"

„Heute in Rosenheim."

„Wirklich? Ich wohne in Rosenheim. Ich fahre gerade nach Hause. Rein theoretisch könnte ich mir ihren Auftritt anschauen. Wo findet er denn statt?"

Ich würde sie sehr gerne sehen – die Frau mit dem Hundeleichenwagen. Sie ist sehr hübsch. Gedankenlesen? Vielleicht ganz nett.

„Im Kulturzentrum."

„Da bin ich hin und wieder."

„Passen Sie auf", sagte Sarischa, „ich muss jetzt wirklich los, sonst komme ich zu spät. Um neunzehn Uhr ist Beginn. Sollte es keine Karten mehr geben, was ich vermute, dann sagen Sie am Einlass, dass Sie auf der Gästeliste stehen. Als Dank für den Hinweis. Wie ist denn Ihr Name?"

„Das ist aber nett von Ihnen. Ich hoffe, dass ich kommen kann. Ich muss vorher noch was erledigen, eventuell wird es knapp. Ich heiße Marcel Webeck."

„Also ich muss jetzt wirklich los. Übrigens: ich bin Sarischa."

Sie setzte sich ins Auto und zischte ab. Vom Rückspiegel aus konnte sie sehen, dass ihr Webeck winkte.

Himmel noch mal, fluchte Sarischa, als sie wieder auf der Autobahn war. Was soll ich mit dem blöden Köter machen? Ich fahre nach meinem Auftritt einfach irgendwohin, wo niemand ist, in einen Wald zum Beispiel, und dann werfe ich ihn weg. Was geht mich dieser Hund an? Nichts. Wahrscheinlich müsste ich mich bei der Polizei melden oder bei einer Tierschutzorganisation. Das kommt gar nicht in Frage. Hoffentlich taucht heute Abend dieser Webeck nicht auf. Er würde mich sicher fragen, was ich mit dem Hund vorhabe.

Sie kam rechtzeitig im Kulturzentrum an und konnte sich ohne Hektik auf die Vorstellung vorbereiten. Pünktlich stand sie, wie immer voll konzentriert, auf der Bühne. Gerade als sie die Gäste begrüßen wollte, bemerkte sie einen Gast, der in eine der vorderen Reihen einen Sitzplatz suchte. Es war Webeck. Das hätte jetzt nicht noch unbedingt sein müssen, aber nun gut. Sarischa beobachtete, dass er weiter hinten einen Platz gefunden hatte. Dann fing die Show an, diesmal mit lauter, geheimnisvoller Musik.

Der Abend lief ausgesprochen gut. Das gedankliche Interview brachte sie zum Schluss und erklärte den Ablauf: „Jeder denkt sich eine Frage aus. Mit einem Kopfnicken zeigt man, dass man seine Frage fertig formuliert hatte. Dann spreche ich die Frage laut aus. Die andere Person antwortet in Gedanken, sie nickt, ich ‚übersetzte‘ und so weiter. Sollte ich etwas Falsches sagen, bitte korrigieren Sie mich."

Webeck meldete sich sofort als Teilnehmer. Sein Vorname war Marcel. Als seine Interviewpartnerin wählte Sarischa eine junge Frau, Lena. Beide saßen sich gegenüber und Sarischa stand zwischen ihnen.

Marcel: *Was machst du beruflich?*
Lena: *Ich bin Krankenschwester.*
Lena: *Und was machst du?*
Marcel: *Ich bin Software–Entwickler*
Marcel: *Bist du verheiratet?*
Lena: *Ja.*
Lena: *Und du?*
Marcel: *Nein, aber ich habe eine Freundin.*

So ging es noch eine Weile hin und her mit den üblichen Kennenlernfragen, die Sarischa alle richtig übersetzte.

„So Ihr beide, damit das jetzt ein bisschen spannender wird, fragt doch mal was Außergewöhnliches. Ob man verheiratet ist oder nicht, das hätte auch jemand aus dem Publikum erraten können. Das ist zu einfach. Lena, fang an. Frag was Freches."

Lena guckte mit großen Augen und überlegte. Dann fiel ihr etwas ein und sie lächelte. „Das ist jetzt aber eine echt freche und schwierige Frage."

„Nur zu", bestärkte sie Sarischa.

Lena: *Kennst du eine Frau, mit der du gerne deine Freundin betrügen würdest?*

Sarischa übersetzte wortgetreu.

Marcel: *Ach du liebe Zeit. Was soll ich mir jetzt da denken? Ich könnte mir glatt Sarischa vorstellen. Oder noch mal Tamara, Aber ich entscheide mich für die Antwort: „Ich will meine Freundin nicht betrügen."*

Er blickte zu Sarischa, die stoisch wartete. Dann nickte er. Und es huschte zeitgleich noch ein weiterer Gedanke durch seinen Kopf, den er aber selbst kaum registrierte:

Das ist eigentlich gelogen. Wenn sich die Gelegenheit ergäbe, würde ich sie mit Sarischa betrügen.

Sarischa grinste. „Lieber Marcel, du dachtest dir, dass du deine Freundin nicht betrügen willst. Ist das richtig?"

„Ja, das stimmt."

„Nun bist du dran, Marcel. Bitte eine spannende Frage."

Wo würdest du deinen toten Hund begraben?

Sarischa übersetzte die Frage, obwohl sie die Anspielung gar nicht so lustig fand.

Lena: *Ich habe keinen Hund. Aber wenn ich einen hätte, wahrscheinlich im Wald, da ich keinen Garten habe. Garten wäre aber besser. Aber ob man das überhaupt darf?*

Sarischa übersetzte sinngemäß wieder alles richtig.

Dann beendete sie das Interview.

Abschließend sagte sie: „Manchmal gibt es mehrere Antworten, die ineinander verschachtelt sind. Denn die meisten Menschen wissen gar nicht, was sie konkret denken. Da rattern ganze Züge durchs Gehirn, zeitgleich mit klaren oder nicht benennbaren Gefühlen, alles sehr schnell hinter- oder durcheinander. Nur wenn man grübelt, kreisen die Gedanken immer um dasselbe Thema, sind aber trotzdem verworren. Bevor Ihnen Ihre Gedanken wieder ganz alleine gehören noch ein kurzer Test: Ich gebe Ihnen zehn Sekunden und sie machen sich anschließend bewusst, an was sie in diesen Sekunden gedacht haben. Auf los geht's los."

„Los!" Sie schnippte mit dem Finger und das Licht ging aus und nach zehn Sekunden wieder an. „Ende."

Ihre Gästen machten zum größten Teil ratlose Gesichter. Einige schmunzelten.

Nachdem sie sich verabschiedet hatte, bekam sie langen Applaus, aber sie gab keine Zugabe. Das machte sie grundsätzlich nicht, weil dies ihrer Meinung nach nicht zum Metier passte. „Bei mentaler Arbeit kann man nicht nachtarocken", sagte sie mal in einem Interview.

Sie zog sich um, nahm ihren Koffer und versuchte, so schnell wie möglich zu verschwinden. Keine Autogramme, keine Flyerverteilung, keine Gespräche mit Gästen. Heute nicht. Musste dieser Marcel Webeck doch glatt fragen, wo diese Lena ihren Hund begraben würde. Idiot. Nichts wie weg. Sie verließ gerade das Gebäude, da traf sie – wie konnte es anders sein – auf Webeck. Genau das wollte sie vermeiden.

„Hallo Sarischa", sagte er.

„Hallo Herr Webeck." Sie betonte seinen Nachnamen, um klarzustellen, dass das Du nur auf der Bühne galt. Sarischa blieb nicht bei ihm stehen, sondern ging weiter zu ihrem Auto, und Webeck mit ihr.

„Ihr Auftritt war super. Sagen Sie, wie machen Sie das nur? Das ist irgendwie nicht mehr normal oder …"

„Es tut mir leid", unterbrach ihn Sarischa, „ich möchte jetzt nach Hause. Sie dürfen mir glauben, so eine

Show ist sehr anstrengend."

„Das glaube ich Ihnen. Und was machen Sie mit dem Hund?"

„Das überlege ich mir. Ich wünsche Ihnen noch einen schönen Abend."

„Ich Ihnen auch. Sehen wir uns mal wieder?"

„Weiß nicht", sagte Sarischa und lief weiter, ohne Webeck anzuschauen. „Wenn es der Zufall will."

„Jetzt bleiben Sie doch mal kurz stehen".

Das tat sie dann doch und wandte sich zu ihm. „Herr Webeck, es tut mir leid, dass ich mich nicht mehr mit Ihnen unterhalten kann. Ich bin wirklich sehr müde. Bitte akzeptieren Sie das." Und plötzlich fiel ihr etwas ein, was sie während der Show schon kurz irritierte, aber wovon sie sich nicht ablenken lassen wollte: der Name Tamara.

„Sie dachten auf die Frage zum Fremdgehen an eine Tamara, nicht wahr?"

„Oh. Das haben Sie auch sehen, Entschuldigung lesen, können?"

„Ja."

„Dann wissen Sie wahrscheinlich auch, dass ich meine Freundin mit Ihnen … das ist mir jetzt peinlich."

„Vergessen Sie's", wiegelte Sarischa seine Unsicherheit ab. „Sagen Sie mir lieber, wer diese Tamara ist."

„Ach Tami. Ich hatte vor längerer Zeit ein Verhältnis mit ihr."

„Tami?", jetzt schluckte Sarischa. „Sie nennt sich Tami? Und heißt sie vielleicht mit Nachnamen Schöner?"

„Nein. Sie heißt Thalhof."

„Stimmt das?"

„Davon gehe ich aus."

„Und ihr Mann? Heißt er auch Thalhof?" Sarischa hatte plötzlich die Idee, dass Tami ihren Mädchennamen behalten haben könnte und gar nicht Schöner hieß. Tami meldete sich am Telefon mit „Hallo", aber am Klingel-schild ihres Hauses stand nur Schöner. Aber das musste natürlich nichts heißen. Vielleicht hatte sie auch einen Doppelnamen: Schöner-Thalhof.

„Wie ist sein Vorname?"

„Das weiß ich gar nicht", sagte Webeck nachdenk-lich. „Warum fragen Sie?"

„Ach, das wäre eine längere und sehr private Ge-schichte. Wo wohnt denn Ihre Tami?"

„In Baierbach."

„Wo ist das?"

„Am Simsee. In der Nähe von Rosenheim."

„Gut, dann hat sich die Sache erledigt. Vielen Dank für die Auskünfte."

„Sehen wir uns mal wieder?", fragte Webeck und strahlte Sarischa an.

„Wenn Sie eine meiner Vorstellungen besuchen, dann sicher. Aber ich möchte mich mit Ihnen nicht ver-abreden, sorry. Tschüss Herr Webeck."

Dann lief sie äußerst zügig zu ihrem Auto.

Sie brauste davon und fragte sich, was das für ein ko-mischer Zufall mit dem Namen war. Mehr fragte sie sich nicht mehr, denn sie musste den Hund loswerden, bevor er zu stinken anfing.

Sie entschied sich, beim nächsten Parkplatz zu halten und ihn dort wegzuwerfen. Nach fünfzehn Kilometer kam der erste Parkplatz: Am Moos. Sie fuhr raus. Fast der gesamte Parkplatz war voll von LKWs – ein Tru-ckerparkplatz. Hier konnte sie den Hund keinesfalls ab-laden. Jeden Augenblick konnte ein Fahrer aussteigen und sie beobachten. Also fuhr sie weiter. Am Irschen-berg gab es den nächsten Parkplatz, bei dem sie aller-dings nicht hielt, denn hier war immer sehr viel los. Und wieder fuhr sie weiter und wunderte sich, dass es so we-nige Parkplätze an der A8 gab. Das war ihr noch nie auf-gefallen. Am Parkplatz Großseeham fuhr sie wieder raus. Hier parkten neben ein paar PKWs auch wieder viele Trucker. Das durfte doch nicht wahr sein! Sie konnte doch nicht mit dem Hund in die Stadt fahren. Sie stieg aus und sah sich um. Und prompt kam ein Mann auf sie zu.

„Kann ich Ihnen helfen?", fragte er aus der Dunkelheit heraus.

„Nein danke, ich brauche keine Hilfe."

„Wirklich?"

„Nein, wirklich nicht."

Die Idee mit dem Parkplatz funktionierte nicht. Nun fuhr sie weiter bis zur Ausfahrt Wayarn. Wieder Wayern – nun ja, allzu viele Möglichkeiten gab es nicht, wenn sie nicht extra einen Umweg fahren wollte. Sie fuhr rechts raus, sah nach etwa hundert Meter einen Weg, der zu einem kleinen Wald führte. Endlich. Hier war niemand; hier konnte sie das Luftbegräbnis durchführen.

Sarischa stieg aus, öffnete den Kofferraum und schaute nach, ob der Hund ein Halsband hatte. Hatte er nicht. Also war er nicht identifizierbar – umso besser. Sollte sie ihn mit bloßen Händen anfassen? Es würde ihr nichts anderes übrigbleiben, denn sie hatte keine Handschuhe. An der Bruchstelle des Beines, das aus dem Kofferraum hing, musste Blut getropft sein. Soviel sie sehen konnte, waren im Kofferraum Blutspuren sowie Haare und auch Dreck. Sie ekelte sich. Der Hund sah schrecklich aus. Die Augen waren offen und schienen Sarischa anzuschauen – jedenfalls bildete sie sich das ein.

Es half alles nichts, sie musste das Tier anfassen und aus dem Kofferraum zerren. Das war gar nicht so einfach. Der Hund war schwerer, als sie dachte. Aber es gelang ihr und sie zog ihn ins Gebüsch. Gott sei Dank kam kein weiteres Auto. Es war eine fast mondlose Nacht. Sie war sich sicher, bei Tageslicht würde man den Hund sofort sehen. Dann konnten sich andere mit diesem Kadaver beschäftigen.

Als sie zu Hause ankam – sie fand sogar einen Parkplatz in der Nähe ihrer Wohnung – machte sie sofort den Kofferraum provisorisch sauber. Morgen würde sie bei Tageslicht eventuelle Reste des Köters entfernen.

Sie erinnerte sich wieder an Webecks Tami – Tamara Thalhof. Wenn Webecks Tami tatsächlich ihre Tami sein sollte, wäre das ein extremer Zufall. Sie musste das jetzt wissen und ging ins Internet. Warum hatte sie das nicht schon früher getan? Es gab keinen Anlass. Nach einigen Klicks fand sie tatsächlich Tamara Schöner-Thalhof. Sie hatte eine simple Homepage in Zusammenhang mit ihrer anscheinend früheren Tätigkeit als Dolmetscherin. Tami hatte also einen richtigen Beruf. Warum hatte sie ihn aufgegeben? Sarischa stellte fest, dass sie von Tami, aber auch von Robert, wenig wusste. Wie stand er überhaupt zu Tami? Liebet er sie, auch jetzt noch? Er sagte, als sie im Kelsy Club waren, er wäre treu. Er wirkte auf sie keineswegs wie ein treuer Ehemann. Gutaussehende, erfolgreiche Ärzte haben immer Affären. Schließlich war und ist seine Tami, wie sich nun zeigte, auch nicht treu. Zu blöd, dass sie Webeck so abgefertigt hatte. Liebend gerne hätte sie ihn nun über das Ehepaar Schöner ein wenig ausgefragt. Es konnte ja nichts schaden, ein paar Informationen einzuholen. Sie suchte ihn im Internet unter ‚Marcel Webeck Rosenheim Software Entwickler' und fand ihn. Er arbeitete in einer ihr nicht bekannten Firma in München. Am Montag würde sie dort anrufen.

Sarischa hatte seit dem aufregenden Mittagssex vor zwei Tagen von Robert nichts mehr gehört. Sie befürchtete, dass Robert immer noch glauben könnte, sie würde seine Gedanken ausspionieren, auch wenn sie ihm das Gegenteil versichert hatte. Ließ er deshalb nichts von sich hören, weil er ihr misstraute? Lief auch mit Robert letztendlich wieder das altbekannte Muster ab: *Es war schön mit dir, aber du bist mir unheimlich*? Das durfte nicht sein. Sie wollte ihn unbedingt wieder sehen und ihn kennenlernen. Diese Affäre – oder was auch immer – sollte nicht zu Ende sein, bevor sie überhaupt richtig begonnen hatte, nur wegen ihres Berufs.

Und warum, das fragte sie sich nicht zum ersten Mal, war das Gedankenlesen immer so ein Problem? Die meisten Gedanken fast aller Menschen sind sowieso stinklangweilig, aber alle tun so, als wären sie ein weltbewegendes Staatsgeheimnis. Dabei geht es fast immer um alltägliche Berufs-, Geld-, und Beziehungsprobleme – und natürlich ums Essen. Was gibt es zu Mittag? In welches Restaurant gehen wir am Abend? Morgen lasse ich das Dessert weg. Wir sollten mal wieder Fisch machen. Ich muss weniger essen, sonst nehme ich zu. Und so weiter und so weiter.

Der Montag begann mit Nieselregen und war ziemlich kalt. Sarischa hatte weder einen Auftritt, noch eine Verabredung, und für einen Spaziergang war das Wetter zu schlecht. Dass sie Marcel Webeck erreichen wollte, hatte sie glatt vergessen. Vielmehr überlegte sie, ob sie sich bei Robert melden sollte, entschied sich aber dagegen. Nein, sie würde ihm nicht nachlaufen. Außerdem kam ihr der nicht verplante Tag sehr gelegen. Sie wollte ausgiebig baden, den Tag mit Lesen, Kochen und Wäschewaschen vorbeiziehen lassen, und abends mit ihrer Freundin Regina ins Kino gehen, was sie schon lange nicht mehr gemacht hatte.

Sie stieg gerade aus der Wanne, als ihr Festnetztelefon klingelte. Notdürftig trocknete sie sich ab, wickelte sich ins Badetuch und las eine unbekannte Nummer. Das war seltsam, denn sie gab ihre Privatnummern nur wenigen Menschen preis. Für alle anderen war sie über ihre Agentur erreichbar. Felix gab grundsätzlich weder ihre private Handy- noch ihre Festnetznummer weiter.

„Hallo."

„Hier ist Marcel Webeck. Spreche ich mit Sarischa?"

„Ja. Äh. Nun bin ich aber mehr als erstaunt. Woher haben Sie diese Nummer?"

„Ich habe da so meine Möglichkeiten. Aber das ist mein Geheimnis."

„Aha. Geheimnis. Sie sind aus der IT-Branche. Ist schon klar, wie der Hase läuft. Reichlich dreist. Ehrlich gesagt, ich finde das unmöglich in die Privatsphäre anderer Leute einzudringen!"

Webeck lachte. „Das machen Sie doch auch!"

„Wie sie meinen. Was wollen Sie?"

„Mir ist noch etwas eingefallen, das Sie interessieren dürfte."

„Um was handelt es sich?"

„Eine Info zu Tamis Mann."

„So, so. Ein Info. Würde mich in der Tat interessieren."

„Ich könnte jetzt eine Arbeitspause einlegen, dann könnten wir uns treffen."

„Du liebe Zeit, Sie sind aber hartnäckig. Ich lasse mich äußerst ungern erpressen."

„Nennen wir es einen Deal. Information gegen ein nettes Lächeln."

„Na gut. Wo sind Sie?"

„Am Ostbahnhof."

„Ich bin in einer halben Stunde an der S-Bahn-Station Isartor im Sperrengeschoss. Schaffen Sie das?"

Die Station war nur ein paar Minuten von ihrer Wohnung entfernt. Sie wollte das Treffen mit möglichst wenig Aufwand hinter sich bringen, denn sie war sich ziemlich sicher, dass Webeck bluffte, und die angebliche Information nur ein Vorwand war, um sie zu sehen.

„Ja, perfekt. Es sind ja nur zwei Stationen."

Webeck war schon da, als Sarischa ankam. Sie stellte fest, dass er ein durchaus attraktiver Mann war, was ihr anscheinend bei ihrer ersten Begegnung nicht aufgefallen war. Er starrte auf die Rolltreppen, die von unten hochfuhr, denn er dachte, sie käme auch mit der S-Bahn. Dann entdeckte er sie, als sie auf ihn zuging, und winkte ihr mit einem freudestrahlenden Lächeln.

Sie begrüßten sich mit einem Handschlag. Auch Sarischa setzte ihr bestes Lächeln ein.

„Genügt das", sie deutete mit einem Finger auf ihren Mund", damit Sie mir Ihre Informationen geben? Es gibt hier ein gutes Café gleich um die Ecke.

„Ich fürchte, die Zeit reicht nicht für einen Cafébesuch. Ich muss in der Firma ein dringendes Problem lösen und leider sehr bald wieder zurückfahren."

Sie stellten sich in eine ruhigere Ecke. Webeck musterte Sarischa mit einem schnellen Blick und sah ihr dann in die Augen.

Diese wunderbaren Augen – ein Geschenk Gottes. Und diese Lippen! Ich würde sie am liebsten sofort küssen.

Sie warf ihm ein kaum merkliches Luftküsschen zu.

Er freute sich und grinste. „Frau Gedankenleserin. Sie sind schon ziemlich schlau und bezaubernd."

„Das weiß ich. Aber ich fordere nun ihren Beitrag unseres Deals ein."

„Natürlich. Ich erzähle Ihnen, was ich weiß: Tamis Mann ist Arzt in einer Privatklinik. Sie deutete an, dass er einige Jahre älter sei als sie. Es klang fast so, als wäre er nicht mehr so ganz fit. Ich habe nicht genauer nachgefragt, weil es mir egal war. Sehr selten kam es vor, sagte Tami, dass sie mit seinem Wagen fuhr, zum Beispiel, wenn ihr eigenes Auto in der Werkstatt war. Eines Tages war das der Fall. So, und nun wird es spannend. Nach dem sie eine Freundin besucht hatte, stieg sie in den Wagen ihres Mannes. Sie suchte nach einem Taschentuch und öffnete deshalb das Handschuhfach. Aber was sie zu fassen bekam, war kein samtweiches Tempo, sondern eine Pistole. Sie war sich sehr sicher, dass sie echt war. Sie konfrontierte ihren Mann damit und er bestätigte dies. Er würde sich ab und an bedroht fühlen, deshalb hätte er sich die Waffe zugelegt." Webeck starrte Sarischa erwartungsvoll an. „Nun, was sagen Sie? Ist doch interessant, oder?"

Sie kniff die Augenbrauen zusammen, rümpfte die Nase und schüttelte mehrmals den Kopf. „Das hat Sie Ihnen einfach so erzählt?"

„Nein. Es hat sich so ergeben. Wir haben rumgeblödelt, wer wen wie aus Eifersucht umbringt oder etwas in der Art, und dann ist ihr die Sache wohl eingefallen und hat sie spontan ausgeplaudert.

„Hat er denn einen Waffenschein?"

„Das habe ich Tami auch gefragt, aber sie wusste es nicht. Es wurde ihr dann wohl etwas unheimlich, dass sie die Geschichte überhaupt erzählt hatte und bat mich, sie zu vergessen. Habe ich auch. Bis vorhin. Dann habe ich Sie angerufen." Er grinste wieder. „Schließlich gab es nun einen Grund, da Sie sich ja für Tamis Mann interessieren. Warum eigentlich?"

„Ich habe Ihnen schon gesagt, dass dies sehr privat ist. Darf ich noch fragen, was Sie mit Tami für eine Beziehung hatten?"

„Dürfen Sie. Ist ja schon lange her. Wir hatten eine klassische Affäre. Es ging um Sex. Es war außergewöhnlich schön mit ihr. Sie war sehr sinnlich und erotisch und ...."

„Schon gut", unterbrach sie Webeck. „So genau will ich es nicht wissen. Aber: Wo sagten Sie, wohnt oder wohnte ihre Tami?"

„In Baierbach. Ich nehme an, es war ein Zweitwohnsitz."

„Das würde passen", murmelte sie halblaut.

„Webeck warf einen Blick auf sein Handy." Verdammt, ich muss bald los. Sind Sie zufrieden mit der Information?"

„Ja, bin ich. Eines noch: Gibt es sonst noch irgendwas, was Tami über ihren Mann erzählt hat, keine Banalitäten, sondern etwas Besonderes?"

„Wir haben so gut wie gar nicht über ihn gesprochen. Die Sache ist über fünf Jahre her, ich kann mich nicht mehr an alle Gesprächsinhalte erinnern. Es war sicher nichts von Bedeutung. Tut mir leid. Sehen wir uns wieder? Dann mit mehr Zeit meinerseits. So schnell gebe ich nicht auf!"

Sarischa war ein wenig unschlüssig. Aber warum eigentlich nicht? Webeck hatte eine angenehme Ausstrahlung, stellte sie fest. „Gut. Manchmal ist Hartnäckigkeit ja gar nicht schlecht. Sie haben ja meine Nummer."

„Schön, das freut mich. Bis bald." Webeck reichte Sarischa die Hand.

Sie lächelte ihn zum Abschied noch einmal extrafreundlich an. „Auf Wiedersehen. Und vielen Dank."

Webeck drehte sich weg und lief schnell zu den Rolltreppen.

Als Sarischa wieder zu Hause war, fragte sie sich, ob sie diese Pistolen-Story glauben sollte oder ob sie von Webeck nur ein Vorwand war, um mit ihr Kontakt aufzunehmen. Allerdings machte Webeck auf sie einen glaubwürdigen Eindruck. Warum sollte sich Robert bedroht fühlen? Von wem? Von enttäuschten Patienten wohl kaum, da er ja angeblich ein ausgezeichneter Chirurg war. Aber was wusste sie schon?

Sie rief Robert an. Sie wollte, ja, sie musste ihn sehen. Und noch während sie den Anrufton hörte, wurde sie ein wenig angespannt – umsonst, denn es meldete auch sich nur seine Mailbox.

Nach kurzem Zögern sagte sie: „Hallo, hier ist Sarischa. Magst du mich heute Abend besuchen? Ich habe keine Vorstellung, könnte also den ganzen Abend zu Hause sein. Wenn ich bis neunzehn Uhr nichts von dir höre beziehungsweise lese, werde ich etwas anderes unternehmen."

Es war achtzehn Uhr. Sie ging davon aus, dass sie heute nichts mehr von ihm hören würde. Da hatte sie sich jedoch getäuscht. Um achtzehn Uhr dreißig bekam sie eine WhatsApp.

Ich bin um zwanzig Uhr bei dir. Passt das?
LG Robert
Ich freue mich, LG Sarischa

Sie freute sich sehr auf das Wiedersehen – sich spüren, sich berühren ...

Um zehn vor acht schminkte sie sich ein wenig und kurz darauf klingelte Robert. Während sie die Wohnungstür öffnete, fühlte sie sich wie in der einstigen Fernsehsendung Herzblatt. Wen würde sie nun zu Gesicht bekommen? Einen erotischen Mann, den sie sofort küssen würde? Oder einen Mann, der ihr fremd war, obwohl sie bereits miteinander geschlafen hatten?

Als Robert vor ihr stand, war sie gefangengenommen von seinem charmanten Lächeln, aber sie konnte ihn nicht berühren. Ihm ging es genauso. Sie sahen sich einen Moment lang nur an, bevor er die Wohnung betrat. Erst dann begrüßten und umarmten sie sich – und steuerten direkt das Schlafzimmer an.

Ihre Liebe war intensiv. Sarischa erlebte einen Höhepunkt wie selten. Ihr war klar, Robert kannte sich mit Frauen aus. Sie lagen entspannt nebeneinander im Bett und mussten immer wieder lachen, über ihr großes Glück, so wunderbaren Sex erleben zu dürfen.

Sie duschten und tranken ein Glas Champagner. Dann lümmelten sie sich auf Sarischas großer Couch. Robert streichelte über ihre Haare und verteilte viele kleine Küsschen auf ihrem Gesicht.

Es war tiefe Zufriedenheit und eine wohlige Ruhe, in die sie beide eintauchten. Und doch war etwas zwischen ihnen, etwas Fremdes, Ungewisses, denn sie wussten fast nichts voneinander, weder von ihrer Vergangenheit, ihrer Herkunft noch von ihren Ängsten und Träumen. Es fehlte die Vertrautheit, die mit Sex allein nicht zu erreichen war. Sarischa spürte diese Distanz plötzlich sehr deutlich.

„Wo bist du aufgewachsen? Hast du Geschwister? Wo leben deine Eltern? Warum habt ihr, du und Tami, keine Kinder?", fragte sie. „Ich weiß nichts von dir. So kann das nicht bleiben. Ich möchte dich kennenlernen."

Robert rückte ein Stück von Sarischa weg und blickte sie erstaunt an. „Du hast recht, wir wissen kaum etwas voneinander." Er nahm sie wieder in den Arm.

„Also zu mir: Ich bin in München, in der Nähe des Englischen Gartens, groß geworden und habe keine Geschwister. Meine Eltern leben seit ein vielen Jahren in Heidelberg. Sie sind dort in ein großzügiges Mehrgenerationenhaus gezogen, und ich sehe sie nur noch selten. Meine zwei Tanten väterlicherseits sind bereits tot und mein einziger Onkel mütterlicherseits ist mittlerweile dement. Es gibt noch ein paar Cousinen oder Cousins, zu denen ich aber keinen Kontakt habe. Meine Familie ist mir sozusagen mehr oder weniger abhandengekommen, was ich bedauere. Mit Tamis Familie, sie kommt aus einem erfolgreichen Familienunternehmen, das Pflegeprodukte entwickelt, bin ich nie richtig warm geworden. Das lag mitunter daran, dass wir uns äußerst selten sahen. Unternehmer haben noch weniger Zeit als Chirurgen. Warum Tami und ich keine Kinder haben? Wir wollten keine. Tami hatte bis vor einem Jahr als Dolmetscherin gearbeitet, wenn auch mehr nur so nebenbei. Sie ist auch nicht der mütterliche Typ, und mir war meine Karriere wichtig. Soviel zu mir. Nun musst du von dir erzählen."

„Gerne. Aber vorher möchte ich noch wissen, warum du Arzt vielmehr Schönheitschirurg geworden bist."

150

"Ich bin Facharzt für Plastische und Ästhetische Chirurgie. Hierfür braucht es zusätzlich zum Medizinstudium eine sechsjährige Ausbildung und man muss eine Facharztprüfung bei der Ärztekammer absolvieren. Der Begriff Schönheitschirurgie ist nicht geschützt; jeder Arzt kann sich so nennen."

„Das weiß ich", warf Sarischa ein.

„Dass ich Arzt geworden bin, war quasi vorherbestimmt. Mein Vater war Frauenarzt, meine Mutter OP-Schwester, mein Großvater väterlicherseits Allgemeinmediziner, und mein Großvater mütterlicherseits Tierarzt. Die Medizin lag sozusagen in meinen Genen; diesem Schicksal konnte ich nicht entkommen. Während des Studiums war mir sehr schnell klar, dass ich als Chirurg arbeiten möchte. Aber ich hatte keine Lust, in einem x-beliebigen Krankenhaus zu malochen, deshalb habe ich mich auf den Bereich Schönheit konzentriert. Hier kann man gut Geld verdienen. Ich bin sehr zufrieden. Aber nun zu dir."

Sarischa kuschelte sich an Roberts Seite. „Ich bin auch in München aufgewachsen, in der Nähe vom Sendlinger Tor, und wie du, ein Einzelkind. Meine Mutter ist schon tot; sie ist vor acht Jahren an den Folgen eines Verkehrsunfalls gestorben. Mein Vater war Steuerberater und lebt auch in München. Wir verstehen uns sehr gut, und ich sehe ihn regelmäßig. Ich war noch nie verheiratet und werde es wahrscheinlich auch nie sein, obwohl ich es schon bedauere, dass ich kein Kind habe. Aber ohne den richtigen Mann, wollte und will ich das nicht. Für ein erstes Kind bin ich ohnehin fast zu alt, sodass ich dieses Thema wohl abhaken muss. Außerdem arbeite ich gerne und möchte nicht nur Mutter sein."

„Das kann ich nachvollziehen. Du hast doch Psychologie studiert. Warum arbeitest du nicht als Psychologin, sondern machst dieses seltsame Gedankenlesen?", fragte Robert und drehte seinen Kopf, um besser in Sarischas Gesicht blicken zu können.

„Mich hat schon immer das Besondere interessiert und dann habe ich mich eingearbeitet ... es hat sich so entwickelt." Sie wollte Robert nicht sagen, dass sie die Fähigkeit von ihrem Vater geerbt hatte. Das musste er nicht wissen. Er würde es sowieso nicht glauben, sondern ihrem Vater die Schuld geben, dass er seiner Tochter diesen Blödsinn nicht *ausgetrieben* hatte.

„Wie hat sich das entwickelt? Das verstehe ich nicht."

„Wenn du vorhast, als darstellende Künstlerin vor Publikum aufzutreten, dann musst du dich irgendwann auf eine Bühne stellen und schauen, ob du mit deinem Programm ankommst oder nicht. Und ich bin angekommen, sogar sehr gut. Damit war die Sache entschieden. Ich habe meine Show zunehmend perfektioniert und ich wurde immer bekannter. Es läuft bestens."

„Leider. Als Psychologin hättest du auch Karriere machen können", bemerkte Robert und schob Sarischa einige Zentimeter von sich weg.

„Ich weiß schon, dass du von meiner Arbeit nichts hältst."

„Weil du die Leute hinters Licht führst und ihnen vorgaukelst, du könntest direkt in ihre Gehirne blicken. Das ist absoluter Blödsinn."

„Jetzt mach mal einen Punkt. Du musst meinen Beruf nicht toll finden, aber du brauchst ihn nicht abzuwerten und als Blödsinn bezeichnen. Und, damit das klar ist, ich führe niemanden hinters Licht. Die Leute zahlen für eine gute Unterhaltung, die sie von mir bekommen."

„Entschuldige bitte. Du magst wahrscheinlich eine gute Wahrnehmungsfähigkeit haben und geschickt sein; und natürlich kannst du dafür Geld verlangen. Es ist durchaus ein Geschäft wie jedes andere. Nur, wenn du falsch liegst ..." Er sprach den Satz nicht zu Ende und rutschte von der fast liegenden Position in eine sitzende.

Sarischa hätte beinahe gesagt, sie läge im Prinzip nie falsch, aber sie wollte das Thema keineswegs befeuern. Stattdessen sagte sie: „Es tut mir leid, dass ich mich bei dir getäuscht habe." Auch sie setzte sich nun auf. Sie saßen steif nebeneinander.

„Nun gut, Fehler kommen halt mal vor", sagte Robert.

„Bei dir doch sicher auch."

„Nein. Ich mache keine Fehler", behauptete Robert vehement.

„Irgendwann geht doch bestimmt auch bei dir mal was schief."

„Nein, tut es nicht."

Sarischa ärgerte sich über Roberts Überheblichkeit. „Bist du unfehlbar?"

„Wahrscheinlich nicht, aber ich habe ein sicheres Rezept. Erstens: Ich mache nur das, was ich kann. Zweitens: Ich bin dabei immer hochkonzentriert. Drittens: Ich überschreite keine Grenzen."

„Welche Grenzen?"

„Es gibt sowohl medizinische als auch ästhetische Grenzen. Wenn mich eine Frau bittet, ihr zum Beispiel das Gesicht zu liften oder die Schamlippen zu verändern, dann mache ich das, soweit ich das für ästhetisch sinnvoll und medizinisch für vertretbar erachte. Wenn ihr mein Vorschlag nach eingehender Beratung nicht gefällt, dann muss sie eben zu einem anderen Arzt gehen. Und manche tun das auch. Und einige kommen danach wieder zu mir. Entweder weil sie dann doch lieber demjenigen vertrauen, der besonnen vorgeht, oder – weniger schön – weil eine Kollege nicht so ganz fachmännisch gearbeitet hat. Manchmal gibt es Patienten, die die erste Zeit nach dem Eingriff, obwohl er gelungen war, unzufrieden sind, weil sie die Schmerzen, Blutergüsse oder Schwellungen unterschätzt haben und das endgültige Ergebnis noch gar nicht erkennbar ist."

„Und was machst du, wenn einem Patienten das Ergebnis tatsächlich nicht gefällt? Das kommt doch sicher auch mal vor."

„Bei einer optimalen Aufklärung gibt es keine unrealistischen Vorstellungen. Die meisten sind glücklich und freuen sich über ihr neues Aussehen."

Sarischa fiel ein, was ihr Marcel Webeck erzählt hatte: Tami hätte in Roberts Auto eine Pistole gefunden. Vielleicht war er doch nicht so ganz unfehlbar und musste mit Racheattacken rechnen.

„Du bist also noch nie von einer Patientin oder einem Patienten bedroht worden, weil sie oder er mit deiner Arbeit nicht zufrieden war?"

„Bedroht? Nein, natürlich nicht. Wie kommst du denn darauf? Ich schade den Menschen doch nicht, sondern verschönere sie, wodurch ihr Selbstbewusstsein steigt und sie glücklicher werden. Ich glaube, du siehst meine Arbeit völlig falsch."

„So wie du meine. Wir sind somit quitt."

Beide setzen sich nun kerzengerade hin, mit größerem Abstand zueinander, und stopften sich Kissen in den Rücken. Ihre vorhin noch verliebte Stimmung verwandelte sich in eine unterschwellige Gereiztheit.

Robert ging zum Fenster. Er beugte sich etwas nach vorne, um auf die Straße sehen zu können. Sein Kopf bewegte sich langsam von links nach rechts, als würde er einen Fußgänger beobachten. Aber es war gar kein Fußgänger unterwegs.

„Was gibt es da zu sehen?", fragte Sarischa unwirsch, als sein Kopf auf der rechten Position verharrte.

„Nichts."

„Jetzt setzt dich doch wieder zu mir."

Er drehte sich um, blieb aber stehen und starrte sie an.

„Was ist?", fragte sie.

„Wenn wir über deine Gedankenleserei reden, bleibst

154

du immer diffus, schwammig. Du könntest mir endlich mal erklären, wie du als professionelle Gedankenleserin deine Shows durchführst, was für Tricks du anwendest, ob du Personal hast, ich meine Mitspieler, die du einsetzt. Es gehört meines Erachtens auch zum Kennenlernen, dass man versteht, was der andere macht. Dein Geheimnistuerei nervt mich." Er hielt kurz inne, wechselte das Standbein und starrte Sarischa weiterhin an.

„Es gibt schließlich auch professionelle Handleser, Hellseher Wahrsager, Astrologen … was weiß ich. Alle behaupten, dass sie spezielle Fähigkeiten hätten oder Energien empfangen oder … keine Ahnung. Handleser behaupten, dass die Linien etwas Bestimmtes bedeuten, zum Beispiel, wie viel Kinder man hätte. Mag sein, dass es diesbezüglich ein Erfahrungswissen gibt, das sie lernen und bei ihren Beratungen aufsagen. Tolle Fähigkeit! Bei dir ist das sicher etwas komplizierter. Aber wie läuft es ab? Wie kommst du zu deinen Erkenntnissen? Ich würde es wirklich gerne wissen – wie du dich vorbereitest, was für Tricks du anwendest … Ich verstehe ja, dass du deine Rezepte nicht ausposaunen willst, das tut schließlich auch kein Koch. Aber jetzt, wo wir uns nähergekommen sind, könntest du mir schon ein paar Zutaten verraten. Ich behalte sie natürlich für mich. Das schwöre ich."

„Ach Gott, Robert", stöhnte Sarischa. „So einfach ist das nicht. „Wie soll ich meine Art der Intuition und differenzierten Wahrnehmung erklären?"

„Versuch es."

Sarischa passte es überhaupt nicht, darüber zu reden. Was sollte sie ihm sagen, um seinen Wissensdurst zu befriedigen? Die Wahrheit würde er sowieso nicht glauben, sodass ihr zumindest hier und heute nichts anderes übrigblieb, als irgendwelche Klischees zu verzapfen. Wie sie diese Gespräche hasste!

„Mentalisten – so nennt man, wie du weißt, meinen

Berufszweig – benötigen immer Mitspieler, also Leute, die wie Schauspieler agieren, passende Fragen oder Antworten auswendig lernen oder spontan agieren. Man verständigt sich über Zeichen, wie Fingerhaltungen, Blinzeln, Blickrichtungen, Fußstellungen oder ähnliches. Natürlich werden auch technische Mittel eingesetzt: Licht, Musik, versteckte Kameras, Hörgeräte, Brillen. Und, wie gesagt, man braucht eine gute Menschenkenntnis. Diese ist bis zu einem gewissen Grad erlernbar. Jedes kleinste Zucken im Gesicht verrät dies oder jenes, ja oder nein, Lüge oder Wahrheit. Doch letztlich geht ohne Intuition gar nichts. Meine ist besonders gut ausgeprägt. Mehr kann ich dir jetzt dazu nicht sagen."

„Du könntest schon, aber du magst nicht. Dass du mit Mitspielern und Kameras arbeitest, war mir schon klar. Aber wie funktioniert das? Wenn zum Beispiel ein Mitspieler auf einen Zettel eine Antwort schreibt, wie nimmt die Kamera sie auf, und wo und wird das Bild übertragen?"

„Tut mir leid, aber das ist Berufsgeheimnis. Bitte akzeptier das."

„Das akzeptiere ich nicht. Wenn ich lange genug im Internet suche, finde ich bestimmt entsprechende Ergebnisse, beziehungsweise muss sie kaufen. Ich bin enttäuscht. Du kannst doch mit mir darüber reden? Warum nicht?"

„Weil, ehrlich gesagt, ich mich mit diesen technischen Sachen gar nicht so gut auskenne. Das macht alles ein Techniker", log sie. „Ich konzentriere mich auf die Menschen."

„Du konzentrierst dich auf die Menschen", wiederholte Robert. „Aha. Manchmal konzentrierst du dich aber nicht gut genug."

„Bitte fang nicht noch mal damit an. Ich habe mich entschuldigt. Können wir das Thema bitte ruhen lassen."

„Ist dir eigentlich bewusst, dass du mit deinem ehrenwerten Beruf Schaden anrichten kannst?"

„Natürlich. Ich weiß, dass ich Verantwortung habe. Ich bin mir dessen sehr wohl bewusst."

Sarischa war kurz davor, sich über sein Insistieren zu ärgern. Sie erhob sich von der Couch und stellte sich vor Robert, der immer noch am Fenster stand und sich ans Fensterbrett lehnte.

„Und du bist die ehrenwerteste Person überhaupt, oder wie? Was hast du mit diesem Brögner zu schaffen? Deine Reaktion bei unserem Abendessen in diesem verrückten Club war schon reichlich extrem. Du wolltest sofort gehen, als du ihn gesehen hast. Warum?"

„Das geht dich nichts an."

„Dann behalte es eben für dich. Wir müssen ja auch nur das allernötigste voneinander wissen. Alles andere braucht uns ja nicht zu interessieren – ist privat, ist meine Sache. Auf diese Art und Weise lernen wir uns nicht kennen."

„Ich hör wohl nicht recht! Das sagst ausgerechnet du – du mit deinem sogenannten Berufsgeheimnis."

Sarischa setzte sich wieder auf die Couch, schlug die Beine über und schwieg. Zu diesem Thema würde sie sich auf gar keinen Fall mehr äußern.

Auch Robert schwieg. Dann verließ er das Wohnzimmer.

„Wo gehst du hin?", fragte Sarischa.

„Auf die Toilette."

Als er zurückkam, setzte er sich wieder auf die Couch mit einem halben Meter Abstand zu Sarischa. Er sah zu ihr hinüber, und sie zu ihm. Ihre Blicke trafen sich, aber nur kurz. Jeder stierte vor sich hin. Nach einer Weile klatschte Robert plötzlich auf seine Oberschenkel.

„So. Es reicht. Der Abend hat so schön begonnen und nun streiten wir. Entweder wir unterhalten uns wieder vernünftig oder ich gehe."

„Vielleicht schlafen wir noch mal miteinander",

sagte Sarischa und lächelte süß verlegen. Sie wollte damit den Streit beenden.

„Ich kann nicht zweimal." Auch Robert musste lächeln.

„Was soll das mit uns werden?", fragte Sarischa. „Echt schwierig. Ich bezweifle, dass zwischen uns mehr als nur Sex möglich ist. Außerdem stellt sich die Frage sowieso nicht. Du bist mit Tami verheiratet und du wirst sie nie verlassen."

„Wahrscheinlich nicht. Aber sie mich."

„Wegen des Gewürzheinis? Freddy – oder wie er heißt? Das ist doch nur ein Abenteuer für sie. Tami ist kein Typ, die wirklich etwas Neues will."

„Wer weiß." Robert zuckte mit den Schultern.

„Gut möglich, dass ich sie unterschätze. Aber mein Bauch – hörst du: mein Bauch, nicht irgendein paranormaler Gedanke – sagt mir, dass sie sich niemals von dir trennen würde. Sie hängt an dir."

„Da magst du recht haben. Aber in unserer Ehe gibt es auch dunkle Flecken."

„Wie in fast jeder Beziehung. Und nun?" Sarischa warf Robert einen fragenden Blick zu. „Was machen wir mit dem Abend?"

Robert hob sein leeres Glas und hielt es Sarischa entgegen.

„Hast du noch etwas zum Trinken hier?"

„Komm!", sagte sie. „Ich zeige dir meine Hausbar. Ich habe sie in der Küche im Schrank versteckt."

Sarischa hatte tatsächlich eine gut sortierte Bar mit edlem Rum und Whisky, Champagner und Aperitifs sowie Spirituosen und Liköre. Sogar einen Bio-Eierlikör hatte sie im Angebot. Mit einer solchen Auswahl hatte Robert nicht gerechnet.

„Oh! Ich bin beeindruckt. Was nehme ich denn …? Ich würde gerne den Rum probieren." Er deutete auf die Flasche. „Ron Zacapa – klinkt vielversprechend."

Sie nahm die Flasche und zwei Gläser. Dann gingen sie zurück ins Wohnzimmer und stießen an – zur Versöhnung. Langsam wichen die unguten Gefühle. Dann umarmten sie sich und sie spürten wieder ihre Zuneigung, aber ihre intensiven Verliebtheitsgefühle waren einer unterschwelligen Vorsicht gewichen.

„Hast du Brögner noch mal gesehen?", fragte Robert.

„Nein, wieso sollte ich? Er hatte abgesagt. Das war's."

„Und die anderen der Gruppe? Haben die noch Interesse? Wirst du die sogenannte Schulung mit ihnen durchführen?"

„Ich weiß noch nicht, ob ich die Sache machen will. Warum fragst du? Was hast du mit diesen Männern zu tun? Bist du Mitglied der Gruppe?"

„Ich kenne diese Männergruppe nicht. Brögner hatte ich als Patient kennengelernt. Irgendwann fragte er mich, ob ich Interesse hätte, zu diesem Kreis hinzuzustoßen. Hatte ich aber nicht. Das ist nicht meine Welt, in der sie sich diese Leute bewegen. Sie haben ihr Berufsleben hinter sich und sie schwimmen im Geld."

Sarischa musste schmunzeln. „Du schwimmst doch auch im Geld."

„Nicht so wie diese Typen. Ich verdiene gut, aber ich weiß, dass Geld allein nicht glücklich macht. Glück ist was anderes."

„Was ist für dich Glück?"

Robert stellte die Gläser beiseite, lehnte sich zurück und betrachtete Sarischa, als würde er sie begutachten. Sein Gesicht nahm weiche Züge an und dann nahm er ihre Hände, zog sie zu sich und blickte ihr tief in die Augen. „Du. Du bist Glück für mich. Großes Glück. Ich hoffe, es hält an."

Sarischa war gerührt über diese plötzliche – man könnte fast sagen – Liebeserklärung.

Sie küssten sich.

„Ich wünsche mir sehr", sagte Sarischa, „dass unser Glück nicht zerbricht. Noch ist es nicht sehr stabil, wie mir scheint."

„Lass uns mal ein paar Tage zusammen verbringen; das würde uns guttun. Ja?"

Sarischa nickte. „Ja, das sollten wir."

Nach einem weiteren Glas Rum und einer innigen Umarmung, bat Robert Sarischa, ihm ein Taxi zu bestellen.

14

Felix war nicht nur ihr Agent, sondern auch ihr Outfit-Berater. Sarischa hatte sich drei Kleider und zwei Oberteile mit Rock bestellt. Sie hatte bunte Farben gewählt, nicht mehr schwarz und rot, ihre bisherigen Farben, die sie nicht mehr sehen konnte. Die Anprobe war spannend, aber zeitaufwendig, denn das komplette Outfit musste nicht nur passen, sondern sollte verlockend und glamourös wirken, aber keinesfalls kitschig. Sie testete also auch die jeweils passenden Schuhe, Tücher, Jacken, Boleros und den Schmuck, um einen Gesamteindruck zu bekommen.

Felix begutachte die Variationen bei unterschiedlichem Licht. Manchmal wirkte ein Outfit im hellen Scheinwerferlicht ganz anders als bei schummriger Beleuchtung. Es musste jedoch bei jedem Licht gut wirken. Bis auf ein Kleid gefiel ihnen alles ziemlich gut. Da die Sachen sehr teuer waren und sie sich nicht entscheiden konnte, sollte Felix die Endauswahl treffen, denn er hatte ein gutes Gespür für Outfits und konnte sie sich auch bei größerer Entfernung in einem Saal vorstellen. Er riet ihr zu einem goldgelben Kleid mit weitem Ausschnitt sowie zu einem Oberteil in pinkfarbener Seide und den dazu passsenden Minirock mit silbernen Stickereien.

„Du siehst in den Sachen wunderbar aus", schwärmte Felix, „und sie passen vom Stil her perfekt zu deinen Shows."

„Könntest du dich ausnahmsweise um die Retourpakete kümmern? Ich komme nicht dazu. Ich bezahle dich dafür natürlich extra."

„Okay", sagte er lustlos und machte ein pikiertes Gesicht.

„Gibt es ein Problem?", fragte Sarischa, während sie die Augenbrauen hochzog.

„Ich soll dir doch in Tegernsee assistieren, auf dieser noblen Galaveranstaltung. Ich habe nur einen Anzug, und der ist dunkelgrau. Ich hatte ihn auf dieser Tagung ‚Schönheit und Psyche' getragen, wenn du dich erinnerst. Das ist ein langweiliger Business-Anzug, der nicht zu dieser Galaveranstaltung passt. Ich will mir aber keinen neuen kaufen, nur für diesen Termin."

„Schon gut, die Botschaft ist angekommen. Ich steuere dreihundert Euro bei, als Unterstützung für meinen armen Agenten, aber keinen Cent mehr."

„Danke, das ist wirklich sehr großzügig von dir."

„Ja, ja. Ich weiß, du wolltest das Doppelte haben. Bekommst du aber nicht. Ende der Durchsage."

Felix grinste, war aber zufrieden.

Als er Sarischa mit den Paketen verließ und umständlich die Haustür öffnete, kam ihm Julian entgegen. Die beiden Männer kannten und mochten sich. Es war ein Zufall, dass sie sich begegneten, denn eigentlich sahen sie sich nur, wenn Sarischa eine Feier machte, zu der sie beide eingeladen waren. Bei Sarischas Vorstellungen war Felix nur dabei, wenn Sarischa neue Spiele zeigte, um von Felix Feedback zu bekommen. Außerdem kam Julian nur noch selten zu ihren Auftritten. Er kannte ihre Shows. Bevor sie sich kennenlernten, war er beinahe ein Dauergast und saß immer allein in einer der ersten Reihen. Natürlich fiel Sarischa das auf und sprach ihn irgendwann nach einer Vorstellung an. Sie verabredeten sich zu einem Glas Wein und verliebten sich. Irgendwie hatte sich bis heute an diesem Zustand nichts geändert. Die große Liebe war es nie geworden, aber eine große Freundschaft.

Julian sah mitgenommen aus und er schien sich nicht zu freuen, als er Felix begegnete. Wortlos, mit verkniffenem Gesicht hielt er ihm die Tür auf.

„Hey Mann, was ist mit dir?", fragte Felix.

„Ach, nichts. Ich weiß nicht … mag nicht darüber reden. Sorry Felix. Aber wenn du willst, lass uns bald mal auf ein Bier gehen. Haben wir noch nie gemacht, wäre an der Zeit."

„Ja, gerne. Meldest du dich bei mir?"

„Mach ich", sagte Julian und ging zu Sarischas Wohnung hoch.

Sarischa wunderte sich, dass Julian unangemeldet vorbeikam. Das hatte er noch nie gemacht. Als sie ihn sah wusste sie, etwas stimmte nicht mit ihm. Wahrscheinlich hatte er im Job Scheiße gebaut, und man hatte ihn rausgeworfen, vermutete sie.

„Komm rein, setzt dich in die Küche. Ich bin noch nicht ganz angezogen, wie du siehst. Felix und ich machten gerade eine Kostümprobe. Willst du sehen, was wir ausgewählt haben?"

„Nein, jetzt nicht."

„Okay. Ich bin gleich bei dir. Hol dir was zum Trinken, du weißt ja, wo du was findest."

Er nahm nur einen Schluck Leitungswasser und setzte sich.

„Also, was ist passiert?", fragte Sarischa, als sie sich einen Winterpullover und zusätzlich eine Jacke übergezogen hatte. Sie war total ausgefroren von der Modenschau mit den luftigen Kleidern.

„Man hat mir an der Schulter ein verdächtiges Muttermal herausoperiert. Es ist wahrscheinlich Krebs. In drei Tagen bekomme ich Bescheid. Dann muss ich wahrscheinlich gleich ins Krankenhaus, Chemo, Bestrahlung … du weißt, was das heißt." Julian war kurz davor, in Tränen auszubrechen.

„Jetzt beruhige dich mal. Wahrscheinlich ist gar nichts." Sie nahm Julian in den Arm. „Du weißt doch, wie es ist: Die Ärzte schneiden immer gleich was raus – sicherheitshalber. Das heißt erst einmal nichts. Du hast bestimmt keinen Krebs. Ich hatte auch mal ein komisches Muttermal, das hat doch fast jeder, und es stellte sich als harmlos heraus."

Julian hörte zwar, was Sarischa sagte, war aber in einer Art Schockzustand, sodass ihre Aufmunterungsversuche bei ihm überhaupt nicht ankamen. Er hatte einfach nur Angst.

„Ich werde sterben."

„Nein. Das wirst du nicht. Rede nicht so einen Unsinn."

Sie umarmte ihn noch fester und spürte, dass sie trotz ihrer Beschwichtigungsversuche auch sie Angst hatte. Sie kannte das besagte Muttermal, das ihr schon vor Monaten nicht ganz geheuer war. Dunkel und etwas asymmetrisch. Sie sagte damals zu Julian, er müsse sich das Muttermal von einem Hautarzt anschauen lassen. Aber er nahm ihre Bedenken damals nicht ernst. Und nun? Hoffentlich war es nicht zu spät.

Sie redeten – über früher, über ihre Freundschaft, über Vivi, seine neue Freundin, über Robert … über alles., die versuchte, ihm Hoffnung zu machen. Und sie sprach ihm Mut zu. Er müsse mit allen Mitteln für seine Gesundheit kämpfen, falls es tatsächlich Krebs sein sollte Nach fast zwei Stunden verließ er Sarischa.

Julian fuhr nach Hause. Sarischa saß in der Küche und fing zu weinen an. Julian zu verlieren, das durfte nicht sein, das war unmöglich. Sie waren immer füreinander da. Sie spürte, vielleicht wie noch nie, wie sehr sie ihn mochte und brauchte.

Die folgenden drei Tage wurden lang. Julian arbeitete, auch um sich abzulenken. Sarischa besuchte ihn einmal im Hotel während seiner Arbeitspause, zweimal zu Hause. Er aß kaum noch etwas, außer Suppen – feste Speisen brachte er nicht hinunter – und machte jeden Tag einen längeren Spaziergang, was er sonst sehr selten tat. Er wusste sehr wohl, bereits im Vorfeld durchzudrehen, war sinnlos. Im Gegenteil, es würde ihn schwächen für den vielleicht bevorstehenden Kampf gegen den Krebs. Sarischa brachte ihm stets frisches Obst mit und bestand darauf, dass er es aß. Er bereitete sich davon Smoothies.

Am Abend vor dem Tag, an dem Julian die Diagnose mitgeteilt wurde, hatte Sarischa einen Firmenauftritt in Stuttgart. Am liebsten hätte sie abgesagt, aber so einfach ging das nicht. Sie hatte schließlich einen Vertrag zu erfüllen.

Robert, und ihre Gefühle für ihn, waren in den Hintergrund getreten. In Anbetracht der Sorge um Julian verlor er – der Fremde, der Neue, der Besondere – an Bedeutung.

Der Firmenauftritt verlief trotz ihrer gedämpften Stimmung gut, und sie war froh, dass sie die Veranstaltung durchgeführt hatte. Sie konnte Abstand gewinnen, was ihre Sorge um Julian betraf.

Am nächsten Tag rief er am frühen Nachmittag an. Sarischas Herz klopfte, als sie seine Nummer auf ihrem Display sah. Sie atmete ein und hielt die Luft an.

„Und?", hauchte sie ins Telefon.

Keine Antwort.

„Julian! Sag schon, was ist?"

Dann hörte sie einen Schrei. Sie wusste nicht, war es ein Verzweiflungs- oder ein Freudenschrei.

Doch dann schrie Julian so laut in den Hörer, dass Sarischas Ohr rauschte: „Kein Krebs! Es ist kein Krebs. Es ist nichts! Nichts, nichts, nichts. Ich bleibe am Leben!"

Sarischa musste sich setzen, so erleichtert war sie.

Dann kamen ihr die Tränen. Die schönsten Freudentränen, die sie jemals weinte. Auch Julian hatte geweint und weinte noch mal.

„Meine Güte, bin ich froh. Julian, du hast mir ganz schön Angst gemacht." Sie putzte sich die Nase. „Ist wirklich alles gut?"

„Ja. Ich habe fünfmal gefragt, ob das Ergebnis sicher sei, ob keine Verwechslung vorläge. Man versicherte mir, alles wäre in Ordnung, ich müsste aber vorsorglich jedes Jahr zum Hautscreening. Also: Es ist alles gut."

„Bist du noch eine Weile zu Hause?"

„Ja."

„Ich komme."

Sie kaufte seine Lieblingspralinen mit Schnapsfüllung und die Lederhandschuhe, die Julian bei einem Einkaufsbummel mit ihr probiert hatte, ihm aber zu teuer waren.

Als er sie mit ihren Geschenken vor sich sah, war er so sehr gerührt, dass er schon wieder hätte weinen können. Aber diesmal vor Glück, nicht nur, dass er gesund war, sondern dass er so eine liebe Freundin hatte. Lange lagen sie sich in den Armen. Gerade als Sarischa wieder gehen wollte, kam Julians neue Beziehung. Sie wusste bereits von Julians gutem Untersuchungsergebnis. Die beiden Frauen waren erstaunt, sich hier zu begegnen; sie kannten sich noch nicht.

Juliane stellte sie einander vor. Vivi war apart und sympathisch. Und sehr jung, etwa Anfang zwanzig.

„Nett, dich kennenzulernen", sagte Sarischa.

„Ebenso. Ich habe schon viel von dir gehört."

„Hoffentlich nur Gutes."

„Julian schwärmt von dir. Du wärst die beste Mentalshow-Meisterin der Welt."

„Oh Gott. Julian übertreibt. Komm doch mal zu einer meiner Shows."

„Das machen wir", sagte Vivi und stupste Julian mit

ihrem Zeigefinger auf seine Brust.

Sarischa ließ die beiden allein. Sie sah noch, bevor sie die Wohnungstür zuzog, dass sie sich in die Arme fielen. Schön, dachte Sarischa. Hoffentlich liebt sie Julian aufrichtig. Und auch schön, dass ich nicht eifersüchtig sein muss. Ich nicht, aber Vivi? Ob sie weiß, dass Julian und ich Sex miteinander haben? Ich habe ihn noch gar nicht gefragt, ob er Vivi eingeweiht hat. Sicher nicht, aber sie wird es vielleicht ahnen. Wenn es sich mal ergibt, dann lese ich Vivis Gedanken. Doch eine Minute später erschien ihr dieses Vorhaben als nicht in Ordnung. Sie müsste zumindest Julian fragen, ob ihm das recht wäre. Schließlich war sie Julian gegenüber absolut ehrlich.

15

Robert war pünktlich. Wie vereinbart, klingelte er am Samstag um exakt neun Uhr dreißig bei Sarischa, um sie abzuholen. Da es keinen Parkplatz gab, wartete er in der gegenüberliegenden Feuerwehreinfahrt auf sie.

Sie war bereits startklar, ging nach unten und stieg in Roberts silbergrauen BMW. Zur Begrüßung umarmten sie sich, so gut dies in einem Auto möglich war. Sie gaben sich einen schnellen Kuss, dann startete Robert zügig, denn er sah ein Polizeiauto auf sie zukommen.

Sie fuhren zu den Osterseen. Am Sonntagabend wollten sie wieder zurück sein. Robert kannte dort ein passables Hotel. Er hatte Zeit für Sarischa, denn es gab keine beruflichen Termine und Tami war schon seit Freitagnachmittag verreist.

„Freust du dich?", fragte er.

„Ja, natürlich. Wobei … mal sehen, wie es ist, wenn wir so lange zusammen sind. Bis jetzt hatten wir ja nur zwei kurze Tête-à-Têtes. Ich hoffe, wir streiten nicht wieder."

„Streit ist zwischen uns nicht ausgeschlossen", meinte Robert und fasste auf Sarischas Oberschenkel.

Sie nahm seine Hand und führte sie zurück ans Lenkrad. Er schmunzelte. Dann fasste er sie am Busen und warf ihr einen Blick zu. Genau in dem Moment bremste der Wagen vor ihm. Mit voller Wucht stieg Robert auf die Bremse. Sarischa hing im Sicherheitsgurt.

„Bitte konzentriere dich auf den Verkehr", schimpfte sie. „Wir haben noch genug Zeit für uns."

„Tut mir leid. Ich freue mich einfach schon so sehr auf dich."

Sarischa sah anschließend immer wieder auf den Tacho, denn sie hatte den Eindruck, dass Robert prinzipiell zu schnell fuhr. Dem war aber nicht so. Er hielt exakt die vorschriftsmäßige Geschwindigkeiten ein.

Als sie über eine unebenen Straßenbelag fuhren, wanderte ihr Blick zum Handschuhfach, in dem etwas klapperte. Sie hatte kurz den Impuls, es zu öffnen, hielt sich aber zurück. Sie hatte nicht das Recht, in seinen Privatbereich einzudringen. Ein Handschuhfach war, aus Sicht von Sarischa, für Fremde tabu. Und sie fühlte sich in diesem Wagen tatsächlich fremd, in dem sie bislang nur einmal, zu diesem Kelsy Club, mitgefahren war. Das Fremdheitsgefühl spürt sie noch deutlicher, als ihr in den Sinn kam, dass Marcel Webecks Tami angeblich eine Pistole in Roberts Wagen entdeckt hatte. Vielleicht stimmte es, und Robert besaß eine Pistole, die im immer noch oder wieder im Handschuhfach lag. Sie fixierte das Handschuhfach eine Weile und horchte nach verdächtigen Geräuschen.

Sie hörte nichts. Und dann erinnerte sie diese Vermutung doch zu sehr an x-mal gezeigte Szenen aus billigen Fernsehkrimis. In der Realität wäre ein solches Verhalten mehr als Dummheit. Aber Robert war alles andere als dumm – er, der keine Fehler machte, wie er bei ihrem letzten Treffen gesagt hatte, würde doch nicht eine Waffe spazieren fahren. Sie schüttelte die Überlegungen ab. Trotzdem horchte sie noch ein letztes Mal genau hin, ob es im Handschuhfach klapperte – umsonst.

Die Autobahn war voll. Kein Wunder, bei dem schönen Wetter. Die Luft war klar, und die Alpen präsentierten sich wie gemalt. Sarischa wurde von der Sonne geblendet. Sie kramte in ihrer Tasche.

„Ich glaube, ich habe meine Sonnenbrille vergessen", sagte sie.

„Ich habe bestimmt noch eine Ersatzsonnenbrille", sagte Robert. „Schau mal ins Handschuhfach."

„Ins Handschuhfach?"

„Ja. Ich glaube, ich habe dort eine deponiert."

Du meine Güte, dachte Sarischa. Er fordert mich auf, ins Handschuhfach zu schauen – in dem ich eine Pistole vermute habe! Was habe ich manchmal nur für Vorstellungen!

Sie öffnete das Handschuhfach – und dort lag ein schwarzes Brillenetui.

„Das hier?" Sie hielt es Robert entgegen.

„Ja. Schau mal, ob sie dir passt."

Sie war ihr ein wenig zu breit, erfüllte aber ihren Zweck.

Nach einer knappen Stunde Fahrt kamen sie in ihrem Hotel in Iffeldorf bei den Ostersee an. Sie bezogen ein großes Zimmer mit Blick auf die umliegende Seenlandschaft.

Viel auszupacken gab es nicht für zwei Tage mit einer Übernachtung. Es war ein warmer, sonniger Herbsttag – sie hatten Glück mit dem Wetter –, und auch für die kommenden Tage war Sonne angesagt.

„Lass uns einen Spaziergang machen", schlug Sarischa vor. „Anschließend essen wir was Feines."

Sie spazierten von der Anhöhe, auf der das Hotel lag, hinab zum Fohnsee – ein beliebter FKK-Badesee. Aber zum Baden war es mittlerweile viel zu kalt. Auf einem kleinen Hügel direkt beim See hatte man einen wunderbaren Blick über die Landschaft, auf mehrere kleine Seen und auf die Kirche des Dorfes. Im Hintergrund waren die Alpen fast zum Greifen nahe. Postkartenidylle pur.

„Es ist so kitschig schön hier", sagte Robert, „dass man diese Idylle erfinden müsste, wenn sie nicht wahr wäre."

„Das kann man wohl sagen."

Sie gingen zum Ufer des Fohnsees hinab und fühlten die Wassertemperatur.

„Wenn es wärmer wäre, könnten wir in den See springen", sagte Robert. „Ich würde dich jetzt am Liebsten ausziehen. Das hier ist schließlich ein FKK-Badesee, es wäre also erlaubt."

„Das schon, aber mehr nicht."

Sie umarmten sich. Endlich. Und sie küssten sich. Lange. Wortlos schlenderten sie zurück zum Hotel. Sie gingen ins Zimmer, zogen sich aus und liebten sich.

Unter der Bettdecke kuschelten sie sich aneinander und waren kurz davor einzuschlafen. Doch Sarischa knurrte plötzlich der Magen.

„Ich habe Hunger", sagte sie.

„Ich auch. Und wie." Robert sprang auf.

Sie setzten sich auf die Terrasse, die einen schönen Blick in die Landschaft bot. In der Sonne war es warm genug, um im Freien zu essen. Danach genossen sie die herbstlichen Sonnenstrahlen und streckten ihr Gesicht der Sonne entgegen. Als sie den Espresso getrunken hatten, sahen sie sich etwas unschlüssig an.

„Was machen wir mit dem restlichen Tag?", fragte Sarischa.

„Ich würde sagen, wir wandern zum großen Ostersee und erkunden die Gegend. Hast du feste Schuhe dabei?"

Sie streckte ihm ihre Füße mit passablen Sportschuhen entgegen. „Diese hier. Andere habe ich nicht mitgenommen."

„Perfekt."

Sie wanderten bereits eine gute Stunde mit Blick auf die Seen. An einer Bank machten sie Rast und kuschelten sich aneinander. Sie waren beide entspannt. Keine unterschwelligen misstrauischen Gefühle, keine doppeldeutigen Kommentare, keine unterdrückten Fragen. Nichts schien ihr harmonisches Zusammensein zu stören.

Sie unterhielten sich über die Vor- und Nachteile ihres beruflichen Wirkens – und Robert war interessiert, Näheres über das Management ihrer Auftritte zu erfahren. Sie erzählte ihm von Felix, ihren Fernsehauftritten – keinen einzigen hatte Robert je gesehen –, von Problemen mit Veranstaltern, die falsche Angaben zur Bühnenausstattung machten und über ihre YouTube-Videos. Über das Gedankenlesen an sich, sprach sie nicht. Wozu auch? Es gab keinen Grund, Robert etwas aufzudrängen, wovon er nichts hören wollte.

Auch Robert hielt sich zurück, was seine Einschätzung mancher Operationen betraf, die seinen Kundinnen vorschwebten, obwohl das Sarischa rein aus Neugier interessiert hätte. Er erzählte vom Alltag des Klinikbetriebs, was für sie zwar nicht so spannend war, aber sie konnte sich Robert dadurch besser als Chirurg vorstellen. Bisher sah sie Robert vor ihrem geistigen Auge lediglich als einen Mann, der mit Frauen Beratungsgespräche durchführte, zur Visite mit Kollegen in die Krankenzimmer schwebte und Röntgenaufnahmen studierte. Dass er jedoch Menschen operierte und dabei hochkonzentriert arbeiten musste, wurde ihr erst jetzt richtig bewusst. Wahrscheinlich ging es Robert mit ihr ja ähnlich, vermutete Sarischa. Vielleicht spürte auch er, dass sie keine esoterische Wahrsagerin war, sondern letztlich eine Geschäftsfrau.

Robert hatte in weiser Voraussicht einen kleinen Rucksack mit Wasser und Schokolade mitgenommen. Sie hatten beide Durst, tranken die Flasche Wasser leer und freuten sich über die süße Nascherei.

„Kehren wir um oder umkreisen wir das Seengebiet?", fragte Robert.

„Wie lange, denkst du, würde die Umkreisung noch dauern?"

„Ich schätze eine gute Stunde oder anderthalb."

„Umkreisen", entschied Sarischa.

Bevor sie aufbrachen, küssten sie sich noch mal. Roberts Handy klingelte.

Sarischa schaute ihn leicht verärgert an. „Du hast das Handy an?"

„Ja. Wenn in der Klinik ein Notfall ist …"

Er nahm es aus der Jackentasche, sah auf das Display und kniff die Augenbrauen zusammen. „Es ist Tami. Ich gehe jetzt nicht ran." Er wartete, ob sie auf die Voicemail sprechen würde; das war aber nicht der Fall.

„Wo ist sie eigentlich hingefahren?", wollte Sarischa wissen, obwohl es ihr nicht gefiel, dass Tami plötzlich mental präsent war. Aber das ließ sich nicht mehr ändern. Weil Robert auch das Handy eingeschaltet haben musste!

„Sie macht einen Workshop über Gewürze bei irgendeinem Kräuterdoktor oder Pater – ich weiß nicht genau."

„Sie will die Sache mit dem Kräuterladen anscheinend durchziehen. Und was ist mit diesem Freddy?"

„Er ist wieder in Afrika."

„Wo genau macht er denn seine Geschäfte?"

„Das weiß ich nicht. Wir haben darüber nicht gesprochen. Wenn sie glaubt, sie muss das durchziehen, dann soll sie es machen. Aber ich glaube, das wird ein Flopp. Sie hat überhaupt keinen Businessplan. Nun ja, möglicherweise sehe ich das alles auch etwas zu betriebswirtschaftlich. Aber ihr neues Hobby zahle schließlich ich."

„Erstmal. Vielleicht wird sie doch erfolgreich und macht Gewinn."

„Das bezweifele ich. Die gewerblichen Mieten sind hoch und die Gewinnspanne bei Gewürzen vermutlich niedrig. Wie will sie denn da Fuß fassen?"

„Ich möchte nicht mehr über Tami reden. Lass uns weitergehen."

Sie nahmen sich bei der Hand und führten ihren Weg fort. Doch die verliebte Stimmung zwischen ihnen war nun etwas eingetrübt. Tami war nicht so einfach auszublenden. Sie war da. Es gab sie. Sarischa wurde nur zu deutlich bewusst, dass sie Robert nicht so unbedarft näherkommen konnte, wie dies bei einem ungebundenen Mann möglich gewesen wäre. Wer war sie für ihn? Seine neue Geliebte? Oder … ja was wollte er überhaupt von ihr? Und sie von ihm?

Sie löste sich von Roberts Hand und tänzelte ein paar Schritte voraus, um diese Gedanken abzuschütteln. Es war jetzt – heute – egal, was für eine Art von Beziehung sie hatten. Das was für sie zählte, war, dass sie sich mit Robert gut fühlte. Spontan fiel sie ihm um den Hals und küsste ihn.

„Ich muss dich warnen. Du weißt, ich kann nur einmal am Tag – normalerweise. Aber heute ist nichts normal." Er presste sie an sich.

Nach der Wanderung duschten sie und liebten sich noch mal. Ineinander verschlungen kühlten sich ihre überhitzten Körper langsam wieder ab. Es wurde frisch im Zimmer, denn das Fenster stand noch offen und die feuchte Luft der Seelandschaft drang nach innen. Robert zog die Bettdecken über sich und Sarischa.

„Stehen wir auf und inspizieren die Abendkarte?", fragte Sarischa.

„Jetzt schon? Bleiben wir doch noch ein bisschen liegen. Es ist gerade so kuschelig." Er schmiegte sich noch fester an sie. „Ich bin hin und weg von dir. Du verzauberst mich. Ich weiß nicht, wie du das machst, dass ich mich in und mit dir so verlieren kann. Ich bin einfach nur glücklich. Zufrieden. Ein Wunder! Bist du auch glücklich?"

„Ja, bin ich. Aber ein Wunder … ? Das hast du schon mal gesagt. Das ist doch ein wenig übertrieben."

„Übertrieben? Nein, ganz und gar nicht. Ich habe schon sehr, sehr lange nicht mehr mit einer Frau so einen erfüllenden Sex erlebt."

„Ach was. Du hast doch sicher neben Tami andere Affären laufen gehabt, bei denen du Spaß hattest. Dass es mit Tami nicht mehr so wie am Anfang ist, das ist schließlich normal."

„Ich gebe zu, ich hatte früher ein paar Affären. Dann nicht mehr."

„Du hast dich auf das Wesentliche und Wichtige besonnen – eine stabile Ehe, damit deine Karriere nicht gefährdet wird. Ich verstehe."

„So war das nicht. Und es ist auch nicht so, dass du für mich nur eine neue Affäre bist, weil ... weil ich jetzt älter werde und mich jünger fühlen möchte mit einer jüngeren Frau. Dein Alter ist mir völlig egal. Es geht mir um das, was ich fühle. Du hast es geschafft, dass ich wieder etwas fühle."

„Etwas?"

„Ja, sexuelle Gefühle. Lust auf Sex."

Sarischa runzelte die Stirn. „Soll das heißen, dein Sexualleben lag brach? Das kann ich kaum glauben. Du wirkst sehr potent."

„Das war mal, ist schon lange nicht mehr so."

„Warum das denn?"

„Die Lustlosigkeit kam nicht von heute auf morgen, sondern eher schleichend. Mir fiel es erst gar nicht so auf, dachte, es wäre nur so eine Phase. Richtig bewusst wurde es mir erst, als mich Tami darauf ansprach. Das war bereits vor etwa zehn Jahren. Sie dachte, ich hätte zu viel Stress in der Klinik. Ich dachte aber, es läge an ihr. Sie hat mich einfach nicht mehr gereizt. Irgendwann fiel mir auf, dass mich auch andere Frauen nicht mehr reizten. Eine Frau, die ich auf einer Geburtstagsfeier kennengelernt habe, hat mich ziemlich angemacht. Sie war nett, hübsch, und sehr intelligent. Normalerweise hätte ich mir diese Chance nicht entgehen lassen und wäre mit ihr ins Bett gestiegen. Aber als wir uns das erste

Mal küssten, fühlte ich nichts, kein Verlangen, keine Lust nach mehr. Ich spürte ihre Brüste, griff ihr unter den BH, spürte weiches Fleisch mit harten Knospen – nichts. Weniger als nichts. Mir war dieses ansatzweise Liebesspiel unangenehm. Sie hatte wunderschöne Augen, etwa so schön wie deine, mit denen sie mich sinnlich anblinkte, aber es nützte nichts. Für sie war die Situation auch blöd. Ich redete mich raus und sagte, ich hätte ein schlechtes Gewissen, schließlich wäre ich glücklich verheiratet. Sie musste es glauben. Es blieb ihr nichts anderes übrig."

"Und wie ging es dir mit deinen Patientinnen? Hat dich nie die eine oder andere angemacht?"

„Ja schon. Aber mein Grundsatz war und ist: Kein Sex mit Kolleginnen und schon gar nicht mit Patientinnen; das gäbe nur Scherereien."

„So würde ich das auch sehen."

„Natürlich habe ich hin und wieder versucht, mit einer Frau Sex zu haben, aber es war öde, sinnlos, bei mir rührte sich so gut wie nichts mehr. Viagra hatte ich nicht vertragen und hat auch nicht mein Problem gelöst. Als Mediziner habe ich die Sache natürlich abklären lassen, aber mehrmals wurde mir bestätigt, dass meine Lustlosigkeit psychisch bedingt wäre. Auch ein Sexualtherapeut biss sich bei mir die Zähne aus. Irgendwann habe ich es aufgegeben und mich damit abgefunden und auf ein Wunder gehofft. Aber es kam nicht. Stattdessen stürzte ich mich immer mehr in meine Arbeit, verdiente eine Menge Geld und war einigermaßen zufrieden. Natürlich dämmerte mir, woran es liegen könnte. Weißt du Sarischa, wenn du als Mann fast jeden Tag mit nackten Frauen, auch im Intimbereich, zu tun hast, dann lässt der Reiz der Weiblichkeit irgendwann nach. Die Frau ist ein Objekt deiner beruflichen Aktivität und nicht mehr das Objekt deiner Begierde."

„Hm. Da gibt es aber ganz andere Stimmen, soweit

ich weiß. Viele Gynäkologen geht es doch um das Dominanzgefühl gegenüber der Frau oder weil sie einfach Lust haben, an den Frauen rumzumachen. Sie werden dadurch angeturnt."

„Kann sein. Aber ich bin kein Gynäkologe und außerdem sind nicht alle Männer gleich. Ich hatte jedenfalls keine Lust mehr auf Frauen."

„Soll das heißen, du hattest Lust auf Männer oder – oh Gott! – auf Kinder?" Bei dem Gedanken, dass Robert auf Kinder stehen könnte, rückte sie schlagartig weg von ihm.

„Hallo?" Robert setzte sich auf und schüttelte den Kopf. „Ich stehe doch nicht auf Kinder! Wie kannst du sowas annehmen? Also bitte. Das ist ja das Letzte."

„Entschuldige. Das war nur so ein spontaner Gedanke."

Er warf ihr einen bösen Blick zu.

Nach einigen Minuten näherte sich Sarischa Robert wieder an. Sie legte ihre Hand auf seine Brust. Nach einer kurzen Phase des Schweigens schenkten sie sich gegenseitig ein zaghaftes Lächeln.

„Wir fangen jetzt nicht zu streiten an – wegen nichts", sagte Sarischa. „Das war wirklich nur ein spontaner und saublöder Gedanke. Natürlich hast du nichts mit Kindern. Das ist abwegig, ich weiß."

„Vergiss es." Robert legte einen Arm um Sarischa. „Ich will auch nicht streiten. Und ich verzeihe dir. Wie könnte ich auch anders." Er streichelte ihr über die Wangen und küsste sie sanft.

Sarischa wollte wissen, wie Robert mit seiner lustlosen Befindlichkeit umgegangen war und nahm den Faden wieder auf.

„Was mich interessieren würde: Hast du dich daran gewöhnt – an das sexlose Leben?"

„Ja, aber es ist öde. Es fehlt etwas. Man sucht schließlich doch nach ..." Robert hielt inne, und es schien, dass er den Satz nicht mehr vollenden würde.

„Nach was?", fragte Sarischa.

„Nach orgastischen Gefühlen, Bestätigung, Abenteuer, Zuwendung, Vollkommenheit, Glück … nach irgendwas, was die Leere in dir ausfüllt."

„Wo hast du danach gesucht? Hast du überhaupt gesucht?"

„Ja, ich habe gesucht."

„Und was oder wen hast du gefunden? Du kannst es mir ruhig sagen. Solange niemand darunter leidet, kann jeder machen was er will – finde ich. Bist du in die SM-Szene eingetreten?"

Robert lachte. „Nein, nein. Das ist nicht mein Ding. Vor etwa einem Jahr habe ich festgestellt, dass mich auch Männer interessieren."

Nun lachte Sarischa. „Ach so. Und? Hast du es ausprobiert? Bist du bi?"

„Kann sein."

„Erzähl schon. Wie war das – Sex mit Männern?"

„Ich hatte nur mit genau zwei verschiedenen Männern Sex. Es war durchaus schön – irgendwie. Aber ich möchte darüber nicht sprechen. Das musst du akzeptieren. Fang also bitte nicht an zu bohren, sonst wird unser Kurzurlaub sehr schnell zu Ende sein."

„Schon gut. Ich bohre nicht." Sie akzeptierte es, aber sie ärgerte sich auch, dass Robert sie aus einem Teil seiner Vergangenheit ausschloss. Letztlich, das war ihr durchaus bewusst, fragte sie natürlich auch aus reiner Neugier.

Robert spürte Sarischas leichte Verärgerung, die er mit einer Erklärung aufzulösen versuchte: „Mir ist es unangenehm über die Sache zu reden. Ich bin nicht homosexuell, das musst du wissen. Es gab keine weiteren Eskapaden und wird es auch nicht mehr geben. Ich freue mich, dass es mit uns so schön ist. So soll es bleiben. Ich habe keine Lust mehr auf Männer. Alles klar?"

„Soweit ist alles klar. Eines irritiert mich allerdings schon: Wir sind zwar sehr stark voneinander angezogen, aber schon der kleinste Windhauch kann unsere Nähe ins Wanken bringen. Es scheint, als hätten wir überhaupt kein Fundament, das uns trägt. Wenn wir nur einen kleinen Schritt auseinandergehen, wackelt unsere Beziehung sofort. Wir schwanken zwischen den Extremen: entweder – oder. Entweder Begehren oder Ablehnung, Liebe oder Hass. Das ist zwar durchaus spannend, aber im Grunde unerträglich. Findest du nicht auch?"

„Nein, so empfinde ich nicht. Wir nähern uns an, das heißt, wir suchen nach Vertrauen. Und Vertrauen wird einem nicht geschenkt. Das ist auch ein Kampf. So. Und nun sollten wir aufstehen und zu Abend essen. Ich hoffe, du hast dein kleines Schwarzes dabei."

„Nein. Eine hellblaue Hose und ein graues Oberteil – schlicht, aber elegant. Es wird dir gefallen."

Und es gefiel ihm.

Der zweite Tag ihres Urlaubs, Sonntag, begann mit einem reichhaltigen Frühstück und einem kleinen Spaziergang durch das Dorf. Viel gab es nicht zu sehen. Sie buchten im Hotel zwei Fahrräder für den Nachmittag. Den restlichen Vormittag verbrachten sie im Bett. Sie entschieden sich, das Mittagessen ausfallen zu lassen. Sollten sie bis zum Abend Hunger bekommen, würden sie irgendwo zum Kaffee einen leckeren Kuchen essen. So war der Plan.

Gerade als sie die Fahrräder abholen wollten, klingelte Roberts Handy und es war wieder Tami. Er wunderte sich, dass sie schon wieder anrief. Sie war an sich nicht der Typ, der ihrem Mann hinterhertelefonierte, schon gar nicht, wenn sie selbst verreist war.

„Es ist Tami. Sorry", entschuldigte sich Robert mit einem Achselzucken, „vielleicht ist etwas passiert. Ich gehe lieber mal ran."

Sarischa unterschrieb den Leihvertrag für die Fahrräder. Ein Angestellter des Hotels stellte den Sattel für Sarischas Fahrrad in der passenden Höhe ein, während Robert sich etwas abseits stellte, um mit Tami zu telefonieren. Er sagte wenig, und Sarischa konnte seine Worte nicht verstehen. Dann steckte der das Handy weg."

Der Hotelangestellte fragte Robert, ob er auch die Sattelhöhe testen wollte. Robert setze sich aufs Rad und fuhr ein paar Meter.

„Passt", sagte er, fuhr ein Stück weiter und gab Sarischa ein Zeichen, ihm zu folgen.

„Hey, warte doch mal. Wir haben noch gar nicht besprochen, wo wir hinfahren", rief sie ihm zu.

Er hielt an. „Wir könnten an den Staffelsee fahren und dort einkehren. Was meinst du?"

„Ich meine, du könntest mir sagen, was Tami wollte."

„Ihr blöder Kurs war gestern Abend schon zu Ende. Das hatte ich vergessen; ich dachte er ginge bis morgen. Sie wollte wissen, wo ich bin, da ich gestern nicht nach Hause kam. Sie hätte mir schon mehrmals auf die Voicemail gesprochen."

„Und was hast du gesagt?"

„Ich sagte, ich wäre mit Luis, ein Arbeitskollege und Freund, spontan übers Wochenende nach Iffeldorf bei den Osterseen gefahren. Mir ist gerade nichts Besseres eingefallen."

„Das hat sie geglaubt?"

„Ja, warum nicht."

„Also, ich weiß nicht. Du kommst abends nicht nach Hause, hinterlässt keine Nachricht, gehst nicht ans Telefon und sagst dann, du wärst zu den Osterseen gefahren – mit einem Freund. Ich würde da misstrauisch werden."

„Sie nicht."

„Warum nicht?"

„Stehst du auf dem Schlauch? Weil bei mir offiziell sexuell nichts mehr läuft."

„Oh ja", sagte Sarischa und grinste.

Sie stiegen auf die Räder und fuhren gemütlich zum Staffelsee. Das waren etwa zwanzig Kilometer. Sie fanden ein schön gelegenes Restaurant, in dem sie Zwetschgenkuchen mit Sahne verzehrten.

Zwei sehr gut aussehende, junge Männer betraten das Lokal. Sarischa sah ihnen augenblicklich hinterher und vermutete stark, dass es ein homosexuelles Paar war. Schade, dass sich solche Männer nicht für Frauen interessieren, ging ihr durch den Kopf, eigentlich hat die Natur hier einen Fehler gemacht. Und dann beobachtete sie, dass auch Roberts Blicke den beiden folgte. Sie fragte sich, ob er auf diesen Männertyp abgefahren war, als er seine Ausprobierphase hatte. Bestimmt waren seine früheren Sexualpartner gutaussehende, junge Männer.

Sie bestellte sich noch einen Käsekuchen.

„Du traust dich aber", bemerkte Robert. „Hast du keine Angst, dick zu werden?"

„Nein. Das ist jetzt eine Ausnahme. Nimmst du auch noch ein Stück?"

„Lieber nicht. Ich nehme leider schnell zu", sagte Robert und ließ einen Blick zu dem homosexuellen Paar schweifen, die am anderen Ende des Lokals saßen.

Sarischa entging das nicht. Seit sie mit Robert Sex hatte, hatte sie kein einziges Mal aber auch nur ansatzweise das Bedürfnis, seine Gedanken zu lesen. Aber jetzt war es wieder soweit. Obwohl sie wusste, dass es bei ihm nicht funktionieren dürfte, konzentrierte sie sich und starrte dabei in Roberts Gesicht, besonders in seine Augen, vielmehr starrte sie durch sie hindurch.

„Was schaust du mich so seltsam an?", fragte Robert.

Sie antwortete nicht gleich, denn sie war auf seine Gedanken konzentriert. Sie sah auf seinen Mund.

„Habe ich da was?", fragte Robert verunsichert. Er griff zur Serviette und wischte sich den Mund ab.

„Deine Lippen sind ein wenig trocken", sagte sie, obwohl sie ganz normal aussahen.

Robert zuckte mit den Schultern." Kann sein. Du hast mich wohl zu lange geküsst."

„Sind die beiden Homosexuellen (sie deutete mit den Daumen in ihre Richtung) dein Typ? Also ich meine, wären sie dein Typ gewesen, damals?"

„Was soll das jetzt?", fragte Robert und runzelte die Stirn.

„Es interessiert mich, auf welchen Männertyp …"

„Lass das bitte", unterbrach Robert Sarischa. „Bitte!", setzte er betont nach. Er warf ihr einen ernsten Blick zu.

Sarischa konzentrierte sich noch immer auf seine Gedanken. Aber das einzige, was sie lesen konnte, war Verärgerung – verschwommen, ohne konkreten Inhalt.

Sie schwieg.

Die Bedienung brachte den Käsekuchen. Sarischa bestellte noch ein Mineralwasser, Robert einen Cappuccino und nach kurzem Zögern doch noch einen Käsekuchen.

„Aha", kommentierte Sarischa seine Wahl.

Er stand auf und ging zur Toilette. Sarischa wollte mit dem Verzehren des Käsekuchens warten bis Robert zurück war. Doch es dauerte, und sie fragte sich, was er dort so lange machte. Hatte er Durchfall bekommen?

Sie beobachtete die Gäste des Lokals – und immer wieder fiel ihr Blick auf die Homosexuellen. In ihrem Kopf braute sich etwas zusammen, das sie selbst nicht verstand. Sie glaubte plötzlich, als einer der beiden Männer auch zur Toilette ging, dass dieser Mann ein Geliebter von Robert gewesen sein könnte und dass sie sich nun unauffällig und geheim im Klo trafen. Was für ein totaler Irrsinn! Sie riss sich zusammen, um von ihren Phantasien loszukommen. Aber es gelang ihr nicht. Sie hatte wieder die Bild vor sich: Der junge Mann, mit schmerzverzerrtem Gesicht am Boden liegend. Sah der Mann, der gerade auf die Toilette ging, dem Mann in Roberts Gedanken ähnlich? Oder dem Schauspieler im Film? Irgendwie hatte sie plötzlich den Eindruck, als sähen sie alle gleich aus.

Robert kam zurück. Sie lächelte ihn an. Sie wusste, es war ein eher schräges Lächeln. Er lächelte zurück, auch schräg, und setzte sich, indem er sich von Sarischa ein wenig wegdrehte. Nun war es also erneut soweit, dachte sie, dass sich unser Fundament auflöste.

„Du hast es vorhin wieder versucht. Ja?", fragte Robert.

„Was?"

„Das weißt du wohl am besten."

Sarischa schwieg.

„Warum?", fragte Robert und drückte Sarischas Hand so fest, dass es ihr wehtat.

„Lass los."

Er ließ los.

„Du weißt genau, dass ich es hasse."

Die Bedienung brachte Roberts Käsekuchen und den Cappuccino. Er nahm einen Bissen des Kuchens und einen Schluck Cappuccino. Dann fragte er noch mal: „Warum machst du das? Warum kannst du mit der Gedankenlesescheiße nicht aufhören? Hast du Entzugserscheinungen? Bist du süchtig danach?"

„Es ist halt so passiert … weil du auch so ein Geheimnis um deine Männeraffären machst …"

„Ich mache gar nichts. Du machst was!" Robert packte wieder Sarischas Hand, ließ sie aber sogleich wieder los.

„Bei diesem Thema ist wirklich jede Diskussion sinnlos", sagte Sarischa und aß ihren Kuchen.

Robert trank den Cappuccino und aß seinen Kuchen nur zur Hälfte. Dann schob er den Teller beiseite. „Wenn du ihn noch magst, bitte. Mir ist der Appetit vergangen."

„Nein danke."

Etwa eine viertel Stunde saßen sie am Tisch, wechselten kein Wort, sahen sich nur hin und wieder an, ausdruckslos und ohne ein Zeichen, die verfahrene Situation auflösen zu wollen.

Robert winkte der Bedienung und zahlte.

Nach weiteren Minuten meinte Sarischa, dass sie zurück ins Hotel fahren sollten, denn es wäre mittlerweile kalt geworden, und auf dem Fahrrad friert man ohnehin schnell. Sie hatten keine warme Kleidung mitgenommen.

Robert fuhr voraus, Sarischa folgte ihm mit einigem Abstand. Etwa nach der Hälfte der Strecke, spürte Sarischa ihre Blase. „Ich muss mal", rief sie.

Robert hielt. Sarischa verschwand hinter einem Gebüsch. Als sie wieder hervorkam, und Robert aufs Fahrrad steigen wollte, hielt sie ihn fest.

„Bitte hör mir zu", sagte sie. „Ich verstehe nicht, warum du so abwehrend reagierst, wenn du vermutest, ich würde deine Gedanken lesen. Ich kann es nicht. Verstehst du: Ich kann es bei *dir* nicht. Es funktioniert nicht. Und selbst wenn es funktionieren würde, müsstest du doch keine Angst haben. Ich will dir nichts Böses. Ich will dich verstehen, dich kennenlernen. Es gibt keinen Grund, so heftig, fast panisch, zu reagieren. Wenn es etwas gibt, was dich belastet, dann sag es mir."

„Jetzt kommt die Psychologin durch." Robert grinste abwertend.

„Ja, ich will zu dir durchkommen. Ich, ob als Psychologin oder als was auch immer."

„Okay. Aber nicht als Gedankenleserin."

„So, lieber Robert. Und das sage ich jetzt zum letzten Mal: Ich bin Gedankenleserin. Ich habe diesen Beruf und du hast ihn zu akzeptieren, wenn du mit mir zusammen sein willst. Und sollte es mir hin und wieder passieren, dass ich versuche deine Gedanken zu lesen, wie vorhin, dann nur, um dich zu verstehen. Ich will dich nicht ausspionieren. Sollte es in deinem Leben etwas geben, das ich nicht wissen soll, dann akzeptiere ich das. Du musst mir nicht alles sagen. Ich werde das auch nicht tun. Aber – und jetzt hör gut zu: Ich halte es nicht aus, wenn du mich jedes Mal wegstößt, nur weil du glaubst, ich könnte irgendwas aus deinem geheimnisvollen Gehirn herausfischen. Ich bitte dich, mit der Situation lockerer umzugehen. Julian lacht, wenn ich seine Gedanken lese. Doch du musst weder lachen noch dir Sorgen machen, denn, wie gesagt, ich kann deine Gedanken nicht lesen. Wenn du aber weiterhin so ein Drama aus der Sache machst, dann beenden wir das mit uns. Das halte ich nämlich nicht aus. So. Und nun radeln wir zurück ins Hotel. Auf dem Weg dorthin kannst du dir überlegen, was du willst."

Roberts Gesicht zeigte keine Emotion. Sein Blick wanderte über Sarischas Körper von oben nach unten. Dann schwang er sich aufs Rad.

Im Hotelzimmer angekommen, setzte sich Sarischa in einen Sessel und wartete, ob und was Robert sagen würde. Er sagte nichts, sondern ging duschen. Als er fertig war und frische Klamotten angezogen hatte, erwartete Sarischa, dass er endlich mit ihr redete. Doch er nahm sein Handy und beantwortete seine eingegangenen Nachrichten. Nun wurde ihr die Situation zu blöd.

„Robert, bitte rede mit mir. Sag mir, was du dir überlegt hast?"

„Nichts", antwortete er, ohne vom Handy aufzuschauen.

„Nichts? Was soll das heißen?"

„Das heißt, dass du hier nicht die Regeln bestimmst. Was bildest du dir eigentlich ein? Ich bin doch nicht dein Hündchen, das nach deiner Pfeife tanzt: ‚Los, hol das Stöckchen, dann kriegst du auch ein Leckerli.' Ich lasse mich nicht unter Druck setzen, indem du mich quasi zu erpressen versuchst im Sinne von: Entweder akzeptiere ich deine Gedankenleserei oder du willst mit mir nichts mehr zu tun haben. So nicht, Sarischa. Dann lassen wir es. Ich akzeptiere diese esoterischen Verarschungsspielchen nämlich nicht, kann sie maximal tolerieren, soweit du sie beruflich einsetzt, aber privat will ich nichts damit zu tun haben. Ich werde nicht aus lauter Unterwürfigkeit, Dankbarkeit oder weil du dich für die Größte hältst, an diesen Unsinn glauben. Und da du ja sowieso sagst, dass du bei mir nichts lesen kannst, warum versuchst du es dann immer wieder, hm?" Robert schob sein Kinn nach vorne und wartete einen Moment, bevor er weitersprach.

„Wenn du mich so komisch anschaust, mit einem Blick, wie eine Debile … das schreckt mich ab. Vielleicht bist du ein Savant, ein Mensch mit einer herausragenden Begabung auf einem Gebiet, obwohl das ja Autisten sind, und das bist du nun wirklich nicht. Wie auch immer, ich will mit einer normalen Frau zusammen sein und nicht mit einer, die sich für etwas Besonderes hält. Okay, du bist für mich was Besonderes, weil du schlagfertig, klug, einfühlsam, schön und äußerst sexy bist, aber nicht, weil du esoterische Fähigkeiten hast – oder was auch immer.

Und nun setzte *ich* dir das Messe auf die Brust: Wenn du nicht sofort aufhörst, mich mit dem Schwachsinn Gedankenleserei zu behelligen, dann war's das mit uns. Du kannst mir gerne erklären, wie du dich in die Leute einfühlst, aber erzähl mir bitte nicht mehr, dass du in Gehirnen etwas lesen kannst. Ist das klar?"

Sarischa blieb ganz ruhig. Robert warf sich aufs Bett.

Sarischa wurde schlagartig klar, dass es in Roberts Weltbild keine nicht erklärbare Fähigkeiten gab. Er glaubte nur das, was er verstehen konnte, alles andere existierte nicht. Sarischa wusste, diesen Teil ihres Lebens würde er nie akzeptieren. Und sie wusste nun auch, dass seine Abwehrhaltung gegenüber dem Gedankenlesen vermutlich nicht auf irgendwelche kriminellen Machenschaften zurückzuführen war, die er geheim halten wollte, sondern dass er glaubte, sie würde ihm was vormachen. Ja, er fühlte sich tatsächlich verarscht.

„Also, nun bist du dran", sagte Robert und legte endlich sein Handy beiseite, das er immer noch in der Hand gehalten hatte.

„Wenn du willst, dann kann ich dir beweisen, dass ich Gedanken lesen kann, auch wenn es rein naturwissenschaftlich nicht nachvollziehbar ist."

„Scheiße, Sarischa. Einfach scheiße."

„Was ist scheiße?"

„Du kapierst es nicht!" Robert machte einen Satz aus dem Bett und öffnete das Fenster. Er atmete die frische Luft ein und blickte über die Seen. Nach einer Weile drehte er sich um und schüttelte schweigend den Kopf. Schließlich sagte er resigniert: „Was bist du nur für eine komische Frau."

Sarischa ging auf ihn zu und fasste ihn an den Händen. „Ich mache dir jetzt einen Vorschlag. Wenn das, was ich dir vorschlage, schiefgeht, das heißt, wenn es dich nicht überzeugt, dann fahren wir auf der Stelle nach Hause und trennen uns in Frieden. Okay?"

„Und was soll das für ein Vorschlag sein?"

„Wir gehen, nachdem ich geduscht habe, ins Restaurant. Wir müssen ohnehin was essen – ich jedenfalls. Ich habe Hunger. Du wirst einen Gast im Restaurant auswählen für ein Experiment."

Robert verdrehte die Augen, aber Sarischa ließ sich davon nicht irritieren.

„Du gehst zu der Person hin, bittest sie, für ein paar Sekunden an etwas Konkretes zu denken, weil ich versuchen möchte, es zu erraten – nur so zum Spaß. Sie soll dir dann zuflüstern, was sie gedacht hat. Und dann kommst du zu mir zurück, und ich werde dir sagen, was es war. Entweder es stimmt oder es stimmt nicht. Aber wenn es stimmt, dann hast du die Gewissheit, dass ich mich weder mit der Person abgesprochen noch irgendeinen Trick vorbereitet haben konnte, denn *du* hast die Person ausgewählt, nicht ich. Und wir waren immer zusammen, seit wir hier sind; ich kann die Person also nicht instruiert haben. Die einzige Bedingung ist, dass die Person maximal drei bis vier Meter von mir entfernt sitzen darf. Je näher, desto besser. Einverstanden?"

Robert überlegte und sagte schließlich: „Ja. Aber die Versuchsperson darf frei wählen, an was sie denkt. Also keine Vorgaben, zum Beispiel, dass sie an ein Tier denken soll oder an eine Zahl."

„Natürlich nicht. Sie kann denken, an was sie will."

Robert blickte äußerst kritisch und löste sich von Sarischas Händen. „Du liebe Zeit! Ich packe schon mal meine Sachen."

„Du gehst davon aus, dass es nicht funktioniert und die Leute denken, wir wären irgendwelche Spinner."

„Genau. Hoffentlich erkennt mich hier niemand. Und sollte man dich hier erkennen, was ja nicht ausgeschlossen ist bei deinem Bekanntheitsgrad, dann – und darauf muss ich mich verlassen und kann nur hoffen, dass du so fair bist – darfst du niemanden sagen, mit wem du hier warst – wegen der Klinik und wegen Tami."

„Ja, ja. Es geht nur um dich. Eigentlich dachte ich, es ginge um uns. Ich dusche jetzt."

Als sie aus der Dusche kam, war sie immer noch sauer – und vor allem enttäuscht. „Du bist dermaßen engstirnig und nur um deine Reputation besorgt, dass ich mich frage, ob wir nicht sofort abreisen sollen. Du hast ja ohnehin schon gepackt, weil du von vornherein davon ausgehst, dass ich ein Scharlatan bin und das Experiment gar nicht klappen kann. Und, lieber Robert, wenn es klappt, wendest du dich dann auch von mir ab, weil ich ein Savant, ein Schreckgespenst oder sonst was bin? Wahrscheinlich. Also können wir das Ganze seinlassen. Ich bin und bleibe für dich unakzeptabel." Sie starrte ihn an. „Los, fahren wir nach Hause."

Sie schlüpfte in ihre Jeans, warf sich einen Pullover über und holte ihre Jacke aus dem Schrank, die sie in ihre Tasche stopfte.

Mit diesem Gefühlsausbruch hatte Robert nicht gerechnet.

„Halt", sagte er und zog die Jacke wieder aus der Tasche. „So machen wir das jetzt nicht. Das wäre genau dieses ‚entweder oder', das du kritisiert hast." Er nahm sie in den Arm. „Ich akzeptiere dich sehr wohl. Ich schätze dich. Wir machen dieses Experiment und dann werden wir in Ruhe sachlich darüber reden, egal, was dabei herauskommt. Das sind wir uns schuldig."

„Okay", sagte Sarischa. Ihr Blick war ernst. „Gehen wir."

Das Restaurant war nur halb besetzt. Es war Nebensaison und die Gäste waren fast alle im Rentenalter. Robert sah sich um, und Sarischa wartete, bis Robert einen passenden Tisch gefunden hatte.

„Vorne rechts ist ein freier Tisch neben einem leger angezogenen Pärchen. Was meinst du? Sitzen sie nahe genug?"

„Du entscheidest."

Er steuerte den Tisch an, sie setzten sich. Der Kellner brachte die Karte. Während Sarischa das Speisenangebot studierte, warf Robert ein paar vorsichtige Blicke zu dem ausgewählten Paar, das gerade die Speisekarten auf die Seite legten.

„Ich denke, es ist besser, wenn sie erst mal bestellen, bevor du rübergehst", meinte Sarischa.

Robert kam sich dämlich vor, aber er wollte auf keinen Fall einen Rückzieher machen. Dann hätte er Sarischa verloren – für immer, das wusste er.

Nachdem sowohl das Paar als auch sie beide bestellt hatten, fragte Sarischa, mit wem er das Experiment durchführen wolle. Er hatte sich für die Frau entschieden, weil er davon ausging, dass Frauen für solche Spiele offener waren als Männer.

„Bringen wir es hinter uns, bevor das Essen serviert wird", sagte Robert. „Mich macht das nämlich nervös. Was soll ich jetzt genau sagen?"

„Mach kein so ernstes Gesicht. Lächle freundlich und frag die Frau, ob sie bei einem kleinen Spiel mitmachen würde. Sag ihr, ich würde das Gedankenlesen ausprobieren wollen ... sie soll an etwas Konkretes denken, egal was. Aber es soll deutlich sein, etwas, was man in Worte ausdrücken kann. Oder ein Erlebnis oder etwas Phantasievolles. Nur ein paar Sekunden, nur zum Spaß ... so ähnlich. Kriegst du das hin?"

„Natürlich."

„Wenn sie nicht mitmachen will, dann musst du jemand anders fragen."

„Sie wird schon wollen." Robert ging zu der Frau, entschuldigte sich höflich mit einem charmanten Lächeln, und erklärte ihr dann das Experiment.

„Ich könnte verstehen, dass Sie keine Lust haben, aber es würde nur ein paar Sekunden dauern. Es wäre lustig, wenn sie mitmachen würden." Er setzte sich auf die Kante des noch leeren Stuhls am Tisch.

Das Paar schaute neugierig zu Sarischa hinüber.

„Wie soll denn das gehen?", fragte der Mann. „Das kann die doch nie erraten."

„Ist sie so eine – wie sagt man: irgendwas mit mental? – eine Mentalistin? Wie der Havener?"

Robert wusste nicht, wer Havener war. „Vielleicht. In etwa", antwortete er und hoffte, dass die Antwort den Mann zufriedenstellte.

„Der Havener muss gut sein", sagte die Frau. „Ich habe mal ein Buch von dem gelesen. Nicht blöd. Also ich würde mich zur Verfügung stellen."

„Ich auch", sagte der Mann und lächelte hinüber zu

Sarischa. „Wir machen mit", rief er ihr zu.

„Gut, dann ... wer fängt an?", fragte Robert und fand die Situation mittlerweile sogar ganz unterhaltsam.

„Ich fange an", sagte der Mann. „Aber die Augen schließe ich nicht."

„Nicht nötig". Robert blickt zu Sarischa und hob den Daumen als Zeichen, dass es nun losging.

Der Mann setzte sich extra gerade hin und blickte auf den Tisch. Nach ein paar Sekunden sagte er: „Fertig. Und jetzt?"

„Jetzt sagen Sie mir, aber leise, damit meine Bekannte es nicht hört, an was Sie gedacht haben. Und dann schauen wir mal, ob sie was erspürt hat."

Robert beugte sich zu dem Mann.

„Ich dachte an unser Auto; es ist ein roter VW Passat", flüsterte der Mann, so, dass es seine Frau noch hören konnte.

„Das ist viel zu einfach. Jetzt komme ich dran", sagte seine Frau, „ich weiß etwas Schwierigeres. Das kann sie niemals erraten."

„Die Dame will auch mitmachen", rief Robert Sarischa zu.

„Sehr gut."

Nun begab sich auch die Dame in Position, hob von sich aus den Daumen und lächelt spitzbübisch zu Sarischa hinüber. Dann starrte auch sie einige Sekunden vor sich hin, und ihr Mund wurde noch ein Stück breiter durch ihr ausgeprägtes Lächeln.

„Fertig."

„Und?", fragten Robert und ihr Mann gleichzeitig und mussten lachen.

„Also", flüsterte die Frau in Roberts Ohr, „ich habe an unseren Sohn gedacht, als er von der Führerscheinprüfung nach Hause kam und mir stolz seinen Schein zeigte. Wir sind uns voller Freude in die Arme gefallen, weil er schon zweimal durchgefallen war. Und nun hatte er die Prüfung endlich bestanden. Das war ein schöner Moment."

„Oh", sagte Robert. "Das ist eine schöne Geschichte, aber schwer."

Ihr Mann grinste und machte mit der Hand vor seinem Gesicht eine abwinkende Geste, die besagen sollte, dass man das nie erraten kann. „Keine Chance", rief er zu Sarischa.

Robert bedankte sich und wechselte den Platz. Das Paar lugte interessiert zu Sarischa und Robert. Sie warteten, bis Sarischa Robert unterrichtet hatte, und wollten natürlich ein Feedback.

„Bevor ich dir sage, was ich gelesen habe, Folgendes: Wir sagen vorher den beiden, dass ich nichts Brauchbares erraten hätte, dann stellen sie keine weiteren Fragen. Sollten sie nämlich sehen, dass an meiner Gedankenlesekunst etwas dran ist, haben wir sie garantiert an der Backe. Und das möchte ich nicht."

„Ich auch nicht."

Robert drehte sich zu dem Paar um und zuckte mit den Achseln. „Hat nicht geklappt. Sie dachte an eine Eisenbahn und an einen Hund. Der Havener ist wohl doch besser". Robert grinste. „Aber danke, dass Sie mitgemacht haben."

„Danke", rief auch Sarischa.

„Sollen wir noch mal ...", fragte der Mann? „Eisenbahn war ja schon gar nicht so schlecht."

„Nein, nein. Jetzt kommt außerdem Ihr Essen", sagte Sarischa – und zu Robert gewandt. „Ich habe schon ziemlich Hunger. Hoffentlich kommt unser Essen auch bald."

Robert wurde ernst. „So. Und nun möchte ich wissen, was du bei den beiden gelesen hast – und zwar jetzt sofort, bevor wir essen."

„Wirklich? Vielleicht hast du dann keinen Hunger mehr?"

„Quatsch. Also, ich höre."

Sarischa sah Robert tief in die Augen. „Der Mann dachte an sein Auto." Sie hielt inne und wartete auf eine Reaktion. Er zuckte unauffällig, aber durchaus anerkennend mit den Brauen.

„Es handelt sich um einen roten VW Passat", fuhr sie fort.

„Ach ja, na klar. Du hast sie in das Auto einsteigen sehen."

„Habe ich nicht, aber egal. Nun zu den Gedanken der Frau." Sarischa schilderte fast wortwörtlich, was die Frau Robert erzählt hatte."

Sein Gesicht versteinerte sich, sein Kinn klappte nach unten. Er sah zu der Frau hinüber, die mit ihrem Salat beschäftigt war, als müsste er sich vergewissern, dass es sie wirklich gab, dann blickte er wieder zu Sarischa. Es war absolut unmöglich, dass Sarischa irgendwo ein Mikro angebracht haben konnte, ohne dass er dies bemerkt hätte. Sie waren immer zusammen. Er war sprachlos.

Auch Sarischa schwieg. Sie wartete. Ihr war bewusst, dass er schockiert war und das Ergebnis ihres Experiments verdauen musste. Es bricht gerade ein Teil seines Weltbildes zusammen, sagte sie sich, wogegen er sich natürlich zu wehren versuchte. Ihr wurde ein bisschen mulmig zumute, denn sie befürchtete, er würde nicht sachlich reagieren, auch wenn er sich das vorgenommen hatte.

Endlich wurde das Essen serviert. Sarischa stürzte sich auf die Lasagne, Robert aß ein Schnitzel. Sie tranken alkoholfreies Bier. Wortlos verspeisten sie das Essen, und warfen sich nur hin und wieder zaghafte, fragende Blicke zu. Als sie mit dem Essen fertig waren, ergriff Sarischa das Wort.

„Es war richtig, was ich gelesen habe. Ja?"

„Ja."

„Du wolltest darüber sachlich reden, wenn ich dich erinnern darf."

Er nickte zustimmend.

„Was heißt das nun für dich – für uns?"

Er starrte sie nur an, ohne zu antworten. Nach einer Weile fragte er das, was Sarischa schon sehr oft hörte: „Wie machst du das?"

„Das kann ich nicht erklären. Die Anlage habe ich von meinem Vater geerbt. Er hat mir Tipps gegeben, mir gezeigt, wie ich mich am besten konzentrieren kann. Und er hat mir auch gesagt, dass ich mit dieser Gabe verantwortungsvoll umgehen muss."

„Du hast es geerbt?" Robert war verwirrt. Er schüttelte mehrmals den Kopf. Er konnte nicht fassen, dass das, was gerade geschah, kein Trick war. Aber er glaubte es irgendwie immer noch nicht. Er konnte es einfach nicht glauben. Das war im Moment zu viel für ihn.

Sie gingen hoch in ihr Zimmer und setzten sich aufs Bett. Sex war undenkbar, selbst küssen war nicht möglich.

„Wer bist du?", fragte Robert plötzlich und rückte einen halben Meter von Sarischa weg.

Sie hob die Hände zu einer fragenden Geste. „Wer soll ich sein? Ich bin die, die ich bin."

Sie saßen nebeneinander, als wäre durch ein gottgegebenes Schicksal ihre Trennung unausweichlich. Aber dann umarmten sie sich.

„Ich mag dich immer noch", sagte Robert, „aber ich muss nachdenken. Du bist mir unheimlich."

„Ich weiß", sagte Sarischa. Das wusste sie nur zu gut.

Dann drückte Robert Sarischa von sich weg und sagte leise aber bestimmt: „Ich möchte jetzt heimfahren."

Die ganze Fahrt über sprachen sie kein einziges Wort.

Als Sarischa ihre Wohnung betrat, stellte sie ihre Tasche

im Flur ab, ging auf die Toilette, öffnete in der Küche kurz die Balkontür, trank einen Schluck Wasser und warf einen Blick in den Kühlschrank. Sie hatte den Eindruck, ihr Magen würde gerade auf die Größe einer Zitrone schrumpfen – und er vibrierte. Ihr war übel und gleichzeitig kam es ihr vor, als hätte sie Hunger, spürte ein Loch in ihrem Bauch. Noch einmal öffnete sie den Kühlschrank, aber es gab nichts, worauf sie Lust hatte. Mit voller Wucht knallte sie die Kühlschranktür zu.

Sie öffnete den Schrank, in dem sich ihre Bar befand, und sie griff nach irgendeiner Flasche und nahm einen großen Schluck. Es war *Ron Zacapa*, der Rum, den Robert bei ihr getrunken hatte, als er das zweite Mal bei ihr war – vielleicht das letzte Mal.

War's das?, fragte sie sich. Wird sich Robert von mir abwenden? Wie konnte ich nur so blöd sein und mit ihm dieses Experiment durchführen? Das war viel zu früh. Unser Verhältnis war noch nicht tragfähig für die Wahrheit. Würde sie ihn wiedersehen? Sie hoffte es mit den feinsten Fasern all ihrer Nerven. Aber sie glaubte es nicht.

16

Robert umarmte Tami flüchtig, wie er das immer tat, wenn er nach Hause kam. Ihm fiel auf, dass ihn Tami genauso flüchtig umarmte, wie er sie. Genau genommen, waren das gar keine Umarmungen, sondern oberflächliche Körperkontakte. Wirklich berührt, war er von diesen Umarmungen schon eine Ewigkeit nicht mehr. Sie waren ein festes, scheinbar unumstößliches Ritual, aber eines ohne Kraft. Und Trotzdem waren sie auch ein Zeichen von Vertrautheit. Jetzt jedoch nicht. Die Berührung war ihm unangenehm.

„Wie war dein Kräuterseminar?" Er fragte das nicht, weil es ihn interessierte, sondern weil er wieder in sein altbekanntes Leben mit Tami eintauchen musste. Am liebsten wäre er jetzt allein gewesen, nach diesem aufwühlenden Wochenende mit Sarischa.

„Gut. Besser als ich dachte."

„Hast du etwas Brauchbares gelernt?"

„Auf alle Fälle."

Tami war gerade dabei, Schmutzwäsche zusammenzusammeln, um sie dann in den Waschkeller zu tragen. „Hast du noch etwas zum Waschen?"

„Ja." Er packte seine Tasche aus und legte die schmutzigen Kleidungsstücke zu denen von Tami.

„Und wie war dein Wochenende in Iffeldorf?"

„Schön. Wir waren mit dem Rad unterwegs, sind um den Ostersee gelaufen und haben gut gegessen."

„Ich wundere mich, dass du mit Luis unterwegs warst."

„Warum?"

„Seit wann versteht ihr euch so gut? Ich dachte, ihr habt euch nicht besonders viel zu sagen."

„Das hat sich in letzter Zeit geändert."

Tami stopfte die Schmutzwäsche in einen Wäschekorb und ging in den Keller. Dort sortierte sie sie nach den entsprechenden Waschgängen und prüfte dabei wie immer, dass sich nichts in den Taschen befand. Aus Roberts Jeans zog sie einen Kassenzettel. Sie warf automatisch einen Blick darauf, ohne sich dabei etwas zu denken. Aber als sie feststellte, dass der Zettel aus einem Drogeriemarkt stammte, wunderte sie sich: Seit wann geht Robert in einen Drogeriemarkt? Nie. Es war ausnahmslos sie, die dort einkaufte. Dachte sie. Als sie las, was es war, *Durex gefühlsecht*, staunte sie nicht schlecht. Kondome? Wieso Kondome? Hatte er etwa mit Luis ein homosexuelles Verhältnis? Das konnte sie sich beim besten Willen nicht vorstellen. Luis hatte vier Kinder. Er wirkte hundertprozentig nicht bisexuell.

Sie warf noch mal einen Blick auf den Zettel und suchte nach dem Datum. Er kaufte die Kondome am Freitag, was hieß: für das Wochenende. Robert, der impotent war, der keinen mehr hochkriegte – angeblich – kaufte Kondome? Für sich oder doch für Luis? Oder es gab plötzlich und unerwartet eine Frau – eine Frau, mit der er konnte, mit der er Sex hatte? War das möglich? Vermutlich ja. Wie lange ging das schon? Und wer war sie? Tami spürte, dass sie diesen Bon nicht ignorieren konnte. Sie steckte in ihre Hosentasche. Dann schaltete sie die Waschmaschine ein und ging nach oben zu Robert.

Sie stellte sich neben ihn, der gerade seinen Rechner hochfuhr.

„Warst du am Wochenende nur allein mit Luis unterwegs?"

„Ja, nur wir zwei. Das sagte ich doch schon."

„Was habt ihr gemacht?"

„Auch das sagte ich schon."

„Und sonst? Außer Radfahren, um den See laufen und essen? Das war sicher nicht alles. Was habt ihr sonst noch gemacht?" Tami klang plötzlich wie eine Polizistin, die einen Verdächtigen verhört.

Sie zog den Bon aus ihrer Hosentasche, hielt in Robert vor das Gesicht und sagte: „Du hast Kondome gekauft."

Robert nahm den Bon, warf einen Blick darauf und zuckte mit den Schultern. „Ist nicht von mir."

Tami glaubte ihm nicht. Sie sah ihn lange an – misstrauisch, fragend, zweifelnd, während er anfing, seine E-Mails zu checken. Dann verschränkte sie die Arme vor der Brust. „Sag mir die Wahrheit."

Robert war einen Blick auf ihre Haltung und schwieg. Für Tami war dieses Schweigen Antwort genug. Sie war sich sicher, ihr Mann, der seit Jahren nicht mehr mit ihr schlief, weil er impotent war, konnte wieder Sex haben – aber nicht mit ihr, nein, nicht mit ihr! Sondern mit einer anderen Frau.

„Wer ist sie? Kenne ich sie?"

Robert stand auf, schob Tami behutsam zur Seite, ging an ihr vorbei in die Küche und öffnete eine Flasche Bier.

Sie setzte sich ihm gegenüber. „Erklär mir die Situation. Hast du mit einer anderen Frau geschlafen? Kannst du wieder? Richtig? Normal? Ich meine, hat sie spezielle Tricks oder … " Sie starrte ihn an. „Hast du dich verliebt?"

Endlich schien Robert antworten zu wollen. Er räusperte sich. „Okay, ich gebe es zu, ich war mit einer Frau zusammen. Und ja, es hat funktioniert."

Tami starrte ihn fassungslos an. „Und weiter? Wie oft hattet ihr Sex? War es gut? Wirst du jetzt auch mit mir wieder Sex haben – haben können, haben wollen? War sie eine Professionelle, die wusste, dass du Schwierigkeiten hast? Oder war sie so etwas ganz Besonderes, dass sich bei dir wieder alles aufgestellt hat? Sag es mir! Jahrelang habe ich deinen Zustand solidarisch hingenommen. Und jetzt? Ich finde, ich habe ein Recht darauf zu erfahren, was bei dir abgeht. Was ist das für eine Frau? Was hat sie mit dir gemacht?"

"Sie hat nichts gemacht. Es ist einfach passiert. Ich kann nicht sagen, ob ich jetzt *geheilt* bin. Woher soll ich denn das wissen? Das wird sich zeigen."

„Wirst du sie wieder sehen?"

„Nein."

„Nein? Sie baut dich sexuell wieder auf und du willst sie nicht mehr sehen? Das nehme ich dir nicht ab. Niemals."

Tami musterte Robert, als könnte sie an seinem Äußeren erkennen, was er vorhatte. „Ich glaube, du hast dich verliebt und du wirst mit ihr ganz bestimmt weiter Sex haben wollen, nach so langer Zeit ..." Über Tamis Gesicht liefen ein paar Tränen. „Was ist jetzt mit mir?"

„Es ist alles so, wie es ist. Du bist meine Frau und ich will, dass wir zusammenbleiben. Und wie es mit uns sexuell weitergeht, weiß ich nicht. Und das liegt nicht allein an mir. Bitte Tami, lassen wir den Abend in Ruhe ausklingen." Und dann sagte er noch, was er besser nicht gesagt hätte: „Ich weiß wirklich nicht, ob ich dieser seltsame Frau noch mal begegnen will."

„Seltsam?", fragte Tami nach. „Warum war sie seltsam?"

„Ach, so halt."

„Was hat sie Seltsames gemacht?"

Tami ahnte, wen Robert als seltsam bezeichnen könnte. Und wenn sie eins und eins zusammenzählte, könnte ihre Schlussfolgerung passen: Sarischa. Sie war hinter Robert her. Und jetzt hat sie ihn erobert.

„Ist es Sarischa?"

Robert zuckte zusammen. Er warf Tami einen dermaßen erstaunten Blick zu, dass alle Ausflüchte umsonst gewesen wären. Tami wartete trotzdem auf eine Antwort.

Nach einer Weile sagte Robert: „Ja, es ist Sarischa."

Wenn sich Sarischa am Montag nicht mit Regina getroffen hätte, wäre sie wahrscheinlich vor der Glotze versackt. Mit Regina konnte sie über Robert reden und das tat ihr gut. Regina sind Sarischas Fähigkeiten nicht ganz verborgen geblieben, schließlich waren sie alte Schulfreundinnen und sie konnte gelegentlich miterleben, dass Sarischa über die Motive und Befindlichkeiten ihrer Kameradinnen oft ungewöhnlich gut Bescheid wusste. Damals hatte sie Sarischa öfter gefragt, ob sie etwa die Gedanken anderer Menschen lesen könne. Sarischa bejahte die Frage zwar, aber wie präzise sie das konnte, das verheimlichte sie Regina, die annahm, dass Sarischa ein außergewöhnlich gutes Einfühlungsvermögen hatte. Sarischas Vater hatte ihr schon als Kind eingeschworen, dass das Gedankenlesen ein Geheimnis bleiben musste. Später weihte sie lediglich Julian und Felix ein. Von daher konnte Sarischa nicht von ihrem eigentlichen Problem mit Robert erzählen und schon gar nicht von dem Experiment. Trotzdem war sie froh, dass sie den Tag nicht alleine verbringen musste.

Am Dienstagnachmittag hatte sie einen Auftritt im Rahmen einer Firmenfeier in einer großen Versicherung. Sie litt immer noch an den Nachwehen des Wochenendes und fühlte sich nicht besonders wohl. Ihr Kopf war schwer und sie spürte einen Druck hinter den Augen. Glücklicherweise hatte sie nur einen zwanzigminütige Auftritt – ein sogenanntes *Zuckerl* für die Mitarbeiter, die ein Projekt erfolgreich abgeschlossen hatten. Das würde sie überstehen.

Doch sie hatte von Anbeginn der Show Probleme,

sich so gut zu konzentrieren, wie sie das normalerweise tat. Sie brauchte länger als üblich, bis sie zu den Mitspielern Kontakt aufbauen konnte, und die Gedanken, die sie las, huschten so schnell an ihrem Bewusstsein vorbei, dass sie Mühe hatte, sie präzise zu fassen. Und dann passierte das, was ihr noch nie passiert war. Bei einem Mann konnte sie nur verschwommene Gedanken wahrnehmen, sodass sie tatsächlich raten musste, ob er an eine zwölf oder an eine einundzwanzig dachte. Und sie lag daneben. Die Gäste waren zwar nicht enttäuscht, da die Eins und die Zwei ja vorkamen, aber für Sarischa war dies nicht hinnehmbar.

Und es kam noch schlimmer. Die Mitspieler sollten ein Tier auf einen Zettel schreiben und intensiv an das Tier denken, während Sarischa von einem zum anderen ging und die Gedanken las und aussprach. Eine der simpelsten Übungen überhaupt. Das machte sie normalerweise mit links. Doch diesmal lag sie bei drei von zwölf Mitspielern komplett falsch. Ein Hund wurde zu einer Katze, eine Spinne zu einem Krebs und – fast schon peinlich – ein Biene zu einem Schwein. Es war zum ersten Mal seit sie auf der Bühne stand, dass ihr solche Fehler unterliefen.

Das Publikum war trotzdem sehr zufrieden. Sie hatten wohl auch keine hundertprozentige Treffsicherheit erwartet. Glücklicherweise konnte Sarischa sehr charmant ihr Versagen überspielen, obwohl sie innerlich entsetzt war. Zum Abschluss gelang ihr die *Unterhosennummer* doch noch perfekt, wobei es in Form eines Speed-Durchgangs hauptsächlich um die Farbe oder Muster der Unterhosen ihrer Gäste ging. Hier konnte sie das ohne Bedenken durchziehen, denn die Leute waren gut drauf. Es wurde viel gelacht, die Leute hatten ihren Spaß. Von daher war ihr Auftritt insgesamt doch erfolgreich. Fast. Der Chef der Gruppe, der sie engagiert hatte, sprach sie jedoch nach der Vorstellung an.

„Ich habe Sie schon ein paar Mal gesehen. Sie waren immer unglaublich perfekt. Heute nicht so ganz. Haben Sie absichtlich ein paar kleine Fehler eingebaut, um nicht gar so übersinnlich zu wirken? Meinen Leuten hätte die totale Konfrontation mit dem *Jenseits* (er lachte über seine Wortwahl) nicht geschadet."

Kleine Fehler?, dachte sich Sarischa. Wenn du wüsstest. Für mich sind das katastrophale Aussetzer.

„Ja, ich mache das gelegentlich. Bei nur vierzig Gästen bin ich lieber etwas vorsichtig. Ich will niemanden Angst machen."

„Verstehe. Aber ein bisschen Angst bekommt man trotzdem, weil man es sich so gar nicht erklären kann, wie das funktioniert. Wie auch immer, schon beeindruckend. Gerne mal wieder!"

Gerne mal wieder, klang es in Sarischas Kopf nach. Oder lieber gar nicht mehr? Wäre es nicht besser, das Gedankenlesen aufzugeben und eine ganz gewöhnliche Frau zu werden, die nicht mit Übersinnlichem in Verbindung gebracht wird, die nicht bedrohlich wirkt und niemanden Angst macht? Ist es jetzt soweit? Lieber aufhören, bevor das Versagen zu groß wird und man nur noch schlecht bezahlte Engagements auf irgendwelchen Hinterhof-Tingeltangelbühnen bekommt? Und wäre es nicht besser, mir einen ganz gewöhnlichen Mann zu suchen, der mit mir einfach nur eine ganz normale Beziehung eingehen will?

Der Schock über ihr Versagen saß tief. Er überlagerte jedoch keineswegs die Traurigkeit wegen Roberts Reaktion auf das Experiment. Sie sehnte sich nach ihm.

Nachdem sie am Abend einen Spaziergang gemacht hatte und sich wieder stabiler fühlte, rief sie Marcel Webeck an. Sie verabredeten sich auf ein Treffen in einem Café.

„Ich hätte nicht gedacht, dass Sie die Initiative ergreifen."

„Manchmal man muss Gelegenheiten wahrnehmen", sagte Sarischa freundlich aber etwas distanziert. Sie gaben sich zur Begrüßung die Hand.

Das Café war am frühen Vormittag – Marcel Webeck konnte sich für das Treffen freinehmen – nur spärlich besucht. Sie wählten die gemütliche, kleine Couch und setzten sich nebeneinander mit einem gewissen *Sicherheitsabstand*, soweit es die Couch das zuließ. Beide bestellten Cappuccino und ein Stück Kuchen.

„Können wir vereinbaren, dass wir jetzt nicht über meine Shows und über das Gedankenlesen sprechen? Ich würde es bevorzugen, dass wir uns über private Themen unterhalten."

„Oh ja, das würde ich auch *bevorzugen!*" Marcel lächelte breit. „Und ich würde es auch bevorzugen, dass wir uns duzen. Einverstanden?"

„Ja, gerne." Sarischa bemerkte, dass er sehr schöne Zähne hatte.

„Du weißt ja, wie ich heiße", bemerkte Marcel.

„Und du hast sicher meinen bürgerlichen Vorname bereits recherchiert, der mir leider nicht gefällt."

„Mir schon. Sofia ist doch ein schöner Name.

„Trotzdem bitte ich dich, mich Sarischa zu nennen."

„Okay. Sarischa. Was machst du denn gerne, wenn du nicht im Rampenlicht stehst?"

„Gute Frage. Ich arbeite sehr viel, für Hobbies bleibt da wenig Zeit. Manchmal gehe ich ins Kino, treffe gelegentlich Freunde, lese oder schau Fernsehen. Und wie ist es bei dir?"

„Ich arbeite je nach Auftragslage, aber es hält sich in Grenzen, denn meine Wochenarbeitszeit liegt bei dreißig Stunden. Das Geld reicht mir locker. Soweit es möglich ist, mache ich dreimal im Jahr Urlaub, gern in Griechenland, Italien, Spanien – eigentlich in ganz Europa.

Fernreisen interessieren mich nicht mehr so sehr. Wichtig ist mir auch mein Garten. Ich pflanze seit einigen Jahren Gemüse an; mittlerweile kenne ich mich ganz gut aus und ernte regelmäßig. Mein nächstes Projekt werden Obstbäume, das dürfte schwieriger werden. Ansonsten mache ich Sport, genauer gesagt Judo. Mein Freizeitprogramm ist ein guter Ausgleich zu meiner Tätigkeit als Software-Entwickler."

Sarischa fiel auf, wie weit so ein abwechslungsreiches, naturverbundenes Leben von ihrem weg war, und sie spürte, dass ihr vermutlich etwas sehr Elementares fehlte – eine Tätigkeit, in der man aufgehen konnte und die nichts mit dem Job zu tun hatte.

„Lebst du mit deiner Freundin zusammen?"

„Nein. Sie ist zugleich eine Arbeitskollegin. Es wäre nicht gut, ständig aufeinanderzuhocken. Ein bisschen Luft muss sein, sonst erstickt man. Und du? Wie ist es bei dir? Bist du verheiratet? Lebst du mit einem Mann zusammen?"

„Ich bin nicht verheiratet und lebe in meiner Wohnung allein. Aber ich habe einen guten Freund, der auch mein Sexualpartner ist."

„Guter Freund? Was soll ich mir darunter vorstellen? Einen Mann für gewisse Stunden? Hast du keinen festen Freund?"

„Momentan nicht. Viele Männer haben Angst vor mir."

„Wegen des Gedankenlesens?"

„Genau."

„Mich schreckt das nicht ab. Ich finde das spannend. Kannst du auch unter ganz normalen Umständen, so wie wir jetzt zusammensitzen, erspüren, was deinem Gegenüber im Kopf umgeht?"

„Hallo! Wir haben abgemacht, nicht darüber zu sprechen."

„Klar doch. Es ist halt die Neugierde."

Sarischa Handy klingelte. Sie beugte sich nach vorne, sah auf das Display und drückte das Gespräch weg. Als sie sich wieder zurücklehnte, hatte Marcel seinen Arm auf Sarischas Seite der Rückenlehne abgelegt. Er ließ ihn auf ihre Schulter sinken. Nicht unangenehm, stellte sie fest. Sie lächelte Marcel an, und sagte damit, dass dies okay wäre. Dann griff er mit seiner anderen Hand zart nach ihrer Hand auf seiner Seite, die auf ihrem Oberschenkel lag. Sie drehte ihre Hand um und ihre Finger griffen ineinander. Nach einigen Sekunden ließen sie sich wieder los und Marcel ahm seinen Arm wieder von ihrer Schulter.

„Machst du keinen Sport?", fragte Marcel, um an das Freizeitthema wieder anzuknüpfen. „Du hast eine perfekte Figur."

„Das liegt mehr an den guten Genen. Ich gehe Spazieren, selten wandern, mache ein wenig Gymnastik, sonst nichts. Ich denke, ich muss das ändern."

„Könnte langfristig zumindest nicht schaden. Willst du auch noch was bestellen? Ich brauche ein Wasser."

Nachdem der Kellner den Tisch abgeräumt und das Wasser hingestellt hatte, drehte sich Sarischa zu Marcel. „Könntest du dir vorstellen, von mir ein Kind zu bekommen?"

Sein Kinn klappte nach unten. „Ähm … ich weiß nicht … also …" Er zog die Brauen hoch und auf seiner Stirn bildeten sich Falten. „Das ist vermutlich eine nicht wirklich ernst gemeinte Frage."

„Ich meine die Frage schon ernst, wenn auch mehr theoretisch."

„Theoretisch? Kinder werden aber sehr praktisch gezeugt. Soll das heißen, ob ich mir vorstellen kann, mit dir zu schlafen? Ja, natürlich könnte ich mir das vorstellen. Das dürftest du doch gemerkt haben. Aber …" Er versuchte entschuldigend zu lächeln, aber seine Mundwinkel verkrampften sich unnatürlich. „Ich kann mir nicht vorstellen, mit dir ein Kind zu zeugen. Oder suchst du einen Samenspender, weil dein ‚guter Freund' kein Kind bekommen kann oder will? Tut mir leid, da bin ich absolut der Falsche. Ich habe bereits eine 18-Jährige Tochter von einer früheren Freundin. Für mich ist das Thema erledigt." Marcel rückte von Sarischa weg, so weit, wie es die Couch zuließ.

„Ich habe mich wohl falsch ausgedrückt", korrigierte sie sich. „Ich wollte wissen, ob ich für dich ein Frauentyp bin, mit der man eine Familie gründen möchte? Oder siehst du mich nur als hübsche Entertainerin, mit der ein Mann seine Lustgefühle befriedigt, sich aber nicht näher einlassen will?"

„Fragst du immer so direkt?"

„Ja, manchmal. Was ist daran schlimm?"

„Nichts. Es ist nur sehr ungewöhnlich. Soll ich dir wahrheitsgemäß antworten?"

„Bitte, ja."

„Prinzipiell ist jeder Frauentyp geeignet mit einem zu ihr passenden Mann eine Familie zu gründen. Aber, wie gesagt, es muss passen. Wenn du ein Kind willst, dann passt es zwischen uns nicht. Und ja, ich nehme dich als hübsche Entertainerin wahr, mit der ein Mann gerne seine Lustgefühle ausleben würde. Und ich nehme an, die meisten Männer würden sich auch auf eine Beziehung mit dir einlassen."

„Du aber nicht."

„Das steht nicht zur Debatte. Natürlich habe ich mir vorgestellt, dich zu verführen, aber wenn es dir darum geht, schwanger zu werden, dann … dann können wir uns gerne zum Kaffeetrinken oder Spazierengehen treffen, aber zu mehr sicher nicht." Er hielt kurz inne, bevor er weitersprach. „Danke für deine Ehrlichkeit." Marcel rückte wieder ein Stück näher an Sarischa.

„Ebenso."

Sie sahen sich an und schmunzelten.

„Eigentlich schade", sagte Marcel.

„Eigentlich ... Aber es ist, wie es ist. Nur damit du Bescheid weißt: ich will kein Kind von dir. Wenn ich überhaupt noch ein Kind will, dann nur von einem Mann, der es auch will."

Als sie das Lokal verließen, fragte Marcel, ob er Sarischa nach Hause begleiten soll, da sie in der Nähe wohnte. Sie freute sich darüber. Er sagte ihr, dass er, wie er bei ihrer Show behauptete, in seiner jetzigen Beziehung tatsächlich nicht fremdginge – genau aus dem besagten Grund. Der Stress mit einem weiteren Kind in seinem mittlerweile fortgeschrittenem Alter würde er nicht mehr ertragen. Auch sie solle sich gut überlegen, ob sie ihren außergewöhnlichen Beruf mit einer Familie in Einklang bringen könne.

Sie waren etwa noch acht Meter vor ihrer Haustür entfernt, da suchte Sarischa, wie fast immer, in ihrer Tasche nach dem Schlüssel. Sie konnte es sich einfach nicht angewöhnen, ihn stets griffbereit zu deponieren. Vor ihrer Haustür stand eine Frau, die anscheinend auf den Summton wartete, um eingelassen zu werden. Sie stand mit dem Rücken zu ihnen. Erst als Sarischa und Marcel noch etwa drei Meter von der Haustür entfernt waren, drehte sich die Frau um. Es war Tami.

Die Blicke wechselten von einem zum anderen und zurück. Sie starrten sich gegenseitig an und waren dermaßen verblüfft, dass ihnen die Worte fehlten. Sarischa war die erste, die ihre Sprache wiederfand.

„Was tust du hier?", fragte sie mit einer ernsten Gesicht, das nicht mal einen Hauch von Freundlichkeit zeigte.

Tami, ebenso ernst: „Ich will mit dir reden."

Da Sarischa nicht sofort reagierte, warf Tami hinterher: „Aber ...", sie blickte kurz zu Marcel, „ich bin mir gar nicht mehr sicher, ob ich mit dir überhaupt noch reden soll. Was hast du mit Marcel zu schaffen? Stocherst du in meiner Vergangenheit herum? Was geht hier ab?"

„Es ist reiner Zufall, dass wir uns kennengelernt haben", sagte Sarischa.

„Zufall! Ja, deine Art von Zufall kann ich mir zu gut vorstellen", schnaubte Tami.

„Es war wirklich Zufall", beteuerte Marcel.

„Ja, ja, wer's glaubt. Nur so viel: Ich weiß Bescheid. Du hast mit Robert eine Affäre. Ausreden sind zwecklos."

Will sie mich provozieren?, überlegte Sarischa und klinkte sich in ihre Gedanken ein.

Sie braucht es gar nicht abzustreiten. Schließlich hat es Robert zugegeben.

„Gut, nachdem du anscheinend Bescheid weißt, musst du halt damit zurechtkommen."

„Glaubst du wirklich, ich gebe Robert auf? Wegen dir? Und glaubst du, dass sich Robert mit einer wie dir, auf Dauer abgeben will?" Tami stieß eine Brise Luft durch ihre halbgeschlossenen Lippen Sarischa entgegen. „Das kannst du vergessen!"

Marcel verfolgte den Streit der beiden und fühlte sich komplett überflüssig. Außerdem wollte er von diesen Eifersüchteleien gar nichts wissen. Und er ärgerte sich ein wenig, dass ihn Tami einfach links liegen ließ.

„Ich lasse euch dann mal alleine. Euren Konflikt könnt ihr schließlich ohne mich austragen." Er wandte sich ab, um zu gehen.

„Bitte warte noch einen Moment. Ich habe mit Tami hier und jetzt nichts zu besprechen."

„Aber ich mit dir", sagte Tami nachdrücklich.

„Tschüss meine Damen. Wir hören voneinander." Marcel war bereits im Gehen, dann fügte er noch hinzu: „Und viel Glück!"

Sarischa machte keinen Anstalten, die Haustür aufzusperren, sondern verschränkte die Arme vor ihrer Brust und sagte langsam, indem sie jedes Wort einzeln betonte: „Was – willst – du?"

„Können wir nicht zu dir nach oben gehen?"

„Nein."

„Wusstest du, dass Robert seit Jahren, es sind wohl schon zehn oder zwölf Jahre, Probleme mit seiner Potenz hat – ich muss wohl sagen: hatte?"

„Ja, das hat er mir gesagt."

„Und mit dir konnte er? Ohne Probleme? Oder hast du irgendwelche Zaubertricks angewandt?"

„Was für Zaubertricks?"

„Was weiß denn ich?" Tamis Gesichtsausdruck war verbittert. „Sag du es mir! Ich will es einfach nur verstehen. Ich habe es die ganzen Jahre über nicht verstanden, aber hingenommen. Und wenn du auch auf diesem Gebiet außergewöhnliche Fähigkeiten haben solltest, die andere Frauen nicht haben – bitte – dann ist es eben so. Dann muss ich das akzeptieren. Ich bin nämlich nur eine ganz normale Frau." Sie fixierte Sarischa und wartete auf eine Erklärung.

„Ich bin auch nur eine ganz normale Frau. Ich kann keinem Mann mit irgendwelchen Tricks seine Potenz zurückzaubern. Vielleicht habt ihr euch einfach auseinandergelebt."

„Und du meinst, du bist das Frischfleisch, das ihn aufrichtet, im doppelten Sinn des Wortes."

Sarischa ließ ihre Arme fallen und blickte zur Seite. „Du bist vulgär."

„Hör zu Sarischa. Hör genau zu. Robert und ich, wir haben uns immer geliebt, und ich gebe ihn nicht auf. Vielleicht glaubt er momentan, dass du ihn von seinem bedauerlichen Leiden *erlöst* hast, was ich ihm gönne. Er hat Nachholbedarf. Aber ich bin seine Frau, und ich bleibe es. Soll er dich vögeln, okay. Ich habe auch andere Männer gehabt, wie zum Beispiel Marcel. Wie bist du überhaupt an Marcel rangekommen? Und warum? Willst du mich irgendwie fertig machen? Ist das deine

Strategie?"

„Ich habe keine Strategie. Marcel habe ich durch Zufall kennengelernt – das ist die Wahrheit. Und was Robert betrifft: Er muss wissen, wer für ihn wichtig ist, wen er braucht und wen er liebt. Ich jedenfalls werde mich nicht zurückziehen. Warum sollte ich? Wegen dir? Du hast kein Anrecht auf ihn; niemand hat ein Anrecht auf einen anderen Menschen. Jeder entscheidet selbst, mit wem er wie zusammen sein will. Und nun gehe ich ins Haus – alleine. Tschüss Tami."

17

Frühmorgens stand sie im Bad und gurgelte mit Salbeitee. Ihr Hals kratzte ein wenig, was nicht so schlimm gewesen wäre, aber auch ihr Stimme war beeinträchtigt. Ausgerechnet heute. Sie hätte einen Studiotermin zur Vertonung eines neuen Videos gehabt – das konnte sie vergessen.

Den ganzen Tag über trank sie literweise heißen Tee, gurgelte und machte mehrere Gesichtsdampfbäder. Am späten Nachmittag waren ihre Beschwerden so gut wie verschwunden, was auch nötig war, denn die Veranstaltungen in den nächsten Tagen konnte und wollte sie keinesfalls verschieben.

Was ihr immer wieder durch den Kopf ging: Sollten sie wieder Aussetzer haben, dann müsste sie dringend mit ihrem Vater sprechen. Doch was konnte er schon tun, außer versuchen, sie moralisch aufzubauen? Das würde letztendlich auch nichts helfen. Nein, sie musste damit ohne ihn fertigwerden.

Das Telefon klingelte.

„Hallo Julian, ich freue mich, dass du anrufst." Sarischa warf ihm ein hörbares Luftküsschen durch die Leitung.

„Oh, wie schön, diese Worte aus deinem zauberhaften Mund zu hören. Wie geht es dir?"

„Ich war heiser, bin aber schon wieder so gut wie geheilt. Was gibt's?"

„Hast du noch Lust auf einen Spaziergang an der Isar, bevor es dunkel wird? Es ist erstaunlich mild. Ich würde dich abholen. Oder ist das für deinen Hals ungünstig?"

„Frische Luft würde mir sicher guttun. Ich werde mich warm anziehen und einen dicken Schal um meinen Hals wickeln."

Sie schlenderten flussaufwärts auf der linken Seite der Isar entlang und plauderten erst ein wenig über Hausmittel bei kleineren Beschwerden, über hochnäsige Gäste in Julians Hotel und über die neueste Outdoor-Mode. Dabei hielten sie ihre Hände oder gingen eng umschlungen.

„Julian, ich habe eine Bitte an dich. Ich brauche dich als Proband für einen Gedankenlesetest. Jetzt."

„Warum das denn?"

„Ich muss wissen, ob oder wie gut ich es noch kann. Mir sind bei der letzten Show Fehler passiert. Ich bin etwas durcheinander."

„Oh!" Julian war erstaunt. „Was für Fehler? Bitte sag nicht, dass du wieder irgendwelche halbtote Männer gesehen hast."

„Nein, nein. Es ist viel banaler. Ich habe Zahlen verdreht und Tiere verwechselt. Ein absolutes No-Go. Können wir loslegen?"

„Was soll ich tun?"

„Stell dir irgendwelche, möglichst verrückte Sachen vor, denk an Dinge, die ich nicht wissen kann, schnell hintereinander. Bitte lass uns mit etwa zwei Meter Abstand nebeneinander hergehen, sonst ist es zu einfach für mich."

„Okay."

Meine Chefin hat einen schönen Busen – ich würde ihn gerne mal berühren. In der Isar schwimmt ein Zebra und quietscht wie eine Ente – es regnet gleich Goldmünzen – so ein Quatsch! – nun ein paar Zahlen: 16, 80, 007 – ich hasse Parfüm, das nach Putzmittel riecht – jetzt fällt mir nichts mehr ein.

„Reicht das?"

„Ja. Du hast Folgendes gedacht ..." Sarischa zählte auf, was sie las. „Und? Stimmt es?"

„Es war alles richtig."

„Hundert Prozent?" Sie sah Julian erwartungsvoll an.

„Ja. Super, dass du dir das alles merken kannst – unglaublich."

„Gut. Immerhin. Aber das war leicht, denn zu dir habe ich einen sehr guten Zugang. Die eigentliche Prüfung folgt beim nächsten Live-Auftritt."

Julian trat wieder näher zu Sarischa. Nach ein paar Schritten dachte er dann an das, was ihn momentan bewegte. Sarischa war noch voll auf ihn eingestellt und las seinen Gedanken. Aber sie reagierte nicht gleich darauf, weil sie es kaum fassen konnte. Sie hielt Julian am Arm fest, blickte tief in seine Augen. Natürlich wusste Julian, dass Sarischa nun Bescheid wusste.

„Vivi ist schwanger?", fragte Sarischa.

„Ja. Sie ist schwanger.

„Ist sich Vivi sicher?"

„Ja. Sie war schon bei ihrer Frauenärztin." Julians Stimme klang neutral, sodass Sarischa befürchtete, dass er nicht wirklich begeistert war, Vater zu werden.

„Ja ... und ... freust du dich?", fragte sie vorsichtig, ohne den Blick von ihm zu lösen.

„Ich freue mich sehr."

„Das ist wunderbar! Ich gratuliere dir, also euch. Der verrückte Julian wird Vater – unglaublich. Ich freue mich für dich. Aber für mich ist es traurig. Du wirst dich von mir abwenden."

„Nein, niemals. Du bleibst meine Nummer eins. Du warst vor Vivi da. Wir werden uns nach wie vor sehen."

„Ach Julian, das wird nicht funktionieren."

„Das muss." Julian glaubte wirklich, dass Sarischa weiterhin die Bedeutung in seine Leben haben würde, wie das bislang der Fall war.

„Nein Julian. Für dich beginnt ein neues Leben, in

dem ich nur noch eine untergeordnete Rolle spielen werde. Und das ist auch richtig so. Die wilden Jahre sind vorbei. Du musst dich in Zukunft um das Kind und um Vivi kümmern. Du hast Verantwortung."

Julian schwieg. Sarischa spürte, dass Julian etwas bedrückte. Seine Gedanken las sie nicht, obwohl es Julian sogar recht gewesen wäre, denn nun musste er darüber sprechen, was er ja eigentlich wollte, aber wie sehr ihm das Thema zu schaffen machte, wurde ihm gerade eben erst richtig bewusst.

„Was ist los, Julian. So richtig scheinst du dich nicht zu freuen."

„Doch, doch, ich schon, aber Vivi … Vivi ist sich nicht sicher. Sie weiß noch nicht, ob sie das Kind, *unser Kind*!, abtreiben lassen will. Ich möchte das nicht, aber es macht natürlich auch keinen Sinn, wenn sie es bekommt und dann …" Er hob seine Hände zu einer fragenden Geste „vielleicht ablehnt?"

„Sie muss sich wohl erst an den Gedanken gewöhnen. Wovor hat sie denn Angst?"

„Sie ist erst dreiundzwanzig, hat das Gefühl, dass sie sich noch nicht ausgelebt hat, dass sie ihren Beruf nicht mehr weiterverfolgen kann, dass sie schlichtweg noch nicht reif ist für die Mutterrolle. Ich sehe das anders, aber … was soll ich machen?"

„Schwierig. War sie schon in einer Beratungsstelle?"

„Morgen hat sie einen Termin."

Schweigend liefen sie ein Stück weiter. Die Sonne lag schon tief, war aber noch stark genug, um nicht frieren zu müssen. Direkt am Isarufer lag ein großer Holzstamm. Ein älteres Pärchen, das sich dort niedergelassen hatte, stand gerade auf.

Sarischa deutete auf den Stamm. „Lass uns dort ein Weilchen hinsetzen."

„Bist du dir denn wirklich ganz sicher, dass du das Kind willst?" Sarischa vermutete, dass er seine Zweifel auf Vivi projizierte und er sich somit – erst einmal – mit seinen eigenen Ängsten nicht auseinanderzusetzen brauchte. Die Psychologin kam durch.

„Ich bin mir sicher. Ich würde das Kind wollen, eine Familie gründen, den Kinderwagen schieben, die Windeln wechseln – alles, was dazu gehört. Du traust mir das nicht zu, nicht?"

„Ich habe mir darüber noch keine Gedanken gemacht."

„Du siehst mich wahrscheinlich nur als einen rein lustbetonten Mann, der bindungsunfähig und ständig hinter neuen Frauen her ist. Dass ich mich aber auch weiterentwickle, das kommt dir nicht in den Sinn. Mit Vivi war es mir von Anfang an ernst."

„Es tut mir leid. Ich habe dich vielleicht wirklich in eine Schublade gesteckt. Ich bin manchmal etwas blind auf einem Auge."

„Das kann man so sagen."

„Bist du sauer auf mich?"

„Nein. Ich bin nicht sauer auf dich. Ich bin sauer auf Vivis Ängste, die ich ihr nicht nehmen kann. Ich würde sogar die Hausmann-Rolle übernehmen. Aber das will sie auch nicht. Nun gut. Lassen wir das Thema. Sie wird sich schon richtig entscheiden."

Sarischa dachte an ihre eigene Situation, die gar nicht mal so ganz anders war. Auch sie musste warten, wie sich Robert entscheiden wird, und konnte nichts dazu tun.

„Wie geht es denn dir?", fragte Julian nach einer Weile. Gibt es Neues an der Robert-Front?"

„Front ist gut. Ich weiß nicht, wie es mit uns weitergeht, wenn überhaupt."

Sie erzählte von dem Experiment zum Gedankenlesen, das Robert überzeugt, aber leider auch völlig verschreckt hatte. „Seitdem warte ich auf ein Zeichen von ihm."

„Bist du eigentlich verliebt in ihn?"

„Ja, bin ich."

„Und er in dich?"

„Ja, schon. Aber ich denke, er liebt auch Tami, seine Frau. Es ist schwierig."

„Weiß sie von dir?"

„Ja, er hat es ihr gesagt.

„Warum?"

„Sie hat einen Kassenbon über Kondome bei ihm gefunden."

„Blöd."

„Ja. Und sie will um ihn kämpfen. Es ist durchaus möglich, dass sie gewinnt, ihn zurückgewinnt. Und ich bin und bleibe wieder allein."

„Das bist du nicht. Die Männer laufen dir doch hinterher, suche dir einen anderen. Außerdem hast du einen spannenden Beruf, bei dem du sehr viel Geld verdienst. Du darfst dich glücklich schätzen, dass du in so einer privilegierten Situation bist."

„Glücklich? Ich bin alles andere als glücklich. Ich werde kein Kind mehr bekommen, der Zug ist abgefahren. Ob ich Robert jemals wiedersehen werde, weiß ich nicht. Außer dir – du bist mein einziger wirklicher Freund – gibt es noch Regina. Ansonsten habe ich kaum Freunde. Bekannte ja, Leute, die mich als interessantes, aber dubioses Objekt betrachten, doch das sind keine Freunde. Niemand kann sich vorstellen, dass das Gedankenlesen eine Bürde ist, die einen von den normalen Menschen trennt. Und meine Konzentration lässt nach. Ich werde möglicherweise bald nur noch in der mittelmäßigen Liga mitspielen, als eine, die mal gut war, deren Stern sinkt und irgendwann vergessen sein wird. Ich fühle mich allein, einsam, isoliert, gefangen – gefangen von den Mauern meiner Fähigkeit, von der ich jedoch abhängig bin. Ich habe Angst, depressiv zu werden. Manchmal will ich gar nicht mehr leben.

„Mach bloß keinen Scheiß. Ich will nicht zwei Menschen verlieren, mein ungeborenes Kind und auch noch dich. Ich brauche dich genauso wie du mich." Er streichelte ihre Hände, die verknotet auf ihrem Schoß lagen. „Gehen wir zurück?"

Sie erhoben sich vom Holzstamm und umarmten sich fest und lange.

Auf dem Heimweg wurde Sarischa auf eine unangenehme und schmerzliche Weise bewusst, dass sie gegenüber Vivi Neidgefühle hegte. Schlimmer noch. Sie wünschte sich, dass Vivi das Kind abtriebe. Sie wollte Julian nicht an sie verlieren. Denn wenn Julian sich von ihr zurückziehen würde, weil er keine Zeit und Kraft mehr für sie hätte, wer wäre dann noch für sie da?

18

„Meine Damen und Herren, nun widmen wir uns dem Thema Entscheidungen. Sie alle treffen tagtäglich unzählige Entscheidungen, auch wenn Ihnen das in den meisten Fällen gar nicht bewusst sein dürfte."

Sarischa stand in ihrem goldgelben Kleid auf der Bühne und sah phantastisch aus. Dreihundert Zuschauer waren gekommen – die Show war ausverkauft.

„Nachdem Sie morgens wach werden, stehen sie auf. Sie glauben, sie stehen ganz automatisch auf, aber so ist es nicht. Sie entscheiden sich dafür. Sie könnten auch liegenbleiben, aber dann würden sie zum Beispiel zu spät zur Arbeit kommen und das möchten sie nicht, denn das hätte Folgen. Also entscheiden Sie sich, aufzustehen. Jeden Morgen. Manchmal entscheiden Sie sich, liegenzubleiben, wenn sie sich krank fühlen, anderenfalls müssten sie damit rechnen, noch kränker zu werden. Dann arbeiten Sie den ganzen Tag, und auch da, eine Entscheidung nach der anderen. Abends war geplant, dass Sie mit Ihrer Freundin oder Ihrem Freund zum Essen gehen, aber Sie haben gar keine Lust mehr. Doch Sie entscheiden sich dafür, nicht abzusagen, denn er oder sie wäre dann sauer, was zu unangenehmen Diskussionen führen würde. Doch vielleicht war Ihre Entscheidung falsch und der Abend wird anstrengend, weil Sie Ihre Müdigkeit oder Lustlosigkeit nicht unterdrücken können. Trotzdem entscheiden Sie sich, so nett wie möglich zu sein. Und so geht es weiter … Situation für Situation, Tag für Tag, unentwegt Entscheidungen.

Okay, das sind keine wirklich wichtigen Entscheidungen. Es geht nicht darum, einen Job zu kündigen, eine Scheidung einzureichen oder sich einer Schönheitsoperation zu unterziehen. Bei wichtigen Entscheidungen denkt man in der Regel länger nach, wägt ab und tut sich trotzdem oft schwer, sich zu entscheiden.

Nun, meine Damen und Herren, nach dieser Einleitung komme ich nun zur Erklärung des nächsten Spiels. Bei vielen Entscheidungen kämpfen oft Bauch und Kopf miteinander. Fast immer spielen auch noch unbewusste Einflüsse eine Rolle, die man nicht zu greifen bekommt, dabei wäre dies oft hilfreich. Haben Sie sich nicht auch schon so manches Mal gefragt, warum mache ich eigentlich dieses oder jenes? Warum entscheide ich nicht anders? Sie finden keine Antwort. Und bei den wichtigen Entscheidungen drängt möglicherweise die Zeit, sonst hat sich eine Sache von selbst entschieden.

Ich möchte Ihnen heute anbieten, sich in dieser Hinsicht von mir Hilfe zu holen. Ich kann Ihnen zwar keine Entscheidung abnehmen, aber ich kann – nicht immer, aber oft (diesen Einwand ließ sie sicherheitshalber einfließen) – Ihre unbewussten, verklausulierten oder verschwommenen Gedanken und Gefühle lesen und diese für Sie ordnen, sodass Sie mehr Klarheit in Ihre Entscheidungsprozesse bekommen.

Bitte überlegen Sie sich, bei welcher anstehenden Entscheidung Sie gerne mehr erfahren möchten. Sie brauchen diese nicht laut auszusprechen. Sie kommen auf die Bühne, ich lege meine Hand auf Ihre Schulter und dann brauche ich eine Weile, bis ich Ihnen etwas sagen kann. Keine Angst, ich werde nichts aussprechen, was für das Publikum ungeeignet wäre. Ich denke aber, Sie werden meine Hinweise schon verstehen. Aber – das ist wichtig – ich sage nicht, dass ich recht habe. Sie entscheiden, ob Sie mit meinen Äußerungen etwas anfangen können oder nicht.

Bitte denken Sie nun nach, ob und mit welchem Thema Sie mitmachen wollen."

Dies war eine lange Einleitung, und es war auch eine der schwersten Darbietungen, denn hierbei musste sie sich extrem konzentrieren und trotzdem entspannt bleiben. Sie und ihr Vater nannten dies: *Persentiokonzentration.* Es war ein Risiko, ob es funktionierte. Aber es war vor allem ein Test für sie selbst: Konnte sie es noch? Wenn es glückt, dürfte wieder alles gut sein; wenn es missglückt, dann galt es – auch für sie –, eine Entscheidung zu treffen.

Mit mehr als vier Personen hintereinander konnte sie nicht arbeiten. Aber diese Personen waren oft dermaßen erstaunt und auch begeistert, dass sie gelegentlich um eine Beratung bei Ihr angefragt haben. Das hatte sie aber bisher immer abgelehnt. Sie wäre sich vorgekommen wie eine Geistheilerin, und das war sie nun wirklich nicht.

Nach einer Weile meldeten sich mindestens fünfzehn Leute. Das waren außergewöhnlich viele.

„Leider können nur vier Leute mitmachen. Ich nehme zwei Frauen und zwei Männer." Sie wählte aus den vorderen und mittleren Plätzen je eine Frau und einen Mann. Dann suchte sie in den hinteren Plätzen noch zwei Personen, die sie jedoch aufgrund der dunklen Beleuchtung nicht gut erkennen konnte. Sie achtete gerne auf eine Altersstruktur, die dem Durchschnitt des Publikums entsprach.

Ihr Blick schweifte vorbei an den erhobenen Händen einer jungen Frau, die anscheinend unbedingt drankommen wollte. Eine ältere Frau wäre ihr lieber gewesen. Doch als sie bemerkte, wer neben ihr saß, stockte ihr der Atem. Es war Robert.

Sie sah noch einmal ganz genau hin. Ja, er war es. Im ersten Moment freute sie sich, im zweiten Moment, war sie verunsichert und wurde etwas nervös, und im dritten

220

Moment blieb ihr nichts anderes übrig, als sich zusammenzureißen. Sie konnte jetzt nicht ihren aufgeregten Gefühlen nachgeben, sie musste die Show durchziehen. Sie wählte nun doch die junge Frau mit den zwei erhobenen Händen und einen älteren Mann.

Bevor sie sich auf ihre Kandidaten konzentrierte, warf sie noch mal einen Blick zu Robert. Sie lächelte irgendwohin ins Dunkle, denn im Saal wurde, als die Kandidaten auf der Bühne standen, die Beleuchtung wieder heruntergefahren. Sie freute sich. Sie freute sich über Roberts Besuch sogar sehr, was immer dieser auch zu bedeuten hatte.

Die Nummer mit den unbewussten Entscheidungskriterien gelang ihr ausgezeichnet, obwohl sie bei allen vier Personen ungewöhnlich lange brauchte, bis sie einen Zugang zu deren verborgenen Gedanken fand. Doch die Kandidaten schienen alle sehr beeindruckt gewesen zu sein und gaben vor dem Publikum positives Feedback. Auch die restliche Show zog sie bestens durch, bis auf einen Fehler. Sie verwechselte bei einer Kandidatin deren Vater mit der Mutter, was kurzzeitig zu Irritationen führte. Sarischa überspielte dies und sprach quasi übergreifend von den Eltern. Die Korrektur war zwar nicht besonders galant, aber die Kandidatin gab sich damit zufrieden. Manchmal konnte Sarischa sogar lustige Einlagen bringen, was nicht unbedingt ihre Stärke war. Doch die Tatsache, dass Robert hier war, beflügelte sie.

Nach der Show verschwand sie im Backstage-Bereich. Normalerweise hätte sie sich jetzt umgezogen und mit dem Veranstalter, der sich bei ihr für den gelungenen Abend bedankte, noch ein Glas Wein getrunken sowie ein paar Details für die nächste Show besprochen. Doch ihre Gedanken war bei Robert. Sie musste unbedingt noch mal in den Saal. Sie musste wissen, ob er auf sie wartete oder ob er nur da gewesen war, um sie zu beobachten.

„Es tut mir leid", sagte Sarischa zum Veranstalter. „Ich muss dringend mit einem bestimmten Gast ein paar Worte wechseln. Ich komme gleich noch mal zu Ihnen."

„Na klar doch. Lassen Sie sich Zeit. Wir können unseren Wein auch verschieben, wenn Ihnen das lieber ist."

„Es sieht danach aus. Ich sage gleich Bescheid."

Sarischa ging zurück in den Saal. Sie hatte Robert sofort entdeckt. Sie bahnte sich einen Weg durch die aufbrechende Gästeschar, was natürlich etwas dauerte, denn sie wurde mehrmals angesprochen. Natürlich wechselte sie ein paar Worte mit ihren Fans. Robert saß immer noch auf seinem Platz vor einem leeren Bierglas und lächelte ihr zu. Er hatte auf sie gewartet.

„Schön, dich zu sehen", sagte er.

„Hallo Robert. Ich hätte nicht gedacht, dass du noch mal zu einer Vorstellung von mir kommst, dass du mich überhaupt noch mal sehen willst."

„Ich auch nicht. Aber ich habe nachgedacht. Und – nun ja, ich vermisse dich."

„Ich habe dich auch vermisst."

Sie umarmten sich vorsichtig.

„Wollen wir aufbrechen oder musst du hier noch was erledigen?"

„Ich muss noch meine Sachen holen und mich beim Veranstalter verabschieden."

Als sie zurückkam, stand fest, ohne dass sie darüber sprechen mussten, dass sie zu Sarischa fahren würden.

„Wo hast du dein Auto?", fragte Robert.

„Ich bin mit dem Taxi hier."

„Super. Mein Auto steht um die Ecke."

„Du weißt, du bekommst keinen Parkplatz bei mir", sagte Sarischa ein wenig keck.

„Glaubst du, dass mir das wichtig ist? Irgendwo stell ich die Karre schon hin."

Doch es gab einen Parkplatz, sogar direkt vor dem Haus. Bevor sie ausstiegen, sahen sie sich in die Augen, als müssten sie prüfen, ob es für beide gut und richtig war, wenn Robert mit zu Sarischa hochging. Sie stiegen aus. Bevor Sarischa die Haustür aufsperrte, küssten sie sich – erst zärtlich sanft, dann leidenschaftlich.

„Ich brauche ein Glas Wasser. Ich bin komplett dehydriert", klagte Sarischa.

Sie standen in der Küche. Sarischa schüttete einen halben Liter Wasser in sich hinein, während Robert versuchte, ihr das Kleid, das einen weiten Ausschnitt hatte, unter ihre Brüste zu ziehen.

„Hey, du machst mein Kleid kaputt", beschwerte sie sich.

„Ich befreie deinen Busen. Das muss das Kleid aushalten."

Das tat es – und er küsste ihre Brüste. Sie zogen sich aus, dann liefen sie kreischend wie Teenager ins Schlafzimmer. Sie liebten sich mit voller Lust und Hingabe. Robert hatte alles andere als Schwierigkeiten, sondern genoss jede Sekunde.

Nach dem Liebesakt lagen sie ermattet nebeneinander.

Irgendwann fragte Sarischa: „Hast du immer noch Angst vor mir?"

„Ja."

„Und trotzdem besuchst du mich?"

„Ja."

„Und das hältst du aus?"

„Ja."

„Die nächste Frage stelle ich so, dass du nein sagen musst."

„Die nächste Frage stelle ich."

„Okay." Sarischa war gespannt.

„Willst du, dass wir uns weiterhin sehen?"

„Ja. Und du?

„Ich will es auch, obwohl ich nach wie vor irritiert bin nach diesem aufklärenden Experiment. Aber ich kann dich nicht vergessen. Ich werde mit deinem Gedankenlesen schon irgendwie zurechtkommen, vorausgesetzt es ist wirklich so, wie du sagtest, dass du es bei mir nicht kannst." Ein zweifelnder Blick traf Sarischa.

„Ich habe dich nicht angelogen. Vertraust du mir?"

„Ich versuche es. Aber warum solltest du das Gedankenlesen ausgerechnet bei mir nicht können? Das zu glauben, ist schwierig."

„Ich kann es dir nicht erklären. Bei manchen Menschen ist es einfach so. Aber für uns bedeutet das wohl einen seltenen Glücksfall."

„Hoffentlich bleibt es so", sagte Robert und küsste Sarischa auf die Stirn.

Sie kuschelten sich aneinander und waren kurz davor einzuschlafen. Doch Sarischa wurde plötzlich wieder wach. „Ich glaube, es hat geklingelt", sagte sie.

„Hm? Was ist?" Robert döste noch.

„Es hat geklingelt", wiederholte sie und rempelte Robert sanft an.

„Ich habe nichts gehört."

„Doch."

Dann klingelte es noch mal.

Robert hat es nun auch gehört. Sarischa fragte sich, wer das sein konnte. Julian? Unwahrscheinlich. Einbrecher, die checken, ob jemand da ist? Sie setzte sich auf, als sie ein Klopfen hörte.

„Da ist jemand an der Wohnungstür." Sarischa war beunruhigt. „Niemals würde um elf Uhr nachts ein Nachbar klopfen. Ich habe Angst. Vielleicht will mich jemand überfallen?"

Robert setzte sich nun auch auf. „Wir schauen nach."

Langsam und leise schlichen sie durch den langen Gang, und Sarischa lugte durch den Spion. „Das darf nicht wahr sein. Es ist Tami", flüsterte sie mit entsetzter Mimik. „Sie war vor Kurzem schon mal unten vor der Haustür gestanden."

„Das glaube ich nicht. Lass sehen." Er drängte Sarischa beiseite, damit er durch den Spion blicken konnte. Dabei knarzte das alte Eichenparkett. Man konnte es von draußen hören, das wusste er. Schließlich stand er auch schon mal vor Sarischas Tür.

„Das gibt es doch nicht", empörte sich nun auch Robert leise.

Tami hörte sehr wohl, dass sich jemand hinter der Tür befand. „Du kannst ruhig aufmachen", sagte sie und klopfte wieder. „Ich weiß, dass du hinter der Tür stehst und ich weiß, dass Robert bei dir ist. Steht er neben dir? Also, macht auf. Sonst mach ich Rabatz."

„Wir müssen sie reinlassen", sagte Sarischa.

„Nein, auf keinen Fall. Sie verschwindet schon wieder."

„Meinst du?"

„Ja."

Da hat er sich aber getäuscht. Sie klingelte und klopfte und rief laut: „Aufmachen. Macht endlich auf. Sofort. Sonst schreie ich."

„Wer weiß", flüsterte Sarischa, „was Tami für einen Zirkus veranstaltet, wenn wir nicht öffnen. Am Schluss holt ein Nachbar die Polizei. Das kann ich nicht brauchen. Wir müssen aufmachen."

Sie tippelten in die Küche und suchten ihre Klamotten. Tami klopfte immer stärker. Es würde sich bald ein Nachbar beschweren. Sie mussten sich beeilen.

„Wir sagen ihr, ich hätte dich nach der Vorstellung nach Hause gefahren, was ja auch stimmt, und dann wäre ich noch kurz mit hochgekommen." Robert setzte sich auf einen Stuhl, um einen gewöhnlichen Besuch vorzutäuschen, was natürlich völliger Unsinn war.

Sarischa tippelte zurück zur Wohnungstür, öffnete sie und stand vor einer verärgerten Tami.

„Lass mich rein."

„Was willst du hier schon wieder? Noch dazu um

diese Uhrzeit?"

Tami drückte Sarischa heftig zur Seite und betrat die Wohnung. „Wo ist Robert? Ich weiß, dass er hier ist. Lügen ist zwecklos."

„Okay. In der Küche. Geradeaus, das hintere Zimmer."

Sie lief schnurstracks zur Küche und starrte Robert an. Sie stützte sich am Türrahmen ab und presste die Lippen aufeinander.

„Ja, ich bin hier. Hallo Tami. Spionierst du mir nach?"

Er erhob sich vom Stuhl und ging einen Schritt auf sie zu. Sie setzte sofort einen Schritt zurück in den Flur, in dem auch Sarischa noch stand.

„Glaubst du, ich bin blöd? Du warst heute bei ihr in der Vorstellung. Ich habe die Eintrittskarte gesehen. Da brauchte ich nur noch eins und eins zusammenzählen. Ich war mir sicher, dass ihr euch nach der Vorstellung hier treffen würdet. Ich habe unten auf der anderen Straßenseite gewartet. Und siehe da, wie vermutet, ihr seid zusammen angekommen. Und dann konnte ich beobachten, wie ihr vor dem Haus geschmust habt. Ich dachte, ich warte, ob du wieder aus dem Haus kommst. Aber das war nicht der Fall. Du warst wieder im Bett mit ihr."

Tami war wütend. Sie wurde laut. „Du bist der größte Arsch aller Zeiten. Du hast mir die ganze Zeit was vorgemacht. Von wegen, du kannst nicht mehr, Frauen machen dich nicht mehr an, deine Libido ist auf null … und den ganzen Schwachsinn. Dass du in Iffeldorf ein Wochenende mit ihr verbracht hast, um dich auszutesten, kann ich soweit verstehen, aber dass das weitergehen soll mit ihr (sie warf Sarischa einen verhassten Blick zu), das akzeptiere ich nicht." Und an Sarischa gewandt: „Du bist sowieso die Hinterletzte. Du hast mich von Anfang an nur benutzt, um an Robert ranzukommen. Du hinterlistige Kuh!"

„Jetzt hör endlich auf, dich hier so aufzuführen", sagte Sarischa.

„Ich hätte mich schon sehr viel früher aufführen sollen, weil ich nicht weiß, was ich noch glauben soll." Sie warf Robert einen bitterbösen Blick zu. „Vielleicht hast du noch diverse andere Weiber gefickt. Wozu brauchst du mich noch? Soll ich die charmante Frau an deiner Seite spielen, wenn der tolle Herr Doktor auf Kongressen eine Dolmetscherin braucht? Oder nimmst du jetzt dann sie mit? Hm? Wer war ich für dich all die Jahre und wer bin ich noch für dich, jetzt, wo du *sie* hast, die dich endlich befriedigt, die dir das gibt, was ich dir anscheinend nicht geben konnte – sie, die esoterische Tussi?" Du hasst doch alles Esoterische, sagtest du immer. Alles gelogen."

Plötzlich war Tami still. Sie lehnte sich an die Wand und ließ ihren Blick an Sarischa hinabgleiten. Dann sagte sie zu Robert: „Wir fahren jetzt nach Hause."

Robert war fassungslos über Tamis emotionalen Ausbruch. So hatte er sie noch nie erlebt. Er starrte sie an, machte aber keine Anstalten aufzubrechen.

„Los komm. Sonst bin ich morgen beim Scheidungsanwalt. Wenn ich dich daran erinnern darf: Das Haus gehört meinen Eltern, die uns dort wohnen lassen. Du hast nicht mal einen Mietvertrag."

Robert zuckte mit den Schultern. Er war mit der Situation überfordert. Er wollte Sarischa nicht einfach stehen lassen und brav seiner Frau folgen, wie ein kleiner Junge, der etwas ausgefressen hatte. Aber er fühlte sich auch Tami gegenüber verpflichtet. Sie war immer noch seine Frau.

„Okay, wir gehen."

Er zog seine Jacke an und suchte sein Handy, das auch irgendwo in der Küche sein musste. Währenddessen drehte sich Tami zu Sarischa und pfiff mit drohendem Unterton: „Halte dich fern von ihm". Sie boxte ihr heftig mit der Faust gegen das Brustbein.

Das ließ sich Sarischa nicht gefallen, packte Tami an den Schultern und stieß sie gegen die Wand.

„Aua!", schrie Tami. „Spinnst du?"

„Wer spinnt hier?", fauchte Sarischa. "Wenn du handgreiflich wirst, geht das entschieden zu weit. Dann ich wehre mich."

„Hört auf mit dem Scheiß", befahl Robert. „Ich kann mein Handy nicht finden."

„Also ob das jetzt wichtig wäre", zischte Tami. „Das liegt bestimmt in ihrem Bett!"

„Es liegt hinter der Obstschale", sagte Sarischa.

Tami stapfte zur Wohnungstür und Robert folgte ihr. Sarischa sah ihnen hinterher. Als Tami die Tür öffnete, blieb Robert stehen und drehte sich zu Sarischa um. „Es tut mir leid. Ich ruf dich morgen an."

Sie fuhren nach Hause – schweigend. Sie gingen ins Haus, in die Diele – schweigend. Sie hängten ihre Mäntel an die Garderobe – immer noch schweigend. Dann sagte Tami ganz ruhig, fast wie nebenbei: „Wenn du sie morgen anrufst, dann sag ihr, dass euer Verhältnis zu Ende ist. Du wirst sie nicht mehr sehen. Kein einziges Mal."

„Tami bitte, lass uns morgen Abend über alles reden."

„Nein Robert, es gibt nichts zu bereden. Entweder sie oder ich. Ich werde ab morgen für zwei bis drei Wochen unterwegs sein; in der Zeit kannst du über alles nachdenken, wieder einen klaren Kopf kriegen. Und ich auch."

„Was heißt ‚unterwegs sein'?"

„Das spielt keine Rolle. Ich bin eben nicht da. Und ich werde auch nicht ans Telefon gehen oder Textnachrichten beantworten. Bitte schlafe heute im Gästezimmer."

„Tami ist weg", sagte Robert am Telefon. „Heute früh verließ sie mit zwei Koffer das Haus."

„Wo ist sie denn hin? Habt ihr gestern noch gestritten?", fragte Sarischa.

„Wir haben nicht gestritten. Sie sagte, wir – also du und ich – müssten unser Verhältnis beenden, sie wäre ein paar Wochen unterwegs, ich sollte in der Zeit wieder einen klaren Kopf kriegen. Ich weiß nicht, wo sie ist."

„Sie ist gekränkt; das wäre ich an ihrer Stelle auch. Vermutlich sucht sie Trost bei Freddy."

„Ich weiß nicht …"

„Machst du dir etwa Sorgen um sie?"

„Ich habe Tami noch nie so ausgerastet erlebt, wie gestern bei dir."

„Denkst du, dass sie dich verlässt?"

„Nein, das nicht."

„Hast du etwa Angst, dass sie sich was antun könnte, nur weil du mit mir Sex hattest? Das ist doch lächerlich."

„Nein. Das glaube ich nicht. Außerdem liebt Tami das Leben. Sie würde sich nie umbringen."

„Dann ist doch alles okay." Sarischa hatte keine Lust, Robert wegen seiner durchgedrehten Frau zu bemitleiden. „Wann sehen wir uns wieder? Oder willst du unser Verhältnis tatsächlich beenden?"

„Nein, natürlich nicht", entrüstete sich Robert.

„Ich bin die kommenden Wochen auf Tour und somit nicht in München. Ausnahme nächsten Mittwoch. Mein Vater hat mich eingeladen, aber wir könnten uns anschließend treffen – so gegen zweiundzwanzig Uhr?"

„Nächsten Mittwoch? Geht nicht. Ich bin in Frankfurt bei einem Kongress. Aber am Donnerstag hätte ich Zeit."

„Da bin ich in Hamburg. Es schaut danach aus, dass wir uns vorübergehend nicht sehen können. Ganz im Sinne von Tami, kannst du also tatsächlich den Kopf freikriegen."

„Keine Angst, ich lasse mich von Tami nicht erpressen. Ich hoffe, wenn sie wieder zurück ist, dass wir dann reden können, wie es weitergeht …"

„Tami wird dich zwingen – davon gehe ich aus, so wie sie sich aufgeführt hat –, dass mit uns definitiv Schluss sein muss. Sie oder ich!"

„Genau das hat sie gestern gesagt."

„Und wie wirst du dich entscheiden?"

„Gar nicht."

„Dann würde sie dich verlassen, und das würde bedeuten, dass du dich für mich entscheidest. Das wirst du aber nicht tun, denn wir kennen uns überhaupt nicht. Du wirst dich für Tami entscheiden, weil du gar nicht weißt, wie ich im Alltag bin, ob du mich auf Dauer ertragen kannst, mich, die Gedankenleserin. Ein zu großes Risiko. Da bleibst du lieber bei ihr, im sicheren Hafen, nicht wahr? Tami ist bei dir geblieben, obwohl du mit ihr nicht mehr geschlafen hast, denn sie braucht dich. Und du sie auch."

„Vielleicht nicht mehr", wandte Robert ein.

„Vielleicht … hm."

„Ich hänge an Tami, das ist schon richtig, aber mit dir habe ich ein neues Leben entdeckt, das ich nicht aufgeben will, bevor es überhaupt richtig angefangen hat."

„Du willst uns also beide."

„Ja. Zumindest vorübergehend."

„Vorübergehend?" Das gefiel Sarischa gar nicht. „Du willst dich also nach einer gewissen Zeit für eine von uns beiden entscheiden? Das ist ja wie in einem Assessmentcenter. Ich müsste mich bewähren und die von dir gestellten *Prüfungen* bestehen. Damit ich überhaupt eine Chance hätte bei dem Rennen um deine Gunst, müsste ich dir in der *vorübergehenden* Zeit die Sicherheit einer geborgenen Beziehung geben, die du mit Tami hast und zugleich müsste ich die sexuell-erotische Stimulanz für dich sein, das Salz in der Suppe, das du von Tami nicht mehr bekommst. Glaubst du denn allen Ernstes, dass ich das mitmache?"

„Stopp mal", unterbrach sie Robert. „So war das nicht gemeint. Du musst weder Prüfungen bestehen noch vergleiche ich dich mit Tami. Du bist für mich einzigartig. Ich will dich nicht verlieren. Ich möchte mich weiter mit dir treffen."

„Also gut", sagte Sarischa nun etwas beschwichtigend. „Es gehen jetzt ohnehin einige Wochen ins Land, dann werden wir ja sehen, wie die Lage dann ist."

„Ich sage es noch mal, weil du es anscheinend nicht wirklich gehört hast: Ich will dich nicht verlieren. Sarischa, das ist mein Ernst." Robert schwieg einen Moment. „Ich kann mich momentan nicht gegen Tami entscheiden. Mir geht das alles viel zu schnell. Bitte gib uns trotzdem eine Chance."

Sarischa antwortete nicht sofort. „Okay", sagte sie zögernd, „vielleicht bin ich manchmal zu ungeduldig. Ich verstehe, ja dass du etwas Zeit brauchst, um mit der Situation klarzukommen."

„Das freut mich. Lass uns in Verbindung bleiben, während du auf Tour bist – ja?"

„Ja."

Sie beendeten das Gespräch.

Sarischa ging auf den Balkon und atmete die frische Herbstluft ein. Jetzt sind die Fakten auf dem Tisch, dachte sie. Tami kämpft um Robert. Er möchte uns beide. Und ich will, dass er sich für mich entscheidet.

19

Sarischa stand mit einem Blumenstrauß und einer Falsche Champagner vor der Wohnungstür ihres Vaters. Er
hatte sie eingeladen, ohne einen Grund zu nennen. Vielleicht wollte er einfach mal wieder quatschen, dachte sie.
Doch als ihr Vater die Tür öffnete, hörte sie im Hintergrund Stimmengemurmel. Sie waren also nicht allein.

„Hallo Papa. Es sind noch mehr Gäste hier?"

„Ja, komm rein."

„Gibt es etwas zu feiern?" Noch während sie die
Frage stellte, hatte sie eine Ahnung. War das eine Ver-
lobungsfeier? Wollte ihr Vater Maria, seine neue Freundin, heiraten?

„Das wirst du gleich erfahren."

In dem kleinem Esszimmer waren einige Gäste ver-
sammelt: Maria – perfekt gestylt mit einem roten Kleid
und einer großen Perlenkette – sowie Evelyn, Marias
Tochter. Sarischa kannte Evelyn noch nicht und freute
sich, sie endlich kennenzulernen. Außerdem waren zwei
Ehepaare – gute Bekannte ihres Vaters – und sonstige
Freunde anwesend.

Peter Tämlin, Sarischas Vater, hatte aufgetischt. Es
gab Salate und viele verschiedene Häppchen, pikante
und süße. Alles sah sehr verführerisch aus. Die Gäste
waren bei guter Stimmung und hatten wohl schon einige
Aperitifs intus.

Sarischa kam als Letzte – und nun waren sie vollstän-
dig. Bevor das Buffet eröffnet wurde, ergriff Peter das
Wort. Er sprach nicht lange drum herum, denn im

Grunde wussten ohnehin alle, warum sie eingeladen wurden. Sarischa lag mit ihrer Vermutung richtig. Er und Maria hatten sich verlobt.

„Einen Hochzeitstermin haben wir noch nicht", sagte Maria. „Wir planen grob nächstes Frühjahr – April, spätestens Mai. Anschließend wollen wir auf Reisen gehen."

Peter umarmte Maria. „Wir sind sehr glücklich. Und wir freuen uns, dass ihr alle da seid und hoffen, dass ihr zu unserer Hochzeit kommt, falls wir noch leben."

„Und wie ihr leben werdet!", sagte ein Freund von Peter. „Besser als je zuvor. Es gibt keine bessere Lebensversicherung als eine glückliche Liebe."

„Sonst wäre es ja keine Liebe, wenn man nicht glücklich ist", murmelte ein Freundin von Maria.

„So", sagte Peter. „Und nun greift zu. Es darf nichts übrigbleiben."

Die Gäste füllten sich ihre Teller. Sarischa wartete. Sie musste erst mal ihren Vater innig umarmen und ihm alles Gute wünschen.

Peter und seine Gäste lachten reichlich und unbeschwert. Es war eine ausgelassene Atmosphäre. Sarischa trank für ihre Verhältnisse ziemlich viel, aber sie hatte einfach Lust, in diese angeheiterte Runde einzutauchen. Sie unterhielt sich insbesondere mit denjenigen, die sie noch nicht kannte. Und mit Evelyn, die einzige in ihrem Alter. Sie verstanden sich auf Anhieb.

Peter beobachtete Sarischa, als sie mit Evelyn sprach, was Sarischa nicht entging. Sie musste nun endlich mit ihrem Vater ein paar Worte wechseln und entschuldigte sich bei Evelyn.

Sie setzte sich neben ihn. „Ich gratuliere dir. Es freut mich so sehr für dich, dass du dich mit Maria so gut verstehst. Ich hätte nicht gedacht, dass du noch mal heiraten würdest. Du siehst prächtig aus."

„Danke. Mir geht es auch prächtig. Mit Maria ist es

wunderschön. Übrigens: Ich habe dich gestern im Fernsehen gesehen."

„Ach ja? Warum schaust du dir sowas an? Diese Ratespielchen sind nicht gerade niveauvoll. Aber sie bringen dem Sender Quote."

„Und für dich sind sie eine gute Werbung." Peter griff nach seinem Glas und prostete Sarischa zu. „Ich wollte bei Maria ein wenig mit meiner Tochter angeben."

„Hoffentlich war sie nicht enttäuscht."

„Nein, nein. Sie fand deinen Auftritt spannend und sie will dich demnächst live bewundern. Kannst du uns auf die Gästeliste in Fürstenfeld setzen?"

„Ja, klar."

Peter sah Sarischa in die Augen. „Wie geht es dir?"

„Danke, gut".

Aber es könnte mir besser gehen, wenn sich Robert für mich ...

Blitzschnell schoss ihr diese Einschränkung durch den Kopf. Und natürlich erfasste ihr Vater diesen Gedanken.

„Bist du etwa immer noch mit diesem Schönheitschirurg in Verbindung?"

„Ja."

„Hm."

„Ich weiß, dir gefällt das nicht. Aber ich kann nicht immer nur das tun, was du für richtig hältst. Wenn du es genau wissen willst, wir sind uns nähergekommen. Ich habe dir ja erzählt, dass ich seine Gedanken falsch interpretiert und er lediglich an eine Szene aus einem Film gedacht hatte."

„Ja, ich weiß. Aber dass er behauptet hat, du würdest ihn stalken, das war schon heftig. Zu heftig für meinen Geschmack."

„Nun ja. Er hatte nicht ganz unrecht. Außerdem hat er sich mittlerweile geändert und akzeptiert jetzt auch das Gedankenlesen."

„Du brauchst ihn mir gegenüber nicht zu verteidigen."

„Aber?"

„Ja, es gibt ein Aber. Ich habe im Internet zufällig eine scheinbar unbedeutende Randnotiz im Traunsteiner Tagblatt entdeckt mit dem Titel: *Auch Schönheitschirurgen müssen kämpfen.* Er hatte in Traunstein einen Vortrag über Schönheitsoperationen gehalten, bei dem es zu einer heftigen Diskussion gekommen war. Zu welchem Thema stand nicht geschrieben. Interessant ist vielmehr, dass er, so stand es in dem Artikel, nach der Veranstaltung auf der Straße mit einem Mann im Gespräch war, und es einen heftigen Streit gab. Der Mann, so hieß es, hätte Dr. Schöner am Kragen gepackt, geschüttelt und gegen das Schienbein getreten. Dr. Schöner hätte sich mit einem Fausthieb gewehrt und wäre dann weggelaufen. Ich habe den Bericht ausgedruckt. Ich gebe ihn dir nachher."

„Dieses Metier ist nicht unumstritten", meinte Sarischa hierzu. „Was willst du mir damit sagen?"

„Er hat Feinde. Und das hat immer Gründe."

„Mag sein. Weißt du, was ich glaube? Du willst mich vor ihm warnen. Glaub mir, Robert ist in Ordnung. Allerdings ist seine Frau eifersüchtig. Sehr sogar."

„Wundert dich das? Ich finde es nicht gut, dass du mit einem verheirateten Mann zusammen bist."

„Das verstehe ich aus deiner Sicht – gerade jetzt, wo du wieder heiratest."

„Nein Sarischa, das hat damit nichts zu tun. Ich habe schlichtweg immer noch das Gefühl, dass dir dieser Mann nicht guttut. Ich kann es nicht begründen. Und ich finde es seltsam, dass ein Arzt auf offener Straße angegriffen wird."

„Papa, bitte glaube nicht alles, was irgendein Journalist zusammenkritzelt. Und selbst wenn Robert einen

Feind hat, dann hat das doch nichts mit mir zu tun."

„Wollen wir es hoffen." Peter streichelte seiner Tochter über den Arm.

Maria setzte sich zu ihnen. „Entschuldigt bitte, dass ich euch störe. Frage an Robert: Soll ich das Eis verteilen? Die süßen Häppchen sind alle."

„Na klar", antwortete Robert und stand auf. „Ich helfe dir. Sarischa, wir reden später weiter, okay?"

Zu vorgerückter Stunde – Peter hatte bereits reichlich Alkohol intus – sagte er zu Sarischa: „Es wird höchste Zeit für ein Kind und eine Familie. Du kannst doch nicht ewig rumtingeln. Du bist sechsunddreißig, deine Zeit läuft bald ab. Außerdem musst du unsere Begabung weitergeben. Dieser Robert ist zu alt für ein Kind."

Sie ging darauf nicht ein, denn auch sie war nicht mehr nüchtern. Dieses Thema war außerdem das Letzte, über das sie diskutieren wollte.

Robert putzte sich gerade die Zähne, als sich Tami nach über zwei Wochen um dreiundzwanzig Uhr ins Haus schlich. Robert hörte sie nicht kommen. Als er das Badezimmer verließ, stand sie vor plötzlich vor ihm. Er erschrak und stieß einen lauten Schrei aus.

„Es tut mir leid. Ich dachte, du wärst schon im Bett."

„Himmel noch mal! Du hast mich total erschreckt." Er musste sich am Türrahmen festhalten, denn beinahe wäre er umgekippt. „Kannst du denn nicht normal gehen, dass man hört, dass jemand kommt?"

„Entschuldigung. Ich wollte dich nicht aufwecken. Hallo Robert." Sie umarmte ihn flüchtig,

„Wo warst du denn so lange?"

„Weg."

„Das weiß ich. Aber wo bist du gewesen?"

„Ist das wichtig?"

Tami ging an ihm vorbei und steuerte das Gästezimmer an, in dem gelegentlich Robert schlief, wenn er

Spätdienst hatte, um in Ruhe ausschlafen zu können.

Robert folgte ihr, musterte ihr neues Outfit. Sie hatte sich die Haare ein Stück abschneiden lassen, was ihre Naturwellen besser zur Geltung brachte. Sie trug einen modernen, schwarzen Jogginganzug, dazu weißgraue Sneakers.

„Du hast dich äußerlich verändert. Sehr sportlich."

Tami ging nicht darauf ein.

„Warum bist du überhaupt abgehauen und wo warst du? Ich denke, wir müssen reden."

Tami öffnete ihren Koffer, den sie auf Bett gelegt hatte und setzte sich daneben. Sie starrte Robert ins Gesicht. „Glaubst du wirklich, dass wir jetzt mitten in der Nacht über unsere verkorkste Ehe reden sollen? Bevor ich überhaupt irgendwas sage, möchte ich nur eines wissen: Hast du dich von der Gedankenleserin losgesagt?"

Robert setzte sich neben Tami und versuchte, ihre Hand zu berühren, doch sie zog sie zurück. Er versuchte trotzdem, ihr körperlich näherzukommen und legte seine Hand auf ihren Oberschenkel, doch sie führte sie zu ihm zurück.

„Hör zu", sagte Robert, „ich habe dich vermisst. Ich wusste nicht, wo du bist, ich habe mir Sorgen gemacht."

„Das war nicht meine Frage. Würdest du sie bitte beantworten?"

„Natürlich beantworte ich dir die Frage. Nein, ich habe sie bis heute nicht mehr gesehen." Das stimmte zwar, aber nur deshalb, weil Sarischa noch auf Tour war.

„Heißt das, die Affäre ist zu Ende?"

Er zuckte mit den Schultern.

„Warum zuckst du mit den Schultern? Hast du vor, sie wieder zu treffen?"

„Ja."

„Aha." Tami stand auf, kramte in ihrem Koffer nach dem Kulturbeutel und verließ wortlos das Zimmer. „Wir reden morgen", rief sie Robert vom Gang aus zu.

Das Gespräch sollte besonnen und respektvoll ablaufen. So hatte sich das Robert vorgestellt. Er dachte, wenn er abends von der Klinik nach Hause käme, würden sie entweder gemeinsam essen oder zumindest bei einem Glas Wein oder Bier über alles reden. Was dieses *Alles* im Detail hätte sein sollen, darüber hatte er sich durchaus Gedanken gemacht. Er wollte die Ehe weiterführen wie gehabt, versuchen, mit Tami eine neue Nähe herzustellen, auch im Bett, um mit ihr wieder Sex zu haben, so wie früher. Und er wollte sie davon überzeugen, dass eine offene Ehe ohnehin eine gute Möglichkeit wäre, zu prüfen, was man wirklich wolle. Er dachte dabei durchaus auch an Tamis Bedürfnisse, zum Beispiel mit Freddy zusammen zu sein. Doch er müsste er ihr auch klarmachen, dass es mit Sarischa nicht zu Ende war. Und er hoffte, dass sie deshalb nicht wieder ausflippte.

Als Robert um zwanzig Uhr – später als geplant, denn es gab in der Klinik ein Problem – das Wohnzimmer betrat, saß ein fremder Mann auf der Couch. Tami servierte ihm gerade Mineralwasser.

„Guten Abend", sagte Robert und auch der Fremde grüßte.

„Das ist Freddy und das ist mein Mann, Robert", stellte Tami die beiden einander vor. Dann setzte sich Tami neben Freddy.

„Aha, ich habe schon viel von Ihnen gehört", sagte Robert.

Freddy lächelte schwach.

„Freddy und ich gründen ein neues Geschäft. Dafür brauchen wir Platz, sprich Büroräume. Nachdem du mit dieser Sarischa wieder in Kontakt sein wirst, muss ich davon ausgehen, dass diese Beziehung weitergeht und unsere Beziehung zu Ende ist. Ich möchte, dass du ausziehst."

„Wie bitte?"

„Das Haus gehört meinen Eltern. Wir werden hier unseren Geschäftssitz haben."

Robert fühlte sich total überrollt und war stinksauer, dass Tami diesen Freddy hierherschleppen musste.

„Ich würde gerne mit dir unter vier Augen sprechen", sagte er zu Tami.

„Damit du mich einlullen kannst."

„Ich will dich nicht einlullen. Du bist meine Frau, das ist immer noch unsere gemeinsame Wohnung und ich bitte Sie (an Freddy gewandt), das Haus zu verlassen. Ich will mit meiner Frau alleine reden. Bitte gehen Sie."

„Okay. Tami, ich glaube, es ist wirklich besser, ich verschwinde. Euer Problem geht mich nichts an, das müsst ihr alleine klären. Wir sehen uns morgen."

Tami nahm Freddys Aufbruch mit einem verärgerten Gesicht hin.

Robert holte sich eine Flasche Bier, zog die Schuhe aus und setzte sich auf einen Sessel gegenüber Tami.

„Was ist los mit dir?"

„Mit mir? Die Frage ist doch vielmehr: Was ist los mit dir? Und warum kannst du ausgerechnet mit ihr?"

„Ich. Weiß. Es. Nicht." Robert schrie die drei Wörter einzeln in den Raum. „Es ist einfach passiert. Ich kann nichts dafür." Er riss die Arme nach oben, als würde er mit einer Waffe bedroht werden.

„Wie du meinst. Mir ist jedenfalls klar geworden, dass es so mit uns nicht weitergehen kann. Ich will nicht mehr. Mit Freddy ist es schön. Ich spüre mich wieder als Frau, die begehrenswert ist. Ebenso wichtig ist aber, dass wir zusammen arbeiten werden. Ich kann endlich mal wieder etwas bewirken und viel lernen."

„Tami, das ist doch alles gut. Ich verstehe dich, was Freddy betrifft. Lass es uns einfach noch mal versuchen. Es darf zwischen uns nicht alles kaputtgehen. Wir haben uns viele Jahre geliebt, ich liebe dich noch immer. Wir finden einen Weg – für uns, für unsere Zukunft, für unser

Leben. Und ob es mit Sarischa auch morgen noch funktioniert, ist alles andere als sicher."

Tami setzte sich auf Robert Schoß und umarmte ihn. „Glaubst du, es könnte auch mit mir wieder funktionieren?"

„Ja, ganz bestimmt."

Sie nahm seinen Kopf in ihre Hände, sah ihm tief in die Augen und küsste ihn. „Lass uns ins Schlafzimmer gehen", hauchte Tami.

„Ich weiß nicht." Robert zögerte. „Es ist schon spät. Und wir sind beide nicht in bester Stimmung."

„Noch nicht. Die Stimmung kommt schon. Wir nehmen ein Flasche Alkoholisches mit."

Robert ließ sich mitziehen und lag bald mit Tami im Bett. Sie zogen sich aus. Er war angespannt. Sie tranken zwei Gläser Champagner. Der Alkohol stieg ihm in den Kopf, machte ihn aber kaum lockerer. Sie küssten sich so ziemlich überall. Tami versuchte besonders liebe- und reizvoll zu sein und setzte alle ihre Möglichkeiten ein, Robert zu stimulieren. Aber sie bemühte sich umsonst. Er fühlte keine Lust, kein Begehren und kein Verlangen, in Tami einzudringen. Sein Penis blieb schlaff. Für ihn war klar: So konnte es auch nichts werden. Die ganze Situation war gewollt, künstlich, ohne Leichtigkeit und ohne Erotik. Robert fühlte sich, als würde er für einen Pornofilm üben. Nichts war echt. Auch Tamis Leidenschaft fühlte sich für ihn hohl und erzwungen an.

„So kann ich nicht. Nicht unter Druck", entschuldigte sich Robert. „Vielleicht klappt es ein anderes Mal, wenn die Situation entspannter ist."

„Vielleicht."

„Ja, vielleicht. Ich bin doch noch ganz am Anfang meiner Selbstfindung. Da geht nichts auf Kopfdruck."

„Bei ihr wahrscheinlich schon." Tami dreht sich weg von Robert.

„Nein, auch nicht."

„Weil ihr ja so verliebt ineinander seid. Da läuft alles wie von selbst. Ein Kuss und der siebte Himmel naht."

„Hör auf, Tami. Das ist nicht gut."

Sie fuhr hoch und warf die Bettdecke zur Seite. Sie nahm aus dem Schrank ein Nachthemd und kuschelte sich wieder unter die Decke. „Ich will bald schlafen."

„Okay. Ich schlafe drüben. Das ist dir sicher recht."

„Ja, das ist mir sehr recht. Und du ziehst aus, so schnell wie möglich."

„Musst du jetzt mit diesem Quatsch noch mal anfangen? Willst du mich wirklich rauswerfen wegen Sarischa? Das ist doch Unsinn."

„Das sehe ich anders."

Nun holte sich auch Robert einen Schlafanzug. Tami zog sich die Bettdecke bis unters Kinn, und Robert sah zu ihr hinunter. „Ich zieh auf keinen Fall aus. So einfach geht das sowieso nicht, rein juristisch. Ich werde mich erkundigen." Robert schüttelte den Kopf. „Schau ins Internet. Büroräume werden zu Hauf angeboten. Das hier ist ein Wohnhaus. Und dabei bleibt es. Ich gehe jetzt ins Bett. Vielleicht kann man ja morgen wieder normal mit dir reden."

Tami sagte dazu nichts, sondern drehte sich auf die Seite.

Robert war schon aus dem Zimmer und wollte gerade die Tür hinter sich schließen, da ging er noch mal zu Tami. „Wo warst du eigentlich die ganze Zeit? Bei deinem Freddy?"

„Ja."

„Du könntest, zumindest vorübergehend, zu ihm ziehen."

„Pw! Sicher nicht. Ich bleibe hier und du gehst. Ich kann dich nicht mehr ertragen, du Schlappschwanz!"

Das saß. Und wie! Jetzt fühlte sich Robert so, als hätte ihm Tami einen Dolch ins Herz gestoßen. Erstarrt stand er im Türrahmen und glotzte auf den Kopf im Bett, aus dessen Mund diese vernichtende Beleidigung kam. Einen Moment lang hatte er den Impuls, ihr ein Kissen auf Nase und Mund zu drücken, so lange, bis sie für immer still sein würde. Dann drehte er sich langsam um, losch die Deckenbeleuchtung und schloss die Tür. Nun spürte auch er: Es war zu Ende.

20

Die dreiwöchige Tournee hatte Sarischa viel Kraft gekostet. Lange Autofahrten, Übernachtungen in oft lauten Hotels, unregelmäßiges Essen, Gespräche mit Veranstaltern – und jeden Abend volle Konzentration. Entspannung hieß: Spaziergänge vor, und Fernsehen nach den Auftritten. Dazwischen Telefonate mit Julian, Felix oder Regina. Die Gespräche mit Robert waren zwar oberflächlich, aber durchaus wohltuend.

Immerhin war ihr das Gedankenlesen fast fehlerfrei gelungen. Dass sie sich nach wie vor nicht mehr automatisch voll auf ihre Gedankenlesekunst verlassen konnte, stresste sie. Sie brauchte sich nichts vorzumachen, ihr Stern war am Sinken. Vielleicht war sie aber auch nur urlaubsreif. Wann war sie das letzte Mal weggefahren? Vor fast zwei Jahren.

Nach einem halb verschlafenen Montag traf sie sich am frühen Abend mit Felix zur allgemeinen Lagebesprechung in seinem kleinen Büro. Er berichtete, dass sich Brögners Altherrengruppe tatsächlich noch mal gemeldet hätte. Für nächstes Jahr im Frühling würden sie nun gerne einen Termin buchen, entweder wie angedacht in Lissabon oder im Breisgau.

„Ach du liebe Zeit. An diese Typen habe ich gar nicht mehr gedacht. Hm …" Sarischa überlegte eine Weile. „Wenn du mitkommst, dann mache ich das."

Wer weiß, wie lange ich es überhaupt noch kann.

Felix machte ein ernstes Gesicht. „Ich werde nicht mitkommen."

„Warum? Du hast mir doch dazu geraten und gemeint, ich solle diese Multimillionäre richtig ausnehmen, und uns einen lustigen Urlaub bezahlen lassen."

„Ich …" Sein ernstes Gesicht wurde noch eine Nuance ernster, seine Mundwinkel verkrampften sich. „Ich werde mit der Agententätigkeit aufhören."

„Was? Wie … aufhören?" Sie war total irritiert. „Warum?"

„Die anderen Künstler, die ich manage sind nicht mehr so gut im Geschäft, und meine Einnahmen reichen gerade so, dass ich über die Runden komme. Ich muss an meine Zukunft denken. Ich will ein festes Gehalt, Urlaubs- und Weihnachtsgeld, mir eine Altersvorsorge aufbauen. Als Selbständiger ist das schwierig. Ich habe mich beim Kulturreferat der Stadt München beworben. Und ich habe eine Zusage."

Sarischa war schockiert. Damit hatte sie nicht gerechnet, niemals. „Felix, ich brauche dich. Du warst perfekt, zuverlässig, kreativ, flexibel. Kannst du nicht nebenbei weiter für mich tätig sein?"

„Nein, das geht leider nicht. Einen Ersatz für mich zu finden, dürfte wirklich kein Problem sein. Agenten gibt es wie Sand am Meer. Die freuen sich doch alle, wenn du zu ihnen wechseln willst. Selbstverständlich helfe ich dir noch bei der Umstellung."

„Hast du den Arbeitsvertrag schon unterschrieben?"

„Ja. Gestern."

Als sie die Besprechung unter einer etwas gedämpften Stimmung beendet hatten, fuhr Sarischa direkt zu Julian ins Hotel. Er war nicht an der Rezeption. Seine Kollegin sagte, er müsse sich gerade um einen Gast kümmern, käme aber bald wieder zurück. Es dauerte. Erst nach dreißig Minuten tauchte er auf – und sah verärgert aus.

„Oh, Sarischa. Du hier? Seit wann bist du wieder in München?"

244

„Seit vorgestern."

„Sorry, es gab gerade Ärger. Ich freue mich natürlich, dich zu sehen. Wolltest du mich abholen?"

„Ja. Ich würde gerne mit dir essen gehen. Wenn ich mich nicht irre, hast du bald Dienstschluss."

„Ich muss noch ein Protokoll schreiben. Gehen wir in die Pizzeria um die Ecke? Du kannst vorgehen, ich komme in etwa zwanzig Minuten nach. Ich bin heute leider gar nicht gut drauf."

„Macht nichts. Ich auch nicht."

Sie saßen sich in der halbleeren Pizzeria gegenüber und bestellten Bier zur Pizza.

„Fang du an", sagte Sarischa. „Was hast du für Probleme im Hotel gehabt?

„Ach nichts. Alltäglicher Kleinkram." Er stützte sich mit den Ellenbogen auf den Tisch, faltete die Hände wie zum Gebet und stierte auf das Bierglas.

„Vivi?"

„Ja."

„Sie will das Kind nicht?"

„Sie wird es abtreiben lassen. Sie hat schon einen Kliniktermin."

„Scheiße."

„Allerdings. Sie will, dass ich sie von der Klinik abhole. Ich kann das nicht. Ich will das nicht. Sie lässt mein Kind töten, und ich soll ihr die Händchen halten? Ich bin wahnsinnig enttäuscht. Sie hat mit mir nie ausführlich sprechen wollen, wie wir uns das Leben – unser Leben! – mit einem Kind vorstellen könnten. Sie hat mich weder in ihre Überlegungen miteinbezogen noch über ihre Ängste gesprochen, sondern den Abbruch letztlich alleine entschieden, als ginge mich das gar nichts an." Er löste seinen Blick von dem Bierglas, ließ seine Hände auf den Tisch sinken und sah zu Sarischa. „Ich will mit ihr nichts mehr zu tun haben."

„Aber du hast sie doch geliebt?"

„Liebe kann auch vergehen."

Sarischa zuckte mit den Schultern. „Was hast du jetzt vor?"

„Ich werde demnächst zwei Wochen Urlaub nehmen."

„Sehr gut. Ich bräuchte auch Urlaub. Sollen wir gemeinsam verreisen?"

„Nein Sarischa, tut mir leid. Ich kann momentan keine Frau um mich haben. Ich fliege mit zwei Freunden nach La Gomera. Ein Männerurlaub. SFS: Sport. Fressen Saufen."

Die Pizza war okay, aber Sarischa hatte keinen Appetit. Die Hälfte der Pizza ließ sie stehen.

Es war eine milde Nacht, als sie das Lokal verließen. Ihre Wege trennten sich. Kein abendliches Kuscheln. Sarischa hatte keine Lust auf ihre Wohnung, sondern ging zum Kabelsteg, eine schöne, beleuchtete Fußgängerbrücke, die über die Isar führte. Man hatte von dort in beide Richtungen wunderschöne Aussichten – auf die St.-Lukas-Kirche, das Müllersche Volksbad, auf herrschaftliche Altbauten, das Deutsche Museum, und im Norden blitzte der goldene Friedensengel zwischen den dunklen Bäumen hindurch. Sie drehte sich langsam im Kreis und genoss diesen romantischen Ort. Es war so wunderschön hier. Der beste Platz der Stadt. So oft war sie schon hier, um das Rauschen des Flusses und die feuchte Luft zu genießen.

Mitten auf der Brücke blieb sie stehen und lehnte sie sich ans Geländer. Wie immer wurde sie ein wenig traurig, wenn sie hier alleine stand und ins Wasser starrte. Dass sie auch die nächsten Wochen auf Julian verzichten musste, jetzt, nach der anstrengenden Tour, machte sie noch ein Stück mehr trauriger. Dass Felix nicht mehr für sie arbeiten würde, konnte sie immer noch nicht fassen. Und dass sie morgen endlich Robert wieder treffen würde nach drei langen Wochen, das machte sie nervös. Sie hätte gerne geweint, aber ihre Tränen steckten fest, als wären sie unter ihren Augen zu Eis gefroren.

Eine halbe Stunde mindestens stand sie da, fast bewegungslos. Sie fühlte sich leer und sie wusste, was kommen würde. Der graue Nebel – der Vorbote dunkler, depressiver Gefühle. Er bohrte sich von irgendwo ganz weit unten direkt in ihren Magen, ins Herz und in ihren Kopf. Sie hatte schon mal mit depressiven Gefühlen zu kämpfen, als ihre Mutter starb. Sie liebte ihre Mutter sehr. Durch den plötzlichen Unfalltod war sie wochenlang wie gelähmt, einige Monate arbeitsunfähig. Damals holte sie sich Hilfe bei einem Therapeuten. Als Psychologin wusste sie sehr wohl, wie depressive Zustände verlaufen können, wenn man nichts dagegen unternahm. Sie musste reden. Vielleicht mit dem früheren Therapeuten, aber ganz gewiss mit Robert. Sie brauchte endlich Klarheit, wie es mit ihnen beiden weiterginge, wenn überhaupt.

Sie beugte sich mit dem Oberkörper über das Geländer, um den Lauf des Flusses besser beobachten zu können, wie das Wasser sich bei den Brückenpfeilern teilte und wie die großen Steine kontinuierlich von den Wellen überspült wurden. Sie spürte die feuchte Luft in ihrem Gesicht und auf den Händen, mit denen sie verkrampft das Geländer umklammerte. Die waren kalt geworden. Als sie die Hände in die Manteltasche stecken wollte, hatte sie das Gefühlt, dass jemand hinter ihr stand. Ruckartig drehte sie sich um. Ein Mann mit einer schwarzen Steppjacke und einer schwarzen Mütze grinste sie an. Er war vielleicht Mitte bis Ende zwanzig. Hinter einer Hornbrille verbarg er seine Augen, die Sarischa bei der Dunkelheit ohnehin nicht richtig sehen konnte.

„Was ist?", fragte sie laut und deutlich. Seltsamerweise hatte sie keine Angst vor dem Mann.

„Was machst du hier allein mitten in der Nacht? Hast

du keine Angst?"

„Wieso? Sollte ich?"

„Ich könnte dich zum Beispiel runterschmeißen."

Er wirkte nicht besonders kräftig; sie wüsste sich zu wehren.

„Und was hättest du davon?"

Er stellte sich einen Schritt näher vor sie und versuchte, ihr an den Oberarm zu fassen. Doch Sarischa reagierte blitzschnell und wehrte seine Hand mit einem heftigen Schlag ab.

„Finger weg. Lass mich in Ruhe."

„Ist ja schon gut. Reg dich ab." Er trat einen Schritt zurück und starrte sie an. Seine Augen verengten sich. „Dich kenne ich. Ich habe dich schon mal gesehen."

„Und wenn schon."

„Ja, jetzt weiß ich es. Du warst im Fernsehen. Du bist diese … wie nennt man das … nicht Hellseherin, sondern …"

„Gedankenleserin."

„Genau." Er musterte sie nochmal genau. „Ja, ja, du bist es. Hey super."

„Was ist daran super?"

„Dass ich so eine wie dich treffe. Allein. Hey Mann, also ich meine… was tust du hier?"

Sarischa trat einen Meter zu Seite. Die körperliche Nähe zu diesem Mann wurde ihr zu viel. „Ich mache einen Abendspaziergang."

„Stimmt nicht. Du stehst hier nur rum und vorher hast du dich über das Geländer gebeugt."

„Entschuldige bitte, aber ich habe auf diese Unterhaltung jetzt keine Lust."

„Sei doch nicht so zickig", beschwerte sich der Fremde. „Wir könnten gemeinsam spazieren gehen oder auch …"

„Lass mich jetzt bitte in Ruhe", unterbrach ihn Sarischa und wandte sich zum Gehen.

„Und was bringt dir das – deine blöde Ruhe?"

„Und was bringt es dir, Frauen anzumachen, die nichts von dir wissen wollen?" Sarischa stemmte die Arme in die Seiten. „Ich bin doch kein Freiwild – und keine Nutte."

Überrascht über Sarischas deutlich formulierte Verärgerung lehnte nun er sich auf das Geländer und beugte sich mit dem Oberkörper nach vorne, so ähnlich wie es Sarischa vorhin tat. Er schwieg und starrte in den Fluss. Sie beobachtete ihn dabei.

Weiber. Lauter arrogante Ziegen. Bin immer der Volldepp. Keine mag mich. Keine. Ich spring, aber nicht hier, besser von weiter oben, von einer richtigen Brücke oder von einem Hochhaus.

Scheiße, dachte sich Sarischa. Hoffentlich meint er das nicht ernst. Was mache ich jetzt? Kann ich ihn alleine lassen? Wenn er tatsächlich springt ... und dann steht es in allen Zeitungen ... und ich habe noch mit ihm gesprochen. Scheiße.

Sie stellte sich neben ihn und lehnte sich auch wieder auf das Geländer.

Der Mann war verwundert und stierte sie an. „Was ist?"

„Hör zu. Ich gehe hin und wieder hier auf den Kabelsteg, wenn ich nachdenken muss, wenn ich Probleme habe, wenn ich nicht schlafen kann. Ich gehe auch hierher, weil es einer der schönsten Plätze dieser Stadt ist. Heute bin ich hier, weil es mir schlecht geht. Ich sehne mich nach einem Mann, den ich schon wochenlang nicht mehr gesehen und gehört habe. Vielleicht hat er mich schon vergessen. Er ist verheiratet, und ich war vielleicht nur eine Art Auffrischung für seine Ehe. Man könnte sagen, ich habe Liebeskummer."

Der Mann hörte regungslos zu und blickte schweigend in die Ferne.

„Und was ist dein Problem?", fragte Sarischa.

„Ähnlich. Mag nicht drüber reden."

Was geht sie das an? Die findet doch sofort wieder ei-
nen anderen. Hat wahrscheinlich einen Haufen Kohle,
schaut gut aus. Was weiß die von Liebeskummer – eine
Fernsehtussi?!

„Okay. Es geht mich nichts an."

Er drehte seinen Kopf nach rechts, wo Sarischa stand,
aber er sah nicht zu ihr, sondern zu den Schleusen, die
gerade geöffnet wurden. Das Wasser stürzte nach unten
und machte einen Höllenlärm. Sie waren jedoch weit genug entfernt, sodass man sich trotzdem unterhalten
konnte. Auch Sarischa beobachtete eine Weile die
Schleusen, wie schon x-mal. Aber die Kraft tosender
Wassermassen zogen auch sie immer noch in den Bann,
vor allem dann, wenn das Spektakel unerwartet losging.

„Ich gehe jetzt dann nach Hause. Du nicht?", fragte
Sarischa.

„Weiß nicht."

„Wohnst du alleine?"

„Ja. Wieder. Meine Freundin ist weg. Hat mich verlassen."

Etwas in der Art hatte sie sich schon gedacht. Sie
wusste nicht mehr, was sie sagen sollte. Sollte sie überhaupt noch was sagen? Sie war nicht in der Verfassung,
ein aufbauendes Lebensretter-Gespräch zu führen. Wie
sollte sie auch hier nachts im Freien einen vielleicht
selbstmordgefährdeten Menschen von seinem Vorhaben
abbringen, zumal er nicht reden wollte? Sie fühlte sich
mit der Situation überfordert. Sie beschloss, ihn direkt
zu fragen, um ihn dadurch mental aufzurütteln. Und egal
wie er reagierte, anschließend würde sie nach Hause gehen.

„Willst du dir das Leben nehmen?" Sie sah ihm von
der Seite ins Gesicht.

Er drehte sich zu ihr und war über die Frage so sehr
erstaunt, dass er sie kurz anstarrte und dann ohne zu

überlegen antwortete: „Manchmal ja. Aber eigentlich nicht. Also ... nein", stammelte er. „Nein, ich will nicht sterben."

Kurz blickte er wieder zu den Schleusen und starrte Sarischa erneut an. "Und du?"

„Auch nicht. Auch wenn der Tod einem manchmal wie eine Erlösung erscheinen mag. In Wirklichkeit wollen wir doch leben. Oder?"

„Ja. Schon. Aber nicht alle."

„Ich gehe jetzt heim. Lass dich nicht unterkriegen", sagte Sarischa und lächelte dem fremden Mann freundlich zu. „Und halte fremden Frauen gegenüber genügend Abstand. Du kannst nicht wissen, auf wen du triffst." Sie grinste. „Wie du weißt, ich bin Gedankenleserin – und *ich* bin nicht ganz normal."

Verwirrt schaute er hinter Sarischa her, die zügig den Heimweg antrat. Nach einigen Schritten drehte sie sich um und registrierte, dass er ihr nicht folgte, sondern in die andere Richtung marschierte. Gott sei Dank, dachte sie.

An der Ampel drückten sich einige ihrer vereisten Tränen doch noch ins Freie.

Bevor sie schlafen ging, schrieb sie Robert eine WhatsApp:

Hallo Robert, ich gehe davon aus, dass es bei morgen 19.30 Uhr bleibt. Ich freue mich.
LG Sarischa

21

Sie öffnete die Wohnungstür und sah einen müden, blassen Mann mit zerzausten Haaren. Es ging ihm nicht besonders gut, das konnte man sehen.

„Komm rein."

Sie umarmten sich flüchtig.

„Was kann ich dir anbieten?"

„Anbieten? O ja, das ist eine gute Idee. Ein Bier wäre wunderbar."

Sie gingen in die Küche und Sarischa öffnete zwei Flaschen. Sie stießen an und betrachteten sich fast ein wenig schüchtern, bevor sie einen kräftigen Schluck direkt aus der Flasche nahmen.

„Nun Robert", fing Sarischa an, „hast du mittlerweile Klarheit gewinnen können, was deine Situation betrifft?" Sie presste sogleich die Lippen aufeinander. „Sorry. Ich drücke mich umständlich aus, dabei habe ich nicht die geringste Lust, um den heißen Brei herumzureden. Ich will schlichtweg wissen, wie es aus deiner Sicht mit uns weitergehen soll. Bist du hier, um mir zu sagen, dass du dich für Tami entschieden hast und dass wir uns in Zukunft nicht mehr sehen werden?"

„Nein, so ist es ganz und gar nicht. Zwischen Tami und mir ist Schluss."

„Ach wirklich? Richtig Schluss? Du meinst sicher nur eine vorübergehende Trennung."

„Nein, es ist richtig Schluss."

Sarischa zweifelte stark, dass diese langjährige Ehe so plötzlich zu Ende sein soll.

„Und was bedeutet das?"

„Ich habe in den drei Wochen viel nachgedacht, war froh, mal alleine zu sein. Natürlich hatte ich auch Sehnsucht nach dir – und ich gebe es zu – auch nach Tami. Aber die Sehnsucht nach Tami war mehr Gewohnheit, Vertrautheit, das Selbstverständliche … Die Sehnsucht nach dir spürte ich viel tiefgehender. Im Herz." Er fasste sich an die Brust. „Ich habe dir dies bei unseren Telefonaten nicht gesagt, weil ich wissen wollte, ob sich dieses Gefühl im Laufe mit der Zeit abschwächen oder vielleicht sogar auflösen würde. Aber es blieb. Trotzdem weiß ich nicht, was uns verbindet – unabhängig von wunderschönen, sexuellen Begegnungen. Ich weiß nicht, ob sich meine Libido über kurz oder lang wieder verabschiedet. Und ich weiß auch nicht, ob ich deine Gedankenleserei aushalten kann. Aber unabhängig davon: Mit Tami" – er verkrampfte sein Gesicht – „ist es vorbei."

„Was ist denn vorgefallen?"

„Vorgestern schlich Tami spät abends plötzlich ins Haus. Ich bin total erschrocken, als sie plötzlich vor mir stand. Es war zu spät, um zu reden. Als ich dann gestern Abend nach Hause kam – ich dachte, wir würden uns aussprechen – saß Freddy auf unserer Couch. Ich weiß nicht, was das sollte. Ich schickte ihn weg. Tami war angefressen und sauer – auf dich, aber mehr noch auf mich, weil ich mit dir Sex haben kann." Robert hielt inne und nahm einen Schluck Bier. „Nun ja, es wurde ein Streitgespräch. Dann wollte sie mit mir schlafen. Sie wollte es unbedingt. Natürlich konnte ich nicht – unter diesen Bedingungen."

Robert sprach nicht mehr weiter. Er trank das Bier aus und schob die Flasche beiseite.

Sarischa wartete. Sie spürte, dass etwas fehlte, etwas, an dem er knabberte. „Und weiter?"

„Sie sagte, ich müsse ausziehen, sie könne mich nicht

mehr ertragen und sie nannte mich einen … einen Schlappschwanz." Er starrte Sarischa an mit einem Blick, der heißen hätte können ‚ich habe mein ganzes Vermögen verspielt, bin pleite'.

Sarischa fand diesen Begriff witzig, unterdrückte aber ein Lachen, denn sie nahm sehr wohl wahr, dass diese Bezeichnung für Robert eine tragische Bedeutung hatte.

„Und was heißt das jetzt?"

„Ich hatte gestern, nach dem sie das gesagt hatte, eine stink Wut auf sie. Am liebsten hätte ich sie erwürgt. Als ich heute morgen ging, schlief sie noch. Vielleicht, wenn ich heute nach Hause komme, stehen bereits meine Koffer vor der Tür."

„Das wird sie nicht machen."

„Ich vermute leider doch." Robert drehte die leer Bierflasche im Kreis. „Hast du noch eine?"

Sie öffnete die Flasche für ihn. „Du musst dich juristisch beraten lassen, welche Rechte du hast. Im Zweifelsfall suchst du dir eine eigene, schöne Wohnung", schlug Sarischa vor.

Roberts Magen knurrte. „Hast du schon gegessen? Ich habe Hunger."

„Ich habe nur Brot, Käse, Tomaten und Essiggurken hier. Ist das okay?"

„Voll okay."

Während des Essens erzählte Robert Details des gestrigen Abends. Sarischa hielt sich mit Kommentaren zurück. Sie registrierte, dass Tamis Verhalten Robert ziemlich mitnahm und dass diese Trennung für Robert eine emotionale Krise bedeutete, was sie nicht verwunderte.

Nach dem Essen räumte sie den Tisch ab und holte ihren geliebten Rum, *Ron Zacapa,* aus dem Schrank. Wie in Trance schenkte sich Robert eine große Portion ein, trank sie in zwei Zügen, füllte das Glas ein zweites Mal, diesmal die doppelte Portion, und trank das Glas wieder in zwei Zügen aus. Sarischa trank nichts und stellte die Flasche beiseite.

„Schmeckt sehr gut", sagte Robert und blickte zur Flasche.

„Ja, ich weiß. Du hattest schon zwei Bier. Sorry, aber ich möchte nicht, dass du dich besäufst."

Er nahm ihre Hand und blickte ihr in die Augen. „Ich werde heute nicht mit dir schlafen. Ich will es nicht mal versuchen, denn ich befürchte, es geht schief."

„Ich sehe, in welcher Verfassung du bist und ich habe es auch nicht erwartet."

„Ich habe Angst, dass es mit meiner Manneskraft schon wieder vorbei sein könnte, dass es auch mit dir nur eine vorübergehende Episode war und ich zu einem für immer asexuellen Leben verurteilt bin, ohne Tami, ohne dich, ohne irgendeiner Frau."

„Jetzt entspanne dich mal. Du steigerst dich da in was rein, bist völlig verkrampft. Es wird schon wieder klappen. Und wenn nicht, geht die Welt auch nicht unter."

„Die Welt nicht, aber … Ach, das kannst du nicht verstehen. Wie auch? Du bist kein Mann."

„Ich als Frau, mache mich jedenfalls nicht von orgastischen Erlebnissen abhängig. Eine Frau sieht einen Mann immer als Ganzes. Insofern bist du für mich mehr als nur ein Sexualpartner, sondern ein interessanter Mann. Bleib wie du bist und alles ist gut."

„Danke für deine freundlichen Worte."

„Aber sie helfen dir nicht, oder?" Sie warf ihm einen fragenden Blick zu.

„Nein, Worte helfen mir nicht. Nur Fakten." Er blickte aus dem Fenster. „Und zu den Fakten gehört im Moment auch meine Frau, die mich verlässt, die mich aus unserem gemeinsamen Heim rausschmeißt, die einen anderen hat, die sich vermutlich scheiden lassen will und die mich einen Schlappschwanz nennt, der ich ja auch bin."

„Schluss jetzt. Ich habe genug von deinem Selbstmit-leid. Schau mich mal an!"

Robert starrte erschrocken in ihr Gesicht.

„Wir haben uns drei Wochen nicht gesehen", sagte Sarischa, „aber ich habe das Gefühl, ich bin für dich gar nicht existent, du nimmst mich überhaupt nicht wahr."

„Und wie ich dich wahrnehme", verteidigte sich Ro-bert. „Ich habe großen Respekt vor dir, wie besonnen du auf mein privates Durcheinander reagierst. Du bist eine tolle und verständnisvolle Frau."

Seine Hände tasteten sich zu Sarischa. Er versuchte, ihre Brüste zu berühren, aber sie wehrte ihn ab.

„Du bist betrunken."

„Bin ich nicht."

„Aber angetrunken. Soll ich dir ein Taxi rufen?"

„Ich befürchte, dass Tami das Schloss austauschen ließ und ich gar nicht mehr ins Haus komme."

„Warum sollte sie das tun – von einem Tag auf den anderen? Du hast sie ja nicht bedroht. Und was würde ihr das bringen, solange deine ganzen sonstigen Sachen im Haus sind?"

Robert wirkte nicht mehr fit. „Würdest du mich bitte ausnahmsweise mit meinem Auto nach Hause fahren, ich brauche den Wagen morgen früh dringend. Du könn-test dann mit dem Taxi zurückfahren."

„Nein, das mache ich nicht. Ein völlig unnötiger Auf-wand."

„Bitte. Sollte mich Tami nicht mehr ins Haus lassen, dann könnte ich mit dir wieder zurückfahren und bei dir übernachten. Morgen müsste ich dann einen Schlüssel-dienst holen."

„Du bist hysterisch. Aber gut, ich tu dir den Gefallen. Fahren wir."

Sarischa konnte direkt vor dem Zugang, der auf der Rückseite des Hauses war, parken. Vom Gehsteig aus ging man durch eine kleine Gartentür etwa fünf Meter bis zum Haus. Die einzigen Fenster, die man von der Straße aus sehen konnte, waren dunkel.

„Alles friedlich", sagte Sarischa und warf einen kontrollierenden Blick vom Auto aus zur Haustür. „Ich sehe keine Koffer."

Sie stiegen aus.

Robert inspizierte den gesamten Eingangsbereich. „Nichts. Warte bitte noch einen Moment, bevor du das Taxi bestellst. Falls ich nicht reinkomme …"

Er holte seinen Schlüssel aus seiner Manteltasche, und Sarischa wartete zwei Meter hinter ihm.

Er fummelte an der Haustür, brachte den Schlüssel nicht ins Schloss. „Ich hab's gewusst. Sie hat den Zylinder austauschen lassen. Sie hat mich tatsächlich ausgesperrt!"

Sarischa glaubte das nicht. Sie nahm an, dass Robert zu betrunken oder zu nervös war, um aufzusperren. „Lass mal sehen." Aber auch sie musste kapitulieren. „Du musst wohl klingeln."

„So eine Scheiße! Sie lässt mich garantiert nicht ins Haus. Wir haben eine Vorlegekette, sodass ich nicht mal mit Gewalt eindringen könnte."

„Ich gehe schon mal um die Ecke, damit sie mich nicht sieht, falls sie doch öffnen sollte."

Noch während sich Sarischa umdrehte, wurde die Haustür plötzlich von innen aufgerissen. Tamis Blick flatterte von Robert zu Sarischa. Dann zischte sie mit einem höchst verärgerten Blick: „Was will die hier?"

„Nichts. Sie hat mich hergefahren, weil ich schon geahnt hatte, dass du mich aussperren würdest."

„Hä? Was soll ich?"

„Ich konnte nicht aufsperren. Du hast den Zylinder austauschen lassen."

„Spinnst du? Das habe ich nicht – noch nicht. Ist aber eine gute Idee."

Robert warf einen prüfenden Blick auf den Schlüssel,

den er immer noch einsatzbereit in der Hand hielt, und musste bei genauerer Betrachtung feststellen, dass es der Garagenschlüssel war. „Tut mir leid", murmelte er, „ich habe die Schlüssel verwechselt."

„Bist du besoffen?, fragte sie Robert, blickte aber zu Sarischa, die bereits weitergegangen war, und fauchte ihr hinterher: „Hast du ihn abgefüllt? Ist der dann potenter? Hau ab, verschwinde von meinem Grundstück und lass dich hier nie wieder blicken."

„Ist ja schon gut", murmelte Sarischa. „Ciao Robert."

„Warte", rief er ihr zu. „Ich hole nur ein paar Sachen, dann fahren wir zurück." Er konnte und wollte hier nicht mehr bleiben.

„Das ist eine gute Idee", sagte Tami. „Und hol möglichst bald deinen ganzen Krempel."

Mit zwei Koffer betrat Robert Sarischas Wohnung und stellte sie im Flur ab. Mittlerweile war er wieder nüchtern. Sie standen sich gegenüber. Und erst jetzt – endlich! – fielen sie sich in die Arme.

„Du hast mir gefehlt", hauchte Sarischa in Roberts Ohr.

„Du mir auch."

Sie waren beide erschöpft. Sie duschten gemeinsam und legten sich in Sarischas großes Bett. Eine Weile lagen sie nebeneinander, dann berührten sie sich zärtlich – und Roberts Problem schien eine Theorie aus vergangenen Zeiten zu sein.

Robert stand bereits um sieben Uhr fünfzehn auf. „Ich muss los", flüsterte er Sarischa ins Ohr, die noch viel zu müde war, um die Augen zu öffnen. Eine halbe Stunde später hörte sie, wie er die Wohnungstür zuzog. Dann war auch sie wach. Und langsam realisierte sie, dass Robert heute Nacht neben ihr schlief, und dass jetzt alles anders war, als noch vor einem Tag. Sie fühlte sich beinahe glücklich – beinahe, denn es ging alles viel zu schnell, um zu begreifen, dass sie sich nicht in einer Traumwelt befand.

Den ganzen Tag über dachte sie immer wieder an Robert und lächelte vor sich hin. Wie schön, sagte sie sich. Wie schön, dass sich nun mein Leben endlich ändern wird.

Am Nachmittag hielt sie in einer Firma einen Vortrag zum Thema Einfühlungsvermögen und demonstrierte auf Wunsch des Publikums ein paar einfache Varianten des Gedankenlesens.

Robert kam, wie angekündigt, um neunzehn Uhr. Sarischa kochte nicht besonders gerne, aber heute hatte sie Lust, für sie beide etwas Leckerer zuzubereiten. Es gab eine indische Gemüsepfanne mit Kartoffeln, dazu Salat und als Dessert eine Schokocreme. Robert freute sich über die nette Bewirtung.

„Lass uns noch einen Abendspaziergang machen", schlug er nach dem Essen vor. „Ich brauche noch ein wenig frische Luft."

„Okay. Ich zeige dir meinen Lieblingsplatz."

Sie führte ihn zum Kabelsteg, auf dem sie sich noch vorgestern mit einem fremden Mann traurig über das Geländer gebeugt hatte. Wie schnell sich doch die Seelenlage ändern kann.

Nach dem obligatorischen Rundblick gingen sie Arm in Arm an der Muffathalle vorbei nach Haidhausen. Robert berichtete ihr von einer kniffeligen Operation eines schiefen Mundes. Sarischa erzählte von ihrem Vortrag, erwähnte aber nicht, dass sie auch das Gedankenlesen demonstrierte. Als ihr bewusst wurde, dass sie Bedenken hatte, dies Robert gegenüber zu erwähnen, sagte sie: „Ich glaube, wir müssen über einige Dinge reden."

„Das dachte ich mir auch gerade." Robert nahm seinen Arm von Sarischa und steckte seine Hände in die Jackentasche. Nach einigen Schritten sagte er: „Lass uns umkehren. Mir ist kalt."

„Mir auch."

Wind kam auf. Sie beschleunigten ihre Schritte. Dann fing es auch noch zu regnen an. Kein Wetter, um über wichtige Dinge zu reden. Sie schafften es gerade noch rechtzeitig nach Hause, bevor es richtig stürmisch wurde.

Sarischa stellte eine Flasche Wein und Wasser auf den Wohnzimmertisch. Robert setzte sich auf die Couch und Sarischa in den Sessel, der schräg gegenüber der Couch stand.

„Für mich nur Wasser", sagte Robert.

Die Atmosphäre zwischen ihnen war etwas angespannt. Mit der plötzlichen Nähe, die durch die aktuellen Umstände entstanden war, waren sie beide ein wenig überfordert. Völlig unklar war, in was für einem Verhältnis sie zu einander standen. Waren sie nun ein Paar? Oder nur selbstgewählte Versuchsobjekte einer spannenden Begegnung?

„Hast du noch eine Schokocreme?", fragte Robert.

Sarischa lächelte. „Nein. Die würde uns aber jetzt auch nicht helfen."

„Da hast du recht." Robert schenkte sich ein Glas Wasser ein und trank ein paar Schlucke. „Ich kann nicht zurück zu Tami, zurück in unser Haus, vielmehr in das Haus ihrer Eltern. Du hast gesehen, wie sie drauf ist. Nun bin ich mit zwei Koffer bei dir, und die Frage ist, soll ich bleiben? Und wenn ja, wie lange? Soll ich erst mal nur provisorisch oder gleich richtig bei dir einziehen? Wollen wir das? Wenn du deine Wohnung für dich alleine willst … ich will mich nicht aufdrängen. Ich kann vorübergehend auch in ein Hotel ziehen." Er wartete einen Moment, bevor er weitersprach. „Und dann gibt es da noch eine andere Sache, die ich mit dir klären muss, sonst … sonst weiß ich nicht, ob ich mit dir leben will, unabhängig von der Wohnsituation."

Sarischas Mimik wurde ernst. „Ich weiß, was dich

bewegt."

„Du hast es richtig erfasst. Ja, dieses *Es* bewegt mich." Er schluckte. „Da ich hautnah erlebt habe, dass dein Gedankenlesen weit über eine trickreiche Darstellung hinausgeht, muss ich davon ausgehen, dass du eine extrem außergewöhnliche und nicht normale Fähigkeit besitzt. Ich war ziemlich schockiert; irgendwie bin ich es immer noch. Mir macht deine Gabe Angst, auch wenn du sagst – oder vielleicht nur behauptest –, dass du meine Gedanken nicht lesen kannst. Mag ja sein, dass es wirklich so ist, zumindest momentan. Aber es kann doch genauso gut sein, dass du schon morgen, oder wann auch immer, wieder Zugang zu meinen Gedanken hast."

Er trank das Glas Wasser leer und stellte es zurück auf den Couchtisch. Sarischa sah ihm dabei zu und wartete, dass er weitersprach.

„Ich weiß, ich biete dir, was mich betrifft, eine vergleichbaren Konstellation an. Auch ich kann nicht garantieren, dass sich meine Manneskraft, die heute noch vorhanden ist, sich morgen nicht wieder verabschiedet. Wir müssen uns darüber klar sein, was diese Unwägbarkeiten für uns bedeuten und ob oder wie wir damit umgehen können. Ich meinerseits bräuchte von dir das Versprechen, dass du mir gegenüber ehrlich bist. Solltest du meine Gedanken wieder lesen können, dann darfst du es trotzdem nicht tun. Ich möchte ein freier Mensch blieben. Es heißt doch: Die Gedanken sind frei. Kann ich dir vertrauen?" Er machte große Augen und starrte Sarischa erwartungsvoll an.

Sarischa fragte sich, was Vertrauen bedeutet – dass man immer die Wahrheit sagt, Versprechen einhält, das tut, was der andere erwartet? Ist das überhaupt realistisch?

„Ob du mir vertrauen kannst, das musst du selbst entscheiden. Wir können uns nicht bei einem Notar vertraglich absichern. Es bleibt vage. Unabhängig davon, ich denke darüber nach, das professionelle Gedankenlesen aufzugeben. Ich habe Aussetzer. Es scheint, dass ich diese Fähigkeit langsam verliere."

„Oh!" Mit dieser Botschaft hatte Robert nicht gerechnet. Nach mehreren Sekunden eines tiefen Blicks in Sarischas Augen sagte er: „Das tut mir für dich leid. Aber ich fände es gut, wenn du diese Fähigkeit – wie man so schön sagt – loslassen könntest."

„So einfach ist das nicht. Mein Beruf ist meine Identität."

„Das verstehe ich, trotzdem ..."

Roberts Handy klingelte. Ausgerechnet jetzt. Er warf einen Blick auf das Display.

„Tut mir leid, ich muss rangehen – die Klinik."

Er verließ das Wohnzimmer und telefonierte einige Minuten im Flur. Sie konnte nicht verstehen, um was es ging.

„Und?" fragte Sarischa.

„Nichts Dramatisches. Ein Assistenzarzt ... egal. Wo waren wir stehengeblieben?"

„Beim Thema Vertrauen." Sarischa nahm ihr Glas Wein, erhob sich aus dem Sessel und setzte sich neben Robert auf die Couch. "Ich sage dir jetzt, um was es zwischen uns geht. Du möchtest keine Angst vor mir haben, die ich dir durch ein Versprechen nehmen soll. Das funktioniert nicht. Das habe ich schon so oft erlebt. Alle Männer sind bislang über kurz oder lang vor mir geflüchtet. Du musst dir darüber klarwerden, wie groß deine Angst vor mir ist und ob du sie – und nun verwende auch ich den Begriff – loslassen kannst. Ich hoffe und ich wünsche es mir wirklich sehr, dass du mit dem Gedankenlesen spielerisch umgehen kannst, dass du es nicht so ernst nimmst." So wie Julian, dachte sie. „Ansonsten sehe ich eher schwarz für uns."

Sarischa trank ihr Glas Wein aus uns schenkte sich Wasser nach. Das Gespräch war ihr zu wichtig, um ihren

Kopf zu sehr mit Alkohol zu benebeln.

„Tja. Klare Worte." Robert musterte Sarischa von Kopf bis Fuß. „Ich hatte noch nie Angst vor einer Frau. Aber ich muss zugeben, dass es nun so ist." Er schwieg einen Moment. Und wieder betrachtete er Sarischa, als würde er sie in einer Castingshow begutachten, ob sie bestimmte Anforderungen erfüllte. „Auch wenn du mir Angst machst, ich habe mich in dich verliebt."

Er umarmte sie und drückte sie ganz fest an sich. Auch Sarischa schlang ihre Arme um Robert. Sie gaben sich hundert Küsschen, denen ein langer Kuss folgte. Sie kuschelten sich aneinander.

„Du kannst einige Tage oder Wochen bei mir wohnen. Du musst ohnehin mit Tami klären, wie dein Auszug vonstatten gehen soll. Mach dir keinen Stress. Bevor du in ein Hotel gehst, bleibst du erstmal hier. Aber ob und wie wir auf Dauer wohnen wollen, das wird sich zeigen; das müssen wir hier und heute nun wirklich nicht klären. Ich denke, das ergibt sich."

„Danke."

„Bitte, bitte." Sarischa lachte. „Solltest du mir auf die Nerven gehen, glaube mir, das sage ich dir unumwunden."

„Dann hätten wir das geklärt."

„Das schon", sagte Sarischa wieder ernst." Aber es gibt noch etwas, das ich ansprechen muss."

„Und das wäre?"

„Ich bin sechsunddreißig, im noch gebärfähigem Alter. Du bist einundfünfzig. Mir ist klar, dass du kein Kind mehr willst und dass wir sowieso zu alt sind."

„Findest du?"

„Ja. Du etwa nicht?"

„Nun ja, das optimale Alter haben wir wohl überschritten. Bevor wir jedoch über ein Kind reden, müssen wir erst einmal sehen, ob es zwischen uns im Alltag klappt."

„Ich wollte das nur erwähnen. Ich will dir ganz bestimmt kein Kind *anhängen,* wie man so sagt. Wenn ich ein Kind will, dann nur zusammen mit einem Mann, der es auch will."

Robert grinste vor sich hin. „Ach, vielleicht wäre ein Kind doch sehr schön. Generell wäre ich nicht abgeneigt." Er gab Sarischa einen dicken Schmatz auf die Wange und legte seine Hand auf ihren Bauch. „Wenn in deinem schönen Bauch unser schönes Kind wachsen würde, könnte mir das durchaus gefallen."

„Wirklich?" Sarischa war überrascht, wie Robert reagierte.

„Ja. Mein Leben wird gerade auf den Kopf gestellt. Ich will mir neue Wege nicht mit Gedankenverbote blockieren."

„Oh, wie weise. Ich glaube, unser Kind würde ein ganz besonderes Kind werden."

Robert irritierte etwas an diesem Satz. Im ersten Moment wusste er nicht, was es war, doch dann wurde es ihm unverkennbar klar und er fuhr zusammen. Was sagte Sarischa? Ein *besonderes* Kind? Er hob sich aus der Couch, ging ein paar Schritte hin und her, rieb seine Hände über die Wangen mehrmals auf und ab. Dann setzte er sich wieder.

„Was hast du?", fragte Sarischa.

„Ich will kein *besonderes* Kind. Wenn, dann will ich ein ganz normales Kind, keines das Gedankenlesen, Hellsehen oder sonst irgendwas Außergewöhnliches kann. Du hast deine Gabe von deinem Vater geerbt, hast du gesagt. Es könnte also durchaus sein, dass du das Gedankenlesen weitervererbst, oder?"

„Vielleicht. Zumindest ist es nicht ausgeschlossen."

Robert schüttelte mit einer grimmigen Mimik den Kopf. „Unter diesen Umständen möchte ich von dir kein Kind. Tut mir leid. Das ist mir zu riskant, zumal man ein solches Phänomen weder diagnostizieren noch mit einer

Vorsorgemaßnahme unterbinden kann.

Natürlich kenne ich den Stand der Hirnforschung auf diesem Gebiet. US-Forschern ist es gelungen, mit Hilfe elektrischer Impulse Gehirnaktivitäten in Sprache umzuwandeln. Hierbei wurden den Versuchsteilnehmern Elektroden in die Hirnrinde implantiert. Sie sollten dann mehrere Male dreißig bis fünfzig einfache Sätze laut aufsagen, um schließlich ein Hirnstrombild zu erstellen. Die Daten wurden daraufhin von einem KI-System analysiert und von einer zweiten KI in Wörter umgewandelt. Die Untersuchung umfasste zwar nur 250 Wörter; die Fehlerquote lag jedoch bei 97 %. Aber das was du kannst", er stockte einen Moment, „spielt sich in einer anderen Liga ab und ist wissenschaftlich nicht erklärbar. Es ist unheimlich.

Wenn ich mir vorstelle, ich hätte ein Kind, das weiß, was in meinem Kopf vorgeht – wie soll man so ein Kind erziehen, wie mit ihm umgehen? Kinder müssen und dürfen nicht alles von den Eltern wissen. Das wäre nicht gut. Man müsste ständig aufpassen, an was man gerade denkt. Es wären Gedanken dabei, die ein Kind nichts angehen. Oder die sie nicht verstehen kann oder falsch interpretiert. Außerdem: Du könntest dich mit unserem Kind gedanklich unterhalten – und ich? Ich wäre ausgeschlossen. Nein, Sarischa. Bitte kein Kind. Auch wenn deine Eltern es mit dir gut hinbekommen haben – an sich bist du ja normal und sehr bezaubernd – aber ich bin für ein solches Unterfangen nicht geeignet."

"Schon gut. Ich verstehe dich. Somit hätten wir auch diesen Punkt geklärt."

Schon seit einiger Zeit tobte ein Sturm, und der Regen prasste gegen die Fensterscheiben – immer heftiger. Sie sahen beide zu den Fenstern und bemerkten, wie laut der Sturm war. Sarischa stand auf und sah nach unten auf die Straße, konnte aber kaum etwas erkennen, denn die Straßenleuchte bei ihrem Haus war ausgefallen. Sie setzte sich wieder zu Robert.

„Schenk mir bitte noch ein Glas Wein ein", sagte er.

Auch Sarischa schenkte sich nun noch ein Glas ein.

„Lass uns bald schlafen gehen", schlug Robert vor. „Ich denke, wir sind mit unserer *Agenda* durch." Er lachte. „Besser die Themen kommen auf den Tisch. Dann weiß man Bescheid. Wenn ich nur mit Tami unsere Trennung vernünftig besprechen könnte. Momentan würde sie mich wohl am liebsten eliminieren."

„Eliminieren?"

„Ja. Umbringen. Killen. Erschießen …"

Sarischa rückte ein Stück weg von Robert blickte ihn von der Seite forschend an.

„Hast du eine Pistole?"

„Hä? Wie bitte? Was ist denn das für eine Frage?"

„Hast du eine oder nicht?"

„Nein, ich habe keine. Wie kommst du denn jetzt auf diese Idee?"

„Tami hat das behauptet."

Er schüttelte mehrmals den Kopf. „Jetzt spinnt sie komplett."

„Kann es sein, dass sie eine hat?"

„Wie soll sie denn an eine Pistole kommen?"

„Keine Ahnung. Weißt du es?"

„Nein. Mit solchen Dingen beschäftige ich mich nicht."

Seltsam, dachte Sarischa, ich bin mir nicht sicher, ob ich ihm glauben kann. Jetzt wäre genau einer der Momente, wo ich seine Gedanken lesen würde – wenn ich könnte, wenn ich wollte. Aber ich werde es nicht versuchen. Ich will gar nicht wissen, ob er die Wahrheit sagt. Ich will ihm vertrauen. Und ich will sein Vertrauen nicht missbrauchen. Sonst hat das alles keinen Sinn mit uns.

Robert ließ acht Umzugskartons mit seinen wichtigsten Sachen zu Sarischa bringen: Aktenordner, Laptop, Kleidung, Schuhe, Tennisschläger, Kopfkissen, Bettdecke und ein paar Bilder. Das einzige Möbelstück: Sein Bürostuhl.

Sarischa hatte ihr Gästezimmer für Robert umgeräumt. Als er mit seinem übersichtlichen Hab und Gut, das schnell ausgepackt war, in Sarischas Gästezimmer stand, lachte er – eher bitter als erfreut. „Hier bin ich also mit meiner Mitgift."

„Hast du viele Möbel, die du aus Tamis Haus mitnehmen wirst?"

„Darüber haben wir noch nicht gesprochen. Als ich kam, um meine Sachen einzupacken, hat sie das Haus verlassen, was auch besser war. Wir können nicht miteinander reden. Ich werde mir einen guten Scheidungsanwalt nehmen."

„Wenn erst etwas Zeit vergangen ist, und sie die Kränkung überwunden hat, dann werdet ihr eure Trennung vernünftig regeln können."

„Ich fürchte, die nächste Zeit wird nicht so ganz einfach – für uns alle. Trotzdem freue ich mich, dass wir uns nun jeden Tag sehen können."

„Nicht wirklich", korrigierte ihn Sarischa. „Ich bin viel unterwegs und übernachte oft in Hotels, wenn ich auswärts auftrete. Daran wird sich so schnell auch nichts ändern. Du wirst öfter allein in meiner Wohnung sein. Du bist das nicht gewöhnt. Wirst du damit umgehen können?"

"Natürlich. Ich muss ohnehin viele Dinge klären, die Zeit kosten."

Doch Robert hatte die Macht seiner Gewohnheiten unterschätzt. Die ersten zwei Wochen ihres Zusammenlebens war Sarischa genau vier Tage abends zu Hause. Und an diesen Tagen kam Robert spät aus der Klinik, so dass sie nur wenig Zeit miteinander verbringen konnten. Er fühlte sich einsam, wenn er allein in Sarischas Wohnung saß, und sehnte sich nach ihr. Umso mehr freute er sich, als sie ihm nach diesen zwei Wochen mitteilte, dass sie nun acht Tage frei hätte.

„Kannst du spontan Urlaub nehmen?", fragte sie ihn, als sie im Bett lagen. „Ich würde gerne mit dir verreisen."

„Das geht leider nicht. Das müssen wir verschieben. Aber wir gehen abends schön essen, kuscheln auf der Couch und lieben uns. Entweder in deinem oder in meinem Bett. Ich bin so glücklich, dass es dich gibt und ich dich lieben kann. Es ist wunderschön mit dir. Bist du auch glücklich?" Robert streichelte Sarischa über die Wangen.

„Ja, bin ich."

„Sollen wir uns eine gemeinsame Wohnung suchen?"

„Jetzt schon? Die Wohnung hier gehört mir. Ich müsste sie vermieten. Ich glaube nicht, dass wir etwas Besseres finden, außerdem liebe ich diese Wohnung. Fühlst du dich nicht wohl hier?"

„Doch, schon. Aber es ist deine Wohnung. Ich habe hier nichts mitgestaltet."

„Das lässt sich ändern. Morgen machen wir einen Plan. Dann holst du deine Möbel. Ich kann mich noch reduzieren, wobei ich ohnehin nicht viel habe. Ich denke, mehr als die fünf Zimmer hier, brauchen wir nicht."

22

Am Sonntagmorgen saßen sie vor dem Grundriss, den Sarischa fast maßstabsgetreu gezeichnet hatte. Sie überlegten, welche Funktion die einzelnen Zimmer haben sollten und wieviel Platz man wofür bräuchte. Die Diskussion war ruckzuck erledigt, denn sie hatten die gleichen Vorstellungen. Das Wohnzimmer und die Küche sollten prinzipiell so bleiben wie sie waren. Beide bekämen nebeneinanderliegend ein Schlaf- und ein Arbeitszimmer. Somit sollte das Gästezimmer Roberts Schlafzimmer werden. Sein zukünftiges Arbeitszimmer war eigentlich eine Abstellkammer, die Sarischa ohnehin ausräumen musste.

„Im Flur brauchen wir noch einen Schuhschrank für mich, und eine größere Garderobe sollte ans hintere Ende", schlug Robert vor.

„Gut. Prima Idee."

Es klingelte.

„Erwartest du jemanden?", fragte Robert.

„Nein."

Es klingelt noch mal.

„Wer kann denn das sein?", fragte sich Sarischa halblaut, ging zur Wohnungstür und öffnete sie. Niemand war da. Ein Nachbar war es also nicht. Sie sprach in die Sprechanlage: „Wer ist da?"

Keine Antwort.

„Idioten", murmelte sie und ging zurück zu Robert.

Noch bevor sie sich setzen konnte, klingelte es erneut.

„Jetzt hab' ich die Faxen aber dicke!". Sie lief wieder zur Sprechanlage. Robert folgte ihr.

„Wer sind Sie und was wollen Sie?"

Sie hörten es surren. Anscheinend hatte die Person auch andere Klingelknöpfe gedrückt. Irgendjemand machte ja immer auf. Sarischa wollte gerade die Wohnungstür öffnen, weil sie neugierig war, wer sie am Sonntagvormittag nervte, da griff Robert nach ihrer Hand, um sie zu stoppen.

„Vielleicht ist es wieder Tami", flüsterte er.

„Meinst du? Und wenn, dann kriegt sie das zu hören, was sie sinngemäß zu mir gesagt hat: Hau ab, verschwinde aus meinem Haus und lass dich hier nie wieder blicken. Dann knalle ich ihr die Tür vor der Nase zu."

„Gehört dir etwa das ganze Haus hier?"

„Nein. Darum geht es doch gar nicht."

Sie hörten, wie jemand die Treppen hochkam. Robert entfernte sich ein paar Meter vor der Wohnungstür. Es klingelte. Sarischa sah durch den Spion, aber die Person war nur von hinten zu sehen, eindeutig ein Mann. Sie öffnete. Der Mann drehte sich zu ihr um.

Sarischa öffnete den Mund und brauchte ein paar Sekunden, bis sie die Person einordnen konnte. Dann erkannte sie ihn. Das konnte doch nicht sein! Was hatte dieser Mensch hier in ihrem privaten Bereich zu suchen?

„Herr Brögner!", sagte sie hocherstaunt.

„Guten Tag Frau Tämlin. Entschuldigen Sie die Störung. Ich müsste mit Herrn Schöner sprechen."

Als Robert Brögner Stimme hörte, stellte er sich neben Sarischa und drückte die Tür ganz auf. „Woher weißt du, wo ich bin? Was willst du?"

„Deine Frau sagte mir, wo ich dich finden kann." Er warf einen Blick zu Sarischa, als müsste er prüfen, ob er vor ihr sagen kann, um was es sich handelte. „Kann ich kurz reinkommen?"

„Nein", knurrte Robert. „Wie kannst du es wagen, bei

Sarischa aufzutauchen?"

„Weil es wichtig ist. Soll ich nicht doch besser reinkommen? Bestimmte Dinge bespricht man lieber nicht im Treppenhaus."

„Lass ihn rein", sagte Sarischa. Wir gehen in die Küche."

Sie bot ihm einen Platz an, obwohl das Robert sichtlich nicht passte. Brögner setzte sich und öffnete seinen Mantel, zog ihn aber nicht aus.

„Also. Was ist so wichtig?", fragte Robert gereizt.

„Die Polizei war bei mir."

Roberts Augen verkleinerten sich zu misstrauischen Schlitzen.

„Gestern", ergänzte Brögner.

„Und? Was habe ich damit zu tun?"

„Oh ja, du hast allerdings was damit zu tun", sagte er mit einem aufgesetzten Lachen. „Es geht um die Sache."

Brögner schaute wieder kurz zu Sarischa, sprach aber weiter zu Robert: „Sie weiß sicher Bescheid, unsere Gedankenleserin, nicht wahr?"

„Verschwinde!", fauchte Robert, packte Brögner am Oberarm und zog ihn vom Stuhl hoch.

Brögner wehrte den Arm ab. „Jetzt mal langsam. Ja?"

„Es gibt zwischen uns nichts zu besprechen. Der Fall ist abgehakt. Ende. Und wenn du Probleme mit der Polizei hast, dann ist das deine Angelegenheit."

„Nein, mein Lieber, ganz und gar nicht. Wir hängen da beide drin."

Sarischa stand daneben und verstand nur Bahnhof, hatte aber nicht die geringste Lust, noch länger den Streit mitanhören zu müssen. „Hallo!", rief sie und stellte sich zwischen die beiden Männer. „Was geht hier ab? Kann mal einer Klartext reden?"

„Kannst du uns bitte ein paar Minuten allein lassen?", bat Robert Sarischa.

„Nein. Ich will wissen, von welcher Sache ihr

sprecht."

„Sagen Sie bloß", sagte Brögner erstaunt, „Sie wissen wirklich nicht Bescheid, was Robert und ich …?" Er grinste schräg. Sein linker Mundwinkel drückte seine linke Wange so weit nach oben, dass sich unter seinem linken Auge dicke Falten bildeten, die wiederum das Auge nach oben schoben. Das Gesicht bekam dadurch etwas Monsterhaftes. „Sie können also doch nicht so perfekt Gedankenlesen, wie mir scheint." An Robert gewandt: „Hast du es ihr nicht erzählt?"

„Nein, weil das unsere Sache ist." Er legte seine Hand auf Sarischas Schulter. „Sorry Sarischa, aber ich möchte selbst entscheiden, wann ich dir was erzähle. Würdest du uns bitte … nur ein paar Minuten …?"

„Nein Robert. Ich will jetzt wissen, was zwischen euch gelaufen ist. Was habt ihr gemacht?"

Sie fixierte Brögner.

Auf der Hütte! Der Unfall! Die Polizei hat mich nach Linas gefragt. Scheiße! Kommt jetzt doch noch alles hoch?

Langsam ließ sie sich auf einen der Küchenstühle sinken. Sie ahnte, an welches Hüttenereignis Brögner dachte Sie sah beide Männer an, die vor ihr standen. Sie schwiegen. Sarischa hatte den Eindruck, dass zwischen ihnen eine plötzliche Übereinkunft herrschte, sie lieber nicht einzuweihen.

Besser, wenn sie nichts weiß. Robert soll mit mir kurz um den Block gehen, um alles zu besprechen. Falls er sich nicht sperrt. Ich lasse aber nicht locker!

Sarischa erinnerte sich wieder an das Bild mit dem jungen, blonden, nackten Mann. Roberts Gedanken – ein Film. Nur ein Film? Nun scheint es so zu sein, dass ich mich nicht geirrt habe, dass mit diesem Mann etwas passiert sein musste, wo Robert und Brögner beteiligt waren. Kann das sein? Oder bin ich wieder auf dem Holzweg?

Sie starrte Robert an, so durchdringend wie noch nie.

„Was war passiert?"

„Das müssen Sie nicht wissen", sagte Brögner, der nun davon überzeugt war, dass Sarischas Gedankenlesekunst nicht ausgereicht hatte, mittels Roberts Gedanken von dem Vorfall zu wissen.

Noch immer starrte sie Robert an, der wie versteinert dastand.

„Du musst es wirklich nicht wissen", meinte nun auch er.

Sarischa stand ruckartig auf und warf dabei den Stuhl um, den sie liegenließ. Sie stellte sich vor Robert hin und blickte in seine Augen – ein kritischer, durchdringender Blick. Er hielt ihm stand. Sie holte tief Luft, denn sie hatte langsam das Gefühl, zu ersticken.

„Es geht um einen jungen, blonden Mann, nicht wahr? Ich war richtig gelegen, mit dem was ich damals in deinen Gedanken gelesen hatte. Es gibt zwar auch eine ähnliche Szene in einem Film – ich habe sie gesehen. Aber du dachtest nicht an diesen Film. Du dachtest an die reale Begebenheit. Der Mann sah schrecklich aus, ohnmächtig, nicht mehr bei Sinnen. Tot? Habt ihr ihn umgebracht?"

„Keiner hat irgendwen umgebracht", behauptete Brögner lautstark.

Robert schwieg.

„Nicht? Was war dann mit dem Mann?", fragte Sarischa lautstark.

„Es war ein Unfall", antwortete Robert.

„Ein Unfall? Was für ein Unfall? Verdammte Scheiße! Bist du schuld an dem Unfall? Rede doch endlich!"

„Bevor du mit ihr redest, reden erst mal wir. Los komm, wir gehen nach unten ins Freie", sagte Brögner.

„Nein, mein lieber Herr Brögner. Bevor sie beide reden, rede ich mit Robert.", zischte Sarischa „Verlassen Sie meine Wohnung. Sofort."

Brögner wollte noch ein letztes Mal, Robert dazu zu bewegen, mit ihm zu kommen, indem er versuchte, ihn am Arm in den Flur zu ziehen, aber Robert blieb stocksteif stehen und sagte nur: „Bitte geh."

Brögner presste verärgert die Lippen aufeinander und verließ die Küche. „Ruf mich an. Wahrscheinlich steht demnächst auch bei dir die Polizei vor der Tür."

Sarischas und Roberts Blicke trafen sich wie die von zwei verstörten Kindern – unsicher, ängstlich.

Sarischa hob den umgeworfenen Stuhl hoch, setze sich. Robert nahm ihr gegenüber Platz. Sie sahen sich eine Weile an. Stumm.

„Ich hatte recht. Ich hatte von Anfang an recht. Du hast mich angelogen", sagte sie ruhig, fast bedächtig.

Robert zuckte kaum merklich mit den Schultern.

„Du hast Dreck am Stecken – und ich weiß nicht mal, was für ein Dreck das ist. Ich glaubte, du wärst ein erfolgreicher Schönheitschirurg mit einem kleinen Handicap, von dem ich aber gar nicht betroffen bin." Ihre Stimme wurde lauter, der Ton traurig und aggressiv zugleich.

„Ich dachte, ich hätte in dir einen Mann gefunden, der zu mir passt. Wir wollten gerade noch zusammen ein neues Leben anfangen, meine Wohnung umgestalten, es uns gemütlich machen. Und jetzt? Jetzt weiß ich, warum du so eine Panik vor meiner Fähigkeit hattest. Es war die Angst, dass ich irgendwann hinter diese Sache kommen könnte, da du sie nicht auf Dauer aus deiner Gedankenwelt ausblenden konntest." Sie lehnte sich so weit auf dem Stuhl zurück, so weit es ging. „Was ist in dieser Hütte vorgefallen? Sag es mir."

„Lieber nicht. Ich will dich damit nicht belasten."

„Hm." Sie schüttelte den Kopf. „Wenn du mir den Vorfall nicht erzählst, muss ich von etwas Schrecklichem ausgehen. Habt ihr den Mann doch umgebracht?

Bist du ein Mörder?"

„Nein! Ich bin kein Mörder. Es war ein Unfall."

Das wusste sie bereits. Brögner dachte auch an einen Unfall. „Der Mann ist aber tot. Oder?"

„Ja."

Sarischa wartete, dass Robert von dem Unfall erzählte. Und sie wartete – und währenddessen hoffte sie mehr denn je, vielleicht doch wieder seine Gedanken lesen zu können. Sie konzentrierte sich mit allen ihren Kräften bis ihr fast schwindelig wurde. Leider kam nichts. Es war wie das Rauschen eines defekten Fernsehers. Hin und wieder ein paar verzerrte Bilder, ein paar Worte, aber sie ergaben keinen Sinn.

„Erzähl mir die ganze Geschichte, von vorne, alles."

„Wenn ich das tue, dann wirst du mich wahrscheinlich verlassen. Ich will nicht, dass du mich verlässt."

„Sag mir einfach die Wahrheit. Dann sehen wir weiter."

„Nein, Sarischa. So einfach ist das nicht. Ich habe Mist gebaut. Dafür schäme ich mich, kann es aber nicht rückgängig machen. Außerdem könntest du mit meinem *Geständnis* zur Polizei gehen. Sonst weiß niemand etwas von dem Unfall, außer Brögner hätte jemanden davon erzählt, was ich keinesfalls annehme. Er war schließlich mit dabei."

Er öffnete Sarischas Barschrank und holte sich seinen geliebten Rum. „Ich brauche jetzt einen Drink", sagte er leise und traurig. Er trank zwei Gläser, anschließend stellte er die Flasche zurück in den Schrank und setzte er sich wieder an den Tisch. Dann faltete er die Hände wie zum Gebet und presste sie so fest ineinander, dass seine Finger knallrot anliefen.

Als Sarischa sah, in welcher Verfassung Robert war, wurde sie von den widersprüchlichsten Gefühlen überschwemmt. Einerseits war sie maßlos enttäuscht, dass Robert die ganze Zeit über nicht ehrlich zu ihr gewesen war. Andererseits konnte sie sein Schweigen nachvollziehen – wer gäbe schon grundlos ein dunkles Kapitel aus seinem Leben zu? Sie konnte seine Traurigkeit mitfühlen, die sich mit ihrer eigenen Traurigkeit vermischte.

„Ich möchte nicht, dass unsere Beziehung zu Ende ist. Aber ich muss wissen, was du getan hast. Sonst bleibe ich in der Phantasie hängen. Vielleicht macht mir das, was du getan hast, gar nicht so viel aus, wie du denkst – und wir können weiter zusammenbleiben."

„Und wenn nicht?"

Nun sammelten sich in Sarischas Augen Tränen. Noch eben war die Welt in allerbester Ordnung, dann wurden sie von diesem Brögner überrumpelt – und nun ist alles nicht mehr so, wie es war. Nur noch Verunsicherung.

Sie spürte, wie langsam, jedoch überwältigend stark, sodass es kein Aufhalten mehr gab, sich der Boden unter ihren Füßen auftat und ihr schlecht und schwindelig wurde. Sie fühlte sich, als würde sie auf einer Klippe sitzen, die Beine ins Nichts baumelnd – und genau in dieses Nichts stürzte sie nun hinab. Sie fiel vom Stuhl, schlug mit dem Kopf auf dem Boden auf. Langsam rappelte sie sich hoch in eine Sitzposition. Nach einer Weile versuchte sie aufzustehen, Robert stützte sie dabei und führte sie behutsam ins Wohnzimmer. Dort legte sie sich auf die Couch. Er brachte ihr ein Glas Wasser, von dem sie ein paar Schlucke nahm, dann schloss sie die Augen. Sie konnte nicht klar denken, glaubte, sich in einem Albtraum zu befinden, der gleich zu Ende sein würde.

Der Schwindel ließ nach. Und mit ihm, ihr unbewusster Versuch, aus dieser schrecklichen Realität abzutauchen. Dann registrierte sie, dass ihr Kopf brummte, dass sie wach war und dass Robert neben ihr saß. Sie spürte seine Hand auf ihrem Arm und öffnete die Augen.

„Wie geht es dir?"

„Weiß nicht. Geht schon." Sarischa wollte sich aufsetzten, wohl zu schnell, denn ihr wurde wieder schwindelig.

„Langsam, langsam", ermahnte sie Robert. „Hast du Sehstörungen?"

„Nein."

„Kopfschmerzen?"

„Am Hinterkopf, da ..." Sie fühlte die Stelle. „Es blutet nicht", stellte sie fest. „Wahrscheinlich bekomme ich eine Beule."

Robert befühlte vorsichtig ihren Kopf.

„Tut dir sonst was weh? Bewege mal alle Glieder."

„Die Hand schmerzt, aber nicht schlimm. Ich kann sie bewegen. Alles soweit okay Herr Doktor."

„Gut."

Robert blies auf ihre wehe Hand, wie eine Mutter es bei einem Kind tut, wenn sich dieses verletzt hatte. „Geht's wieder?"

„Ja. Ja, ja – soweit." Sie trank das Glas Wasser aus und setzte sich gerade hin. Sie sah Robert an und wartete. Wenn er jetzt nicht endlich spricht, dann muss er gehen. Für immer. Robert spürte Sarischas Ultimatum.

„Du willst also die Wahrheit hören?"

„Ja. Jetzt. Sofort."

„Okay". Auch Robert setzte sich gerade hin, so gut es in dem weichen Sessel möglich war. Und dann fing er an zu erzählen:

„Im Frühsommer kam Brögner zur mir zu einer Augenlid-OP. Wir sind uns privat nähergekommen, sind ein paar Mal auf ein Bier gegangen. Irgendwann, wir saßen in einem Straßenlokal und waren schon etwas angetrunken, haben wir über Frauen gesprochen, und er beichtete mir, dass er Erektionsprobleme hätte. Ihm ging es ähnlich wie mir. Alles abgeklärt, alles psychisch. Und dann – es war wirklich verrückt – schlich ein junger, schwuler, äußerst gutaussehender Mann an uns vorbei.

Ich glaube, wir haben im selben Moment an das Gleiche gedacht: ‚Vielleicht sollte ich es mal mit einem Mann versuchen'. Gleichzeitig sahen wir dem Jüngling hinterher. Wir mussten wir lachen. Mit diesem Lachen entstand ein Plan: Wir wollten es versuchen – mit einem Mann. Ein Test. Ein Heranwagen. Ich hatte diesen Plan nach ein paar Tagen schon beinahe vergessen, da mailte mir Günther, also Brögner, ein Foto von zwei Männern, die mit uns gegen ein entsprechendes Honorar gerne ein wenig *spielen* würde. Günther war es also ernst. Dann ging alles recht schnell. Wir engagierten die beiden – Rumänen, die schlecht deutsch sprachen – und trafen uns in unserem Ferienhaus."

Aha, dachte sich Sarischa. Das besagte Ferienhaus, in dem sich Tami mit Marcel getroffen hatte – ein Liebesnest.

„Wir flippten ziemlich aus, tranken viel, hörten laute Musik, tanzten und … egal. Die Details erspare ich dir. Aber es funktionierte, womit ich gar nicht gerechnet hatte. Und es gefiel mir. Ein zweites Mal kam nicht zustande, da Günther den Mittelsmann der beiden nicht mehr erreichte. Dafür engagierte Günther zwei neue Gays. Ich fragte nicht nach seiner Quelle.

Er schlug vor, dass wir diesmal die Sache etwas romantischer angehen sollten. Er hätte eine nette Hütte in den Bergen, dort könnten wir es uns gemütlich machen.

Der mit Spannung erwartete Montag nahte, und ich holte Linas, angeblich ein Student aus Litauen, der perfekt Deutsch sprach, mittags ab. Nach einer guten Stunde Fahrt hielten wir an einem kleinen Parkplatz. Unweit ging ein Pfad ab, abgesperrt durch ein Holzgatter mit einem Schild ‚Privat'. Wir stapften zu der versteckt liegenden Hütte hoch. Günther wollte mit seinem Gay erst am Abend nachkommen. So hatten wir's abgesprochen.

Doch der Idiot hatte sich nicht an unsere Abmachung

gehalten." Robert schüttelte mit einem verärgerten Gesichtsausdrück den Kopf. „Mitten am Nachmittag stand er plötzlich in der Stube – alleine. Super Überraschung! Er störte. Ich war sauer, er fand es lustig. Linas war verunsichert. Linas hatte vermutlich keine Lust auf Günther, aber auf ein saftiges Zusatzhonorar. Günthers Angebot war ihm zu gering; er forderte das Doppelte. Da wurde Günther sauer und meinte, er wäre ohnehin überbezahlt und drückte ihn auf einen Stuhl. ‚Du machst, was ich will', drohte Günther, ‚sonst kannst du dich verflüchtigen'. Linas stand auf und sagte wohl so was wie ‚ich lasse mir von dir nichts vorschreiben, du alter Sack', was Günther dazu bewog, ihn leicht zu schubsen.

Linas besaß viel Kraft, obwohl er gar nicht so wirkte. Er stieß Günther heftig zurück, so dass dieser ins Taumeln geriet. Das war der Beginn einer Rangelei zwischen den beiden. Das anfänglichen Schubsen wurde immer rabiater, und ich konnte sehen, dass Günther keine Chance hatte. Ich mischte mich ein, wollte die beiden trennen, schrie, sie sollten zur Vernunft kommen. Linas lief nach draußen, hinter die Hütte. Dort führt nach einigen Metern an einem felsigen Hang ein schmaler Steig steil nach oben zu einem kleinen Felsvorsprung.

Jedenfalls lief Günther auch raus. Was dann genau geschah, weiß ich nicht, denn es kam ein Anruf von meinem Vater. Das Gespräch dauerte eine Weile und als ich aufgelegt hatte, hörte ich Günther plötzlich laut rufen ‚komm runter!'. Ich rannte raus. Er deutete nach oben zum Felsvorsprung. Da stand an der äußersten Spitze Linas. Wir riefen ihm gemeinsam zu, er solle sofort runterkommen, wir würden eine passende Lösung finden. Aber er rief, wir sollten doch hochkommen.

Günther meinte, wir müssten ihn runterholen. Ich war nicht der Meinung, aber er fing an, nach oben zu klettern. Ich hinterher. Oben angekommen stand Linas mit einer Pistole in der Hand vor uns und grinste. Er musste sie wohl in einer der Taschen seiner Cargohose verstaut gehabt haben. Ich forderte ihn auf, die Pistole wegzustecken, aber er lachte nur und schoss *zum Spaß* neben uns vorbei. Ich machte einen Schritt auf ihn zu und wollte ihm die Pistole abnehmen, so wie man das in Krimis immer sieht – bescheuerte Idee, funktionierte nicht. Es war alles chaotisch, wir schrien uns an, diskutierten irgendwas – ich erinnere mich nicht mehr. Er feuerte einen weiteren Schuss ab. Ich wollte Linas vom Abgrund wegziehen, fasste ihn am Arm. Er schüttelte meine Hand ab. Dabei kam er ins Taumeln, setzte einen Fuß zurück, um wieder ins Gleichgewicht zu kommen. Aber es war rutschig, er verlor den Halt und war dabei in den Abgrund zu fallen. Ich bekam ihn noch am Arm zu fassen und er hätte mich beinahe mit umgerissen. Da packte mich Günther, wir fielen zu Boden – und in dem Moment sind meine Finger von Linas' Arm abgerutscht."

Robert schluckte. Er wartete einen Moment ohne Sarischa anzusehen, dann fuhr er fort:

„Linas schrie. Es war der lauteste, durchdringendste und fürchterlichste Schrei, den ich jemals gehört hatte. Und danach machte es einen dumpfen Knall. Wir starrten uns an und dann starrten wir in die Tiefe. Linas lag unten etwas abseits hinter der Hütte auf einem Gesteinsbrocken. Er war etwa fünfzehn Meter in Tiefe gestürzt. Das kam einer Katastrophe gleich. Wir waren wie unter Schock, kraxelten sofort zu ihm runter. Er hatte mehrere Halswirbel gebrochen, bekam kaum noch Luft und konnte nicht mehr sprechen. Wir wussten, was das bedeutete: höchste Lebensgefahr. Er hätte sofort, ohne ihn möglichst wenig zu bewegen, von einem Hubschrauber in ein Krankenhaus geflogen werden müssen. Völlig aussichtslos. Er starb an Ort und Stelle. Wir trugen ihn in die Hütte und legten ihn in der Stube ab."

Robert hielt wieder inne, atmete kräftig ein und langsam aus, dann sprach er mit gedämpfter Stimme weiter.

„Da lag er. Mit nackten Oberkörper. Starre, aufgerissene Augen. Ja, da lag er, der blonde junge Mann – auf dem Holzboden."

Er sah zu Sarischa. „Du hattest recht. Du hast meine Gedanken richtig gelesen."

Sarischa schwieg, bewegte sich nicht einen Millimeter und wartete.

Auch Robert schwieg.

Schließlich fragte Sarischa: „Und was war dann?"

„Wir waren immer noch unter Schock. Stumm glotzten wir auf den toten Linas. Was sollten wir tun? Bei der Polizei den Unfall melden? Das wäre wohl das Richtige gewesen. Aber ... zwei Ärzte sind mit einem Prostituierten in einer Hütte, der halbnackt einen Abhang hinuntergefallen war und dabei starb. Wer würde denn das glauben? Und ich glaubte es ja irgendwie selbst nicht. Die ganze Situation kam mir unwirklich vor.

Es wurde langsam dunkel. Wir hatten immer noch keine Entscheidung getroffen. Wir wussten jedoch, dass wir in dieser Hütte keinesfalls mit einer Leiche die Nacht verbringen wollten. Günther überlegte, ob es nicht die beste Lösung wäre, ihn wegzubringen, an eine andere Stelle, und wir sagen, wir hätten ihn gefunden. Und ich hatte dann die Idee, dass wir ihn an einem anderen Abhang hinunterwerfen könnten. Günther kannte einen passende Stelle in einem anderen Tal.

Wir zogen Linas an, suchten seine restlichen Sachen, stopften diese in seinen Rucksack. Wir fragten uns, ob wir seine Papiere – wohnhaft war er in München Giesing – zu uns nehmen sollten oder ob es besser wäre, sie in seinem Rucksack zu lassen. Wir entschieden uns für letzteres. Warum? Ich weiß es nicht mehr. Gegen Mitternacht trugen wir ihn – er war unheimlich schwer – zu Günthers Wagen, verstauten ihn im Kofferraum und fuhren dann los. Nach einer halben Stunde Fahrt auf einer engen, holprigen Bergstraße – Günthers Wagen hatte zum Glück Allradantrieb – parkte er an einer kleinen Bucht, die zum Ausweichen des Gegenverkehrs diente. Sie war mit einer hölzernen Leitplanke gesichert.

Es war Vollmond. Wir warfen einen prüfenden Blick in die Tiefe – vor uns war ein steiler, felsiger Abhang. Karge Sträucher, keine Bäume – also keine Hindernisse für einen freien Fall. Weiter unten war Wald. Wir sahen uns wortlos an. Dann zogen wir Linas aus dem Kofferraum und schleppten ihn zur *Absturzstelle*. Mit mäßigem Schwung warfen wir ihn über die Leitplanke. Er fiel holprig, wurde von den Sträuchern immer wieder etwas gestoppt. Wo er genau landete konnten wir nicht erkennen.

Bevor wir wegfuhren, verwischten wir die Reifenabdrücke, nur kurz, denn es fing glücklicherweise zu regnen an. Dann fuhren wir zurück zur Hütte und versuchten alle Spuren von Linas zu beseitigen. Darauf bestand Günther. Eine nächtliche Putzorgie, an der ich mich zwar beteiligte, sie aber als sinnlos empfand, denn als ich mit Linas am Parkplatz bei der Hütte ankam, und wir den Pfad hochstiefelten, war uns niemand begegnet.

Im Morgengrauen gingen wir zu unseren Autos. Ich sagte zu Günther, ob es nicht doch besser wäre, den Unfall bei der Polizei zu melden. Günther sah mich an, als wäre ich verrückt geworden und warf mir vor, dass es schließlich meine Idee war, ihn zu *entsorgen*. Er würde behaupten, dass ich mit dem Kerl alleine in der Hütte gewesen sei. Ein Alibi könne er sich verschaffen. Ich müsste dann sehen, wie ich erklären wolle, wie es zu dem Todesfall gekommen sei – zu diesem sonderbaren Unglück irgendwo an einem Abhang mitten in der Nacht. Ich sagte dazu nichts, und wir fuhren zurück nach München. Auf der Heimfahrt – ich musste mehrmals halten, weil ich Zitteranfälle bekam – wurde mir klar: Ich werde alles verdrängen und ich will mit Günther Brögner nie wieder etwas zu tun haben.

Die nächsten Tage und Wochen verfolgte ich trotzdem äußerst gründlich alle Nachrichten über Bergunfälle aus der Gegend. Ich konnte nichts finden, nicht den kleinsten Bericht."

Robert verschränkte die Arme. „Das war's. Jetzt kennst du die Wahrheit." Er wartete darauf, dass Sarischa irgendwie reagierte, aber sie saß wie versteinert auf der Couch und starrte ihn nur an.

Es wurde kalt in ihrem Wohnzimmer. Das lag nicht an der Temperatur, sondern an der Atmosphäre – als würde durch die Ritzen des Fußbodens eisige Luft aufsteigen.

Sarischa zog ihren Pullover eng an den Körper, umfasste ihren Bauch und dann öffnete sie langsam den Mund, bevor sie fragte: „Wo ist diese Hütte?"

Robert ließ seine verschränkten Arme los und presste seine Hände in die Armlehnen des Sessels. „Das sage ich nicht."

„Habt ihr die Pistole gefunden?"

„Sie lag unweit hinter der Hütte. Ich nahm sie an mich und habe sie später weggeworfen."

Sarischa verließ das Wohnzimmer und kam mit einer warmen Wolljacke zurück.

Robert war bereits aufgestanden. „Dann gehe ich jetzt wohl besser?" Es war eine Frage, die gleichzeitig die Antwort enthielt. Natürlich musste er gehen. Sarischa, so nahm er an, würde ihn sowieso gleich rauswerfen. „Ich hole nur noch meine Sachen."

„Nein, warte. Setz dich bitte."

Robert ließ sich wieder in den Sessel sinken.

„Ich verstehe das alles nicht, dich nicht. Du hättest den Unfall, wenn es denn so war, wie du es geschildert hast, doch anzeigen können. Das hättest du auch im Nachhinein, als ihr ihn schon den Abhang runtergeworfen hattet, noch tun können. Du hättest es Brögner ja nicht sagen müssen. Ich glaube, du hattest Angst davor, eventuell in die Schlagzeilen zu kommen. Nicht gut für dein Renommee. Peinlich. Karriereschädigend. Schlecht für die Ehe." Sarischa schüttelte verständnislos den Kopf. „Hast du gar nicht an die Eltern des Mannes gedacht, die sich bestimmt Sorgen gemacht haben, weil sie nicht wussten, was mit ihrem Sohn war? Egal aus welchen Verhältnissen er stammte. Und selbst wenn er sich für seine Dienste bezahlen ließ, kann man seine Leiche doch nicht einfach so wegwerfen. Selbst ein Haustier wird normalerweise irgendwie bestattet, zumindest vergraben."

„In dem Moment dachte ich an gar nichts. Wir waren unter Schock, aufgelöst, in sinnlose Panik verfallen. Aber später, ja, da habe ich durchaus Schuldgefühle bekommen. Es gibt keine Entschuldigung. Soll ich jetzt meine Sachen packen und gehen?"

„Ich weiß nicht. Nein." Ihr Kopf brummte. Ihre Gedanken drehten sich im Kreis.

Sarischa hatte plötzlich ein äußerst seltsames Gefühl, was Roberts Schilderung des Unfallhergangs betraf. Irgendwas stimmte hier nicht. Vielleicht war das die Version, die sich die beiden ausgedacht hatten, für den Fall der Fälle. Vielleicht wurde Linas aus Versehen angeschossen? Erschossen? Musste er deshalb verschwinden, weil er eine Schusswunde hatte? Dann allerdings wäre das kein normaler Unfall gewesen.

Sie presste ihre Brauen zusammen und ihr Blick verfinstere sich. „Es tut mir leid, Robert. Ich kann dir diese Geschichte nicht wirklich abnehmen. Ich würde es gerne, nur zu gerne. Aber ich glaube, du hast etwas Entscheidendes weggelassen oder falsch dargestellt."

„Nein, das habe ich nicht. Aber ich kann verstehen, dass du kein Vertrauen mehr zu mir hast. Ich habe alles gesagt. Ich gehe jetzt." Robert erhob sich. Er hätte Sarischa gerne umarmt, aber sie saß kerzengerade und abweisend auf der Couch. Er kniete sich vor sie, nahm ihre

Hände in die seinen und sah ihr in die Augen. „Ich würde lieber bleiben, aber es ist besser, wenn du ein paar Tage in Ruhe nachdenken kannst – ohne mich sehen zu müssen. Ich kann zurückkommen, wenn du das willst. Aber ich kann dir nicht beweisen, dass diese Geschichte stimmt."

„Außer ich könnte hierzu Brögners Gedanken lesen."

„Versuch es, wenn du nicht anders kannst. Allerdings bezweifle ich, dass Günther mit dir reden will Und wenn, kannst du dir dann sicher sein, aus ihm die wahre Wahrheit herausgelesen zu haben?"

„Äh … wie bitte? Sarischa brauchte einen Moment, um zu verarbeiten, was Robert gerade gesagt hatte. Die *wahre Wahrheit*? Gab es also doch mehrere Wahrheiten, also auch eine falsche? Sie zog ihre Hände ruckartig aus Roberts Umklammerung. „Du gibst also zu, dass …"

„Ich gebe gar nichts zu. Du bist dermaßen misstrauisch, dass du immer alles falsch verstehst. Robert erhob sich aus der knienden Position. Seine Gelenke knacksten. Er setzte sich neben Sarischa. „Warum nur, ist dir dieser Unfall mit diesem für dich völlig bedeutungslosen Linas nur so wichtig?"

Sarischa blickte zu Robert mit traurigen Augen. „Weil ich nicht mehr verlassen werden will." Und dann fügte sie mit halblauter Stimme hinzu: „Ich möchte mit dir kein böses Erwachen erleben, sollte sich herausstellen, dass du am Tod von Linas mit Schuld warst und von der Polizei abgeholt wirst."

Robert schaute Sarischa mit ebenso traurigen Augen an und strich ihr langsam von der Schulter über den Arm bis zu ihrer Hand. Nach ein paar Sekunden wandte er sich von ihr ab und ging zur Wohnzimmertür.

„Ich suche mir ein Hotel. Ciao Sarischa."

Fünf Minuten später hörte sie die Wohnungstür ins Schloss fallen.

23

Es ist ein Fehler, sein zu wollen wie jeder normale Mensch, wenn man anders ist. Es ist auch ein Fehler, zu glauben, dass ein geheimnisvoller Mensch anders ist als alle anderen. Und der größte Fehler ist, anzunehmen, dass zwei Andersheiten zwangsläufig zusammenpassen würden. So ist es aber nicht, selbst wenn sie sich ineinander verliebt haben. Verliebte Gefühle allein reichen nicht, um die Herausforderungen ertragen zu können, die sich solche Menschen zumuten. Ich habe mir mit Robert wohl zu viel zugemutet, überlegte Sarischa. Ich werde mich von ihm verabschieden, auch wenn er zu mir zurückkommen und versuchen sollte, mich auf Händen zu tragen. Ich will nicht auf Händen getragen werden – etwas, das sich jede normale Frau bis zu einem gewissen Grad wünscht. Er wird mir freiwillig nie sagen, was mit diesem Linas geschehen war, und ich werde nie aufhören, es wissen zu wollen. Ich bin der Wahrheit verpflichtet. Ich bin Gedankenleserin.

Recht viel mehr ging Sarischa die Tage nach Roberts vermeintlicher Offenbarung nicht durch den Kopf. Nein, ihr Kopf war erstaunlich klar. Kein depressiver Nebel, der ihr den klaren Blick vereitelte. Aber die Traurigkeit in ihrem Herzen war groß und schwer und drückte sie immer wieder ins Bett, zu ihrer Bar und auf ihre Lieblingsbrücke, von der sie lange Blicke übers Wasser gleiten ließ. Glücklicherweise hatte sie einige Auftritte, durch die sie aus ihrer Melancholie herausgeholt wurde.

An einem kalten Nachmittag, die ersten Schneeflocken fielen, war sie auf dem Weg zu ihrem Vater. Sie hatte sich nicht angekündigt. Sie stellte sich vor, sie würde klingeln, er würde sie in den Arm nehmen und trösten, ohne Fragen zu stellen, ohne sie zu beschuldigen oder den Besserwisser zu spielen: ‚ich habe dir ja gleich gesagt, der Herr Doktor tut dir nicht gut'. Er sollte einfach nur für sie da sein.

Sie war nur noch etwa dreißig Meter von der Wohnung ihres Vaters entfernt und suchte bereits nach einem Parkplatz. Aber alles war zugeparkt. Sie fuhr um den Block – nichts. Um den nächsten Block – wieder nichts. Dann stellte sie sich in eine Einfahrt, die in einen dunklen Hinterhof führte, und sie überlegte, ob die Gefahr groß war, hier abgeschleppt zu werden. Plötzlich kam ihr die ganze Aktion sinnlos vor. Ihr Vater war ihr Vater, ein Rentner, der bald heiraten würde. Und sie war schließlich kein Kind mehr, das von einen starken Papi getröstet werden wollte, weil ihr, der Kleinen, das Lieblingsspielzeug kaputtgegangen war.

Plötzlich klopfte jemand an ihre Scheibe. Sie öffnete das Fenster.

„Ich stehe hinter Ihnen und hupe, weil ich hier rein muss, und Sie reagieren überhaupt nicht. Würden Sie bitte wegfahren", bat ein älterer Mann.

„Oh! Ja natürlich. Tut mir leid. Ich war gerade in Gedanken."

„Das habe ich bemerkt", sagte der Mann und schüttelte den Kopf. „Sie werden hier um die Uhrzeit nichts finden."

„Was soll ich denn finden?"

„Na, einen Parkplatz natürlich. Oder stehen Sie hier, weil Sie auf bessere Zeiten warten?"

„Meine besseren Zeiten sind mir gerade abhandengekommen", sagte sie und lächelte verlegen. Dann fuhr sie weg und fand nach fünfzig Meter eine Parklücke.

Als Sarischa ihren Wagen abgesperrt hatte und sich automatisch auf den Weg zu ihrem Vater machte, stoppte sie plötzlich. Nein, ihr Vater konnte ihr nicht helfen. Sie musste ihren Liebeskummer mit sich allein ausmachen oder eine Freundin bejammern. Ihr Vater liebte sie, auch wenn er manchmal streng war – zu Recht. Und wahrscheinlich würde er sie sogar verstehen, was ihre Verblendung betraf. Aber sie war viel zu aufgewühlt, um jetzt mit ihm zu sprechen. Nein, sie war nicht mehr die Kleine, die vom Papi getröstet werden musste – und so wollte sie sich auch nicht mehr verhalten.

Ihr Handy klingelte. Als sie sah, wer anrief, freute sie sich ungemein. Es war Julian. Julian! Endlich. Er musste vom Urlaub zurück sein. Hoffentlich war er erholt. Und hoffentlich wollte er sie sehen. Als er abreiste, war er auf Frauen schlecht zu sprechen, wegen Vivis geplanter Abtreibung.

„Hallo Julian. Bist du wieder da?"

„Ja, seit gestern. Können wir uns spontan treffen?"

„Ich bin jetzt gerade in Schwabing."

„Tatsächlich? Ich auch. Wo bist du genau?", fragte Julian etwas gehetzt. „Viel Zeit habe ich nicht, aber ich würde dich gerne sehen."

Als sie voreinander standen begutachteten sie sich von Kopf bis Fuß, als hätten sie sich Jahre nicht mehr gesehen, und fielen sich dann in die Arme. Das Lokal auf der anderen Straßenseite sah zwar nicht nach einem Feinschmeckerparadies aus, aber es lag ihnen quasi zu Füßen, und für ein Bier würde es schon passen.

„Sag, was ist los?", fragte Julian nachdem sie Platz genommen und bestellt hatten. „Dir geht es nicht gut. Das sehe ich. Ist es wegen Robert?"

„Ja. Es funktioniert nicht mit ihm. Erinnerst du dich an die Filmszene mit dem blonden Mann, die ich in seinen Gedanken gelesen hatte?"

„Na klar. Ich hatte die Szene ja entdeckt."

„Den Mann in Roberts Gedanken gab es wirklich. Er dachte nicht an den Film."

„Und?"

„Der Mann ist tot."

„Oh! Scheiße. Und Robert ist daran nicht ganz unschuldig, nehme ich an. Konntest du das nun doch in seinen Gedanken lesen?"

„Nein. Er hat es mir gesagt. Die Details erzähle ich dir ein anderes Mal. Wie geht es dir? Wie war dein Urlaub? Was ist mit Vivi? Hat sie die Abtreibung machen lassen?"

„Der Urlaub war super. SFS: Sport. Fressen Saufen." Er blickte Sarischa eine Weile fragend an. „Muss ich dir die letzte Frage beantworten oder hast du die Antwort schon erfasst?"

„Weder noch. Aber ich vermute, sie ist nicht mehr schwanger."

Julians Mundwinkel fielen nach unten. „Sie sagte mir am Telefon ‚es ist erledigt'. Erledigt? Als hätte sie einen Gegenstand bei Ebay verscherbelt. Das hat mich richtiggehend schockiert. Ich hätte nie gedacht, dass sie so … so kalt sein kann. Ich denke, unsere Beziehung ist zu Ende."

Sarischa musste sich eingestehen, dass sie froh war, dass Julian kein Vater wurde. Er hätte keine Zeit mehr für sie gehabt. Aber sie brauchte ihn, nach wie vor, und mehr denn je. Neben ihm fühlte sie sich stets unbeschwert und entspannt. Er war Heimat für sie. Da war nichts kompliziert. Ganz anders als mit Robert.

Nachdem Julian kurz von seinem Urlaub berichtet hatte, mussten sie ihr Treffen beenden, denn Julian musste ins Hotel. Er hatte Dienst bis zweiundzwanzig Uhr.

„Kommst du anschließend zu mir?", fragte Sarischa.

„Unbedingt." Julian trank sein Bier aus und grinste

verschmitzt. „Wir machten übrigens nicht den originalen SFS-Urlaub. Das erste S steht nämlich für Sex, nicht für Sport."

Das allerdings, hatte sich Sarischa schon gedacht.

Sie hatten Sex. Und Süßigkeiten. Und Wein. Und nochmal Sex. Es war, als hätten sie nach ihrer Entzugsphase etwas nachzuholen, zumindest wiederzubeleben. Sie waren ausgelassen und sie redeten absichtlich nicht über Vivi oder Robert. Keine Problemthemen an so einem schönen Abend.

Vielleicht war es nicht nur die Entspannung, sondern mehr der Alkohol oder die Kombination von beidem, die Sarischa dazu brachte, etwas zu sagen, das sie noch vor ein paar Wochen für undenkbar gehalten hätte. Und nun kam es einfach so über ihre Lippen – unkontrolliert, unzensiert, spontan –, während sie Julians Brust streichelte: „Könntest du dir vorstellen, dass wir beide ein Kind bekommen?"

Julian, auch angetrunken, antwortete ebenso spontan: „Doch. Ja. Könnte ich mir schon."

„Echt?"

„Klar echt, bekräftigte Julian.

„Wirklich?"

„Ja. Vielleicht sollten wir das mal ins Auge fassen."

„Ins Auge fassen wird nichts bringen", kicherte Sarischa. „Da braucht es einen geplanten Treffer."

„Tor!", schrie Julian und warf die geballte Faust in die Höhe.

„Und noch ein Tor!" Auch Sarischa ballte eine Faust und ließ sie jauchzend auf Julians Brust fallen.

„Was, wie …", stammelte Julian. „Zwei? Zwillinge? Eins reicht."

„Ich meinte doch deine Tore, also das zweite Tor nach Vivi!"

Schlagartig war es mit Julians Heiterkeit vorbei. Das

Wort Vivi katapultierte ihn wieder in die Ernsthaftigkeit. Sarischa würde doch nie im Leben ein Kind von ihm wollen, schoss es ihm durch den Kopf. Umso erstaunter, oder vielmehr kolossal verwirrt, war er, als er hörte, was Sarischa sagte:

„Das war übrigens kein Witz. Ein Kind wäre schon schön."

„Schon schön", wiederholte Julian. „Aha." Er blickte sie aus den Augenwinkeln heraus fragend – und alkoholbedingt ziemlich doof – an. „Ich dachte, du wolltest kein Kind. Und wenn doch, dann müsste es mindestens ein gutsituierter Doktor sein, ein geheimnisvoller Mann, so ein Robert eben, den du als Vater deines Kindes akzeptieren könntest. Keinen wie mich, einen Hotelangestellten …"

„Hey, hey! Du warst derjenige, der ständig von einer Frau zur nächsten gehüpft ist. Erst als du Vivi kennengelernt hast, hat dich das Thema Familie interessiert. Zwischen uns ging es nie um eine ernsthafte Partnerschaft. Und das hat mit deinem Beruf nichts zu tun."

„Doch, doch, hat es schon. Ich war einer, mit dem du Spaß hattest, mehr nicht. Einer, der dir nicht das Wasser reichen konnte, finanziell und vielleicht in manchen Bereichen auch intellektuell. Nur optisch kann ich mit dir bestens mithalten. Die Frauen stehen auf mich, auch wenn ich sonst ein ganz normaler Mann bin."

„Gott sei Dank. Und du bist der einzige, der keine Angst vor mir hat. Dafür liebe ich dich unendlich. Und nicht nur dafür. Gib mir noch einen Schluck Wein."

Julian nahm die Flasche und zitterte damit vor Sarischas Glas. Sie nahm ihm die Flasche ab, aber auch sie zitterte beim Versuch einzuschenken. Dann stellte sie die Flasche weg. „Es ist wohl besser, wenn wir nichts mehr trinkeln."

„Trinkeln? Oh ja! Ich muss dringelnd – also, ich meine dringend – pinkeln.

Als Julian von der Toilette torkelnd zurückkam, kuschelte er sich an Sarischa und sagte mit flüsternder, rauer Stimme: „Ich bin nicht mehr ganz nüchtern, aber eines weiß ich: Du bist die einzige Frau, vor der ich nichts verheimlichen muss und die mich trotzdem mag. Dafür liebe *ich* dich unendlich."

Sarischa drückte Julian ganz fest an sich. „Es hat sich viel verändert in der letzten Zeit."

„Bei mir auch", hauchte Julian.

Dann schliefen sie umschlungen ein.

24

Sarischa hatte sich eine neue Agentur. Felix, ihr langjähriger Agent gab seine Tätigkeit zum Ende des Jahres auf. Sarischa war tief traurig, als ihr Felix mitteilte, dass nun der Abschied bevorstünde.

Es war klar, dass ihn Sarischa nicht einfach so gehen ließ mit Handschlag und tschüss, das war's. Sie plante eine Feier mit ein paar Leuten. Julian sollte unbedingt dabei sein, schließlich kannten und mochten sich die beiden. Mit eingeladen waren außerdem zwei Gitarristen – die gelegentlich vor und zwischen Sarischas Auftritte spielten –, Regina, die Felix zufälligerweise mal kennengelernt hatte und ihr Vater mit seiner zukünftigen Frau – Maria. Ihr Vater hatte Felix Dienste in Anspruch genommen, da er für seine geplante Hochzeit Musiker brauchte.

Die Feier fand in Sarischas Wohnung statt – gemütlich, ohne Störungen von außen. Öffentlichkeit konnte sie für eine private Zusammenkunft ganz sicher nicht brauchen.

„Lieber Felix. Ich kann gar nicht sagen, wie sehr ich es bedaure, dass du deine Agententätigkeit aufgibst. Es war eine sehr schöne Zeit mit dir. Du hattest eine außerordentlich glückliche Hand für meine Tourpläne, hast die besten Verträge ausgehandelt. Du warst nicht nur ein hervorragender Agent, du warst auch mein persönlicher Berater in Fragen des Programmablaufs sowie bei der Auswahl meiner Kostüme als auch meiner Internetpräsenz und so weiter. Du wirst mir fehlen …"

Sarischa hielt eine Dankesrede, die Felix anrührte. Nicht nur ihn. Auch die anderen Gäste blickten etwas traurig in die Runde, da auch sie es schade fanden, dass eine scheinbar eine so befriedigende Zusammenarbeit zu Ende ging. Doch als dann ihre Gläser hoben, anstießen und das Buffet eröffnet wurde, kam sehr schnell eine fröhliche Stimmung auf. Es gab reichlich zu essen und zu trinken und alle unterhielten sich irgendwie mit allen, was Sarischa besonders freute. Auch ihr Vater fühlte sich wohl. Er spürte, dass zwischen seiner Tochter und Julian etwas anders war als früher, dass sie sich näher waren, aber was genau es war, das konnte er auch aus Sarischas Gedanken nicht herauslesen. Sie war zu sehr mit den Gästen beschäftigt, vor allem natürlich mit Felix, sodass ihr Vater sie dann doch irgendwann zur Seite nahm. Er wollte wissen, was es im Leben seiner Tochter Neues gab, wenn es denn so war.

„Sag mal, Sarischa, du und Julian. Seid ihr nun fester zusammen als früher? Oder bilde ich mir das ein?"

„Nein Papa, du bildest dir das nicht ein. Wir sind noch nicht fest zusammen, aber intensiver. Auch nicht öfter, aber anders."

Ihr Vater machte große Augen und runzelte dabei die Stirn. „Du drückst dich aber nicht besonders klar aus. Was heißt das genau?"

„Ich kann dir hier nicht in aller Ausführlichkeit die Details schildern. Nur so viel: Ich kann mir mittlerweile vorstellen, ein Kind zu bekommen – von Julian. Und er auch. Vor Kurzem kam diese Idee hoch, als wir besoffen waren. Und als wir wieder nüchtern waren, war die Idee immer noch da. Zur Klarstellung: Ich bin noch nicht schwanger. Aber ich sag es dir, sollte es tatsächlich dazu kommen. Vielleicht wird aus der Idee ein Plan. Es ist nicht ausgeschlossen."

„Das freut mich. Das ist eine schöne Nachricht. Heißt das, dass es mit dem Schönheitschirurgen nun definitiv zu Ende ist?"

Sarischa antwortete nicht gleich, denn ob es wirklich zu Ende war, da war sie sich nicht so sicher trotz der tieferen Beziehung zu Julian. Sie würde ihn ganz bestimmt noch mal sehen, auch wenn sie momentan Abstand brauchte. Und er anscheinend auch.

Ihr Vater hatte ihre Gedanken gelesen, obwohl er es eigentlich nicht wollte, aber sie sind einfach auf ihn *übergesprungen*.

„Du weißt, dass ich es nicht weiß", antwortete Sarischa schließlich.

„Nun gut. Du musst tun, was du tun musst. Es wird schon das Richtige sein. Hoffentlich."

„Weiß man immer, was das Richtige ist? Manchmal liegt das Richtige und Falsche so nah beieinander, ja es vermischt sich fast, so dass es keinen Sinn macht, in der Suppe zu rühren, denn dadurch vermischen sich die einzelnen Substanzen umso mehr. Oft ist es besser zu warten, bis sich das Chaos wieder beruhigt und man Klarheit bekommt, ob das Richtige wirklich das Richtige und das Falsche wirklich das Falsche ist. So eindeutig ist das oft nicht, wie es anfangs scheint."

„Schlaue Tochter."

„Danke. Und nun übergebe ich Felix das Überraschungsgeschenk. Da wird er staunen."

Sarischa zerrte aus ihrem Arbeitszimmer ein großes, schweres Paket. Es war etwa achtzig Zentimeter hoch und siebzig Zentimeter Meter breit und tief. Trotzdem hatte sie es mit Geschenkpapier umwickelt und eine riesige, rote Schleife umgebunden.

„Nun lieber Felix, das hier ist mein Abschiedsgeschenk. Vielleicht wirst du es nicht mehr ganz so oft gebrauchen, vielleicht nimmst du es aber auch mit zu deinem neuen Arbeitsplatz, vielleicht verkaufst du es auch auf Ebay, was ich aber nicht glaube." Sie zog das Paket bis vor seine Füße. „Für dich. Zum Abschied."

„Oh, das ist aber groß. Was ist denn da drin?"

Felix hob es hoch. Es war schwer, aber nicht so schwer, dass Felix es nicht locker hochheben konnte. „Das sind bestimmt zehn, zwölf Kilo. Wahrscheinlich ist das nicht nur ein einziger Gegenstand, oder?"

„Mach es auf", sagten mehrere Gäste.

„Soll ich?", fragte Felix Sarischa.

„Klar. Unbedingt."

Er öffnete erst die Schleife, absichtlich langsam. Dann rupfte er das Geschenkpapier ab und schließlich nahm er ein Messer, um die Schachtel aufzuschneiden.

„Vorsichtig!", mahnte Sarischa. „Nicht zu tief schneiden."

Felix schnitt rundum des Deckels, sodass er ihn wegnehmen konnte. Dann sah er in die Schachtel und erkannte sofort, was es war. „Das ist ja ein Swopper!"

Er zerrte ihn aus der Schachtel. „Du bist verrückt, Sarischa. Super. Noch dazu in Rot. Genau so einen wollte ich immer haben. Danke, danke!" Er umarmte Sarischa herzlich.

Dann setzte er sich drauf und wippte mit einem breiten Lächeln im Gesicht. Er freute sich sehr. Das war deutlich zu sehen. Natürlich wollten alle anderen Gäste auch mal wippen und hatten Spaß, das dynamische Sitzen auszuprobieren.

Der Stuhl war der Anlass, dass man sich dann eine lange Zeit hinweg über ergonomisches Sitzen unterhielt und über sonstige Gesundheitsthemen, zu denen jeder etwas beizusteuern hatte.

Es war eine gelungene Feier. Gegen Mitternacht waren alle Gäste gegangen. Felix war der letzte – bis auf Julian –, packte seinen Stuhl unter den Arm und küsste Sarischa auf jeder Wange dreimal. Sie würden sich auf alle Fälle in neuen Jahr zu einem Erfahrungsaustausch treffen. Bevor er die Wohnung verließ, umarmten sie sich lange.

Julian war fast ein wenig eifersüchtig, als er sah, wie sehr Sarischa an Felix hing. Und er fragte sich, ob sie Sex miteinander hatten. Im Grund war es ihm aber egal. Fast.

Sarischa stand im für Robert provisorisch eingerichteten Zimmer, das sein Arbeitszimmer hätte werden sollen. Sie inspizierte die Sachen, die er nicht mitgenommen hatte, als er ging. Er ließ Bücher zurück, Hosen, Hemden, Schuhe, seine Bettdecke und ein Bild – ein Gemälde mit einer Frau ohne Gesicht – und seinen Bürostuhl. Sein Kopfkissen und auch seinen Tennisschläger – beides war ja nicht schwer zu tragen – hatte er bereits mitgenommen.

Sie setzte sich auf den Bürostuhl, drehte sich ein paar Mal hin und her, während sie auf die Frau ohne Gesicht blickte. Soll ich ihn anrufen und ihn bitten, seine Sachen zu holen?, überlegte sie. Das allerdings wäre der Dolchstoß ihrer Beziehung. Nein, das wollte sie nicht. Sie musste wissen, ob es noch eine Chance für sie beide gab – mit der *wahren Wahrheit*. Sie musste ihn sehen – unbedingt. Bald.

Sarischa öffnete die Wohnungstür. Und da stand er vor ihr. In einer zehntel Sekunde nahm sie zehn Gefühle, Botschaften, Eindrücke wahr: Oh wie schön, dich zu sehen, ich will dich spüren, ich trau dir nicht, dein Blick ist unsicher, du begehrst mich, ich dich auch; du bist voller Misstrauen, ich auch; du willst meine Nähe und ich verzweifle an der Unsicherheit.

Die Umarmung zur Begrüßung war zaghaft. Das Küsschen kurz. Robert trat nicht wie selbstverständlich in die Wohnung, sondern wartete, dass Sarischa ihn hereinbat, was sie nicht sofort tat. Er war sich einen Moment lang nicht sicher, ob sie ihn nicht wieder wegschicken würde. Die erste Irritation zwischen ihnen.

Die zweite folgte sogleich.

Robert ging in Sarischas Gästezimmer, in dem seine Sachen waren, genau so, wie er sie hinterlassen hatte, was ihn erstaunte. „Ich dachte, du hättest alles in eine Ecke gepackt", sagte er. „Als du mich am Telefon gebeten hast zu kommen, ging ich davon aus, dass ich schnellstens mein Zeug holen soll. Täusche ich mich?"

„Ja, du täuschst dich. Lass uns was trinken."

„Okay."

Sie nahmen am Küchentisch Platz und Sarischa holte zwei Bier aus dem Kühlschrank. Mit einer fragenden Geste hielt sie Robert eine Flasche entgegen. Er nickte. Sie gab ihm den Öffner und er schenkte ein. Sie hoben ihre Gläser, sahen sich kurz in die Augen und tranken auf einen Satz mehr als normalerweise.

„Wo wohnst du zurzeit?", fragte Sarischa. Und das interessierte sie wirklich.

„Die ersten zwei Nächte ging ich in ein Hotel. Dann endlich konnte ich mal mit Tami einigermaßen vernünftig reden – es gibt ja einiges zu klären – und nun bin ich wieder zu Hause."

„Ach ja? Habt ihr euch wieder versöhnt?" Sarischa spürte, wie sehr sie allein der Gedanke daran kränkte. Dann wäre also ohnehin alles entschieden.

Aber so war es nicht.

„Nein, ganz und gar nicht. Wir planen unsere Scheidung. Zwischen Freddy und Tami scheint es ernster zu sein als ich dachte."

Sarischa schwieg und fühlte sich erleichtert und zugleich dämlich. Sie fühlte sich Robert gegenüber alles andere als souverän. Er war ihr nicht egal, unabhängig von Julian, unabhängig von diesem Unfall.

„Sarischa, du bist doch immer für klare Worte. Sag mir bitte, was du willst. Soll ich wieder bei dir wohnen oder soll ich meine Sachen abholen und für immer verschwinden? Ein Dazwischen halte ich nicht aus und führt zu nichts. Du musst wissen, ob du mit mir und meiner Vergangenheit leben kannst."

„Mit deiner Vergangenheit kann ich durchaus leben, aber nicht mit dieser einen Geschichte. Ich könnte versuchen, mir einzureden, dass dieser Vorfall nicht wichtig ist, nicht für unsere Liebe. Aber ich weiß, es würde nicht funktionieren. Ich kann dich mit dieser Geschichte nicht lieben. Ich glaube, du hast mich in einem ganz entscheidenden Punkt angelogen."

„Warum sollte ich das tun?"

„Weil du davon ausgehst, dass du mich verlierst, wenn ich die Wahrheit kenne. Was ist oben auf dem Felsvorsprung tatsächlich passiert? Du sagtest – ich kann mich sehr gut daran erinnern – dass du Linas aufgefordert hättest, die Pistole wegzustecken, aber er hätte nur gelacht und *zum Spaß* neben euch vorbeigeschossen. Du hättest einen Schritt auf ihn zugemacht und ihm die Pistole abnehmen wollen, was nicht funktioniert hätte."

Sie sprach nicht weiter, sondern wartete, dass Robert sich dazu äußerte, aber er zuckte nur verständnislos die Schultern. „Und?"

„Woher hatte Linas die Pistole?"

„Woher soll ich denn das wissen? Glaubst du, wenn vor dir einer mit einer Waffe rumfuchtelt, dass dich da interessiert, woher er sie hat? Außerdem ist ein Waffenbesitz in dem Metier wahrscheinlich gar nicht so unüblich. Ist das wichtig für dich?"

„Durchaus."

„Was, Sarischa … was glaubst du mir nicht an meiner Schilderung? Was konkret? Oder glaubst du, dass wir die Geschichte erfunden haben, weil sie einen nachvollziehbaren Unfall darstellt, bei dem uns nichts Gegenteiliges nachgewiesen werden kann?"

„Ich denke nicht, dass ihr die Geschichte erfunden habt. Dafür ist sie zu ausgefeilt. Außerdem ist es beim Lügen immer besser, so nah an der Wahrheit zu bleiben als möglich. Dadurch ist die Chance am größten, sich nicht zu verzetteln und in Widersprüche zu geraten."

Robert stöhnte. „Ach Sarischa. Du sprichst wie eine Kriminalkommissarin."

Nun zuckte Sarischa mit den Schultern. Sie trank den Rest ihres Biers, stand auf und holte sich ein Wasser.

„Ich sage dir jetzt, was ich vermute: Du und Brögner, ihr seid mit *deiner* Pistole zu Linas auf den Berg hochgekraxelt und habt ihn bedroht. Vielleicht aus Spaß, vielleicht im Ernst. Dann kam es zu einem Gerangel und du hast ihn angeschossen. Daraufhin ist er, wie du es geschildert hast, ins Wanken geraten, gestolpert und in die Tiefe gefallen. Weder du noch Brögner habt ihn halten können, halten wollen. Ich nehme an, ihr habt ihn nicht direkt absichtlich fallen gelassen, aber so halb absichtlich, aufgrund des Ärgers, des Durcheinanders, der bevorstehenden Scherereien … da können einem schon mal die Kräfte verlassen."

Als sie ihre angenommenen Version der wahren Geschichte ausgesprochen hatte, starrte sie in Roberts Augen – ernst, lange und tief. Er starrte zurück. Und schwieg.

Sarischa fühlte einen Stich hinter ihrer Stirn. Irgendetwas passierte gerade – mit ihr, jetzt, hier. Ihre Augen, ihre Lunge, ihre Ohren, ihr Kopf … sie war extrem sensibel, auf Empfang eingestellt. War sie dabei, wieder Zugang zu Roberts Gedanken zu bekommen? Sie konzentrierte sich mit allen ihren mentalen Kräften, wie sie es bei ihm schon mehrmals vergeblich versucht hatte. Aber diesmal war irgendetwas anders. Die Energie zwischen ihnen war dichter, und sie war entspannter als sonst. Nichts störte, nichts war zwischen ihren Gehirnen, keine Verwirrungen, sie hatte freie Bahn direkt zu seiner Gedankenwelt.

Ach, was bist du für ein ungewöhnliches Wesen.

Robert trank den letzten Schluck seines Biers, stand

langsam auf und holte sich ein neues aus dem Kühlschrank. Währenddessen riss der Kontakt wieder ab, oder Robert dachte einfach an gar nichts. Sarischa wartete, bis er sich eingeschenkt und einen Schluck genommen hatte.

„War es so oder so ähnlich?"

Du bist gut, sehr schlau. Du kombinierst wirklich hervorragend.

„Sag, habe ich recht?"

Ja, verdammt. Verdammt noch mal. Fast genauso war es. Ich hätte ihn sogar allein halten können, wenn ich es wirklich gewollt hätte.

„Muss ich dir darauf antworten?"

„Ja, das solltest du. Wir müssen darüber reden."

„Und wenn ich darauf nicht antworte, gehst du dann davon aus, dass du recht hast?"

„Ich weiß, dass ich recht habe. Ihr habt ihn losgelassen. Und du hättest ihn sogar allein halten können, nicht wahr?"

Robert kniff die Augen zusammen. Er war sich sicher, sogar sehr sicher: Sarischa konnte gerade seine Gedanken lesen. Wie sonst, dachte er, könnte sie behaupten, ich hätte ihn alleine halten können? Sie hat wieder diesen schrecklich intensiven Blick, der mir durch Mark und Bein geht.

Verfolgst du gerade meine Überlegungen? Du kannst es wieder. Ja?, dachte er absichtlich überdeutlich.

Er lächelte misstrauisch und sah sie an.

Sie lächelte andeutungsweise zurück.

Langsam stand er auf, ging um den Tisch herum, fasste sie an den Händen und zog sie zu sich hoch.

„Schade Sarischa. Es tut mir leid. Sehr leid."

„Mir auch."

„Ich hätte gerne noch einmal mit dir geschlafen."

„Das kann ich nicht mehr."

„Ich weiß. Das war mir von Anfang an klar."

25

Robert trug seine Sachen nach unten. Sarischa half ihm dabei. Als er alles verstaut hatte, standen sie neben seinem Wagen. Der Abschied nahte und sie wussten, sie würden sich wahrscheinlich nie wieder sehen.

Sarischas Herz klopfte. Sie hätte am liebsten gesagt ‚komm, tragen wir wieder alles nach oben, bleib bei mir', aber die Bilder in ihrem Kopf, wie Robert einen Mann in die Tiefe hat stürzen lassen, waren zu stark. Und unverzeihlich.

„Darf ich dich ein letztes Mal umarmen?", fragte Robert.

„Ja."

Sie umarmten sich lange Sekunden und spürten ihren warmen Atem an ihren Wangen.

„Mach's gut Sarischa."

Sarischas Lächeln hatte etwas Tragisches. Sie spürte, wie sich ihre Liebe zu ihm und ihr Hass auf seine Tat vermischten. Sie wollte gerne sagen ‚mach's auch gut', aber sie schaffte es nicht. Er konnte es nicht mehr gutmachen. Der Mann war tot.

„Tschüss Robert."

Sie blieb noch stehen bis er wegfuhr und sah ihm hinterher.

Mit den widersprüchlichsten Gefühlen, die sie mit aller Kraft unterdrückte, ging sie in ihre Wohnung hoch.

Sie zog warme Stiefel an, Mütze und Handschuhe, und marschierte durch den eisigen Winternebel direkt zu

Julian ins Hotel. Sie konnte jetzt nicht alleine sein – keine Minute, gar nicht.

Als sie Julian hinter der Rezeption erblickte, wie er mit freundlichem Gesicht und seiner attraktiven, jungen, lebensfrohen Ausstrahlung die Gäste bediente, freute sie sich so sehr, dass es ihn gab, dass sie am liebsten über den Theke gesprungen wäre und ihn vor allen Leuten innig umarmt und geküsst hätte. In einem amerikanischen Liebesfilm wäre das eine gute Szene, überlegte sie. Aber im wirklichen Leben war dann doch alles ein wenig nüchterner. Auch mit Julian.

Er hatte sie bemerkt und winkte ihr zu. Sie wartete, bis er alleine war, dann ging sie zu ihm an die Theke.

„Was ist los?", fragte Julian.

„Mit Robert ist es zu Ende; er hat seine Sachen geholt."

„Sei froh, dass du ihn loshast. Du trauerst jetzt vielleicht ein bisschen, aber das geht vorbei. Ich weiß das."

„Ich habe wieder Platz in der Wohnung."

„Ja, und?"

„Magst du zu mir ziehen? Wäre doch praktisch für dich, nur zehn Minuten zu Fuß zur Arbeit. Mietkostenfrei. Inclusive Lift."

„Das ist jetzt nicht dein Ernst, oder?" Er ärgerte sich über dieses *Angebot*. „Ich will nicht ein Lückenbüßer sein, der Seelentröster, den man wieder wegschickt, wenn er seine Schuldigkeit getan hat."

„Nein, so ist das nicht."

„Wie ist es denn dann?"

„Ich will ein neues Leben anfangen. Mit dir. Ich bin bereit."

Julian schüttelt erstaunt den Kopf.

„Außerdem", fuhr Sarischa fort, „ich denke, es ist besser, wir üben das Zusammenwohnen bevor wir ein Kind bekommen, damit nicht alle neuen Herausforderungen auf einmal auf uns einstürzen."

„Sarischa, du bist manchmal wirklich dermaßen extrem …"

Er war von Sarischa ja einige direkte Willensäußerungen gewohnt, aber das hier?

Das kann sie nicht ernst meinen. Das ist eine Überreaktion auf das Ende mit Robert.

Julian kam nun hinter der Theke hervor, starrte Sarischa an und schüttelte wieder den Kopf, noch um einiges stärker als vorhin.

„Ich meine es ernst, sehr ernst", sagte Sarischa. „Du kannst ja darüber nachdenken."

Er blickte in Sarischas Augen – in ihre schönen, großen Augen, die ihn mit einer tiefen Innigkeit anlächelten, ihn anrührten. Ja, er würde darüber nachdenken. Plötzlich spürte er die Vertrautheit zwischen ihnen, die kompromisslose Ehrlichkeit ihrer Gefühle, das Immer-füreinander-Dasein, wenn es nötig war. Und er spürte die Freiheit, die ihm Sarischa gab und die er auch ihr geben konnte. Es war Sarischa, seine verrückte Sarischa, die ihm gerade so nah war, näher war als je zuvor.

Er umarmte sie.

„Ich habe über etwas anderes nachgedacht", sagte er kaum hörbar und sah sich dabei um, als würde er ihr einen Geheimcode mitteilen. „Falls wir ein Kind bekommen, kann es sein, dass es deine Gabe erbt?"

„Ja, das kann sein. Wäre das ein Problem für dich?"

Julian grinste und zuckte ein klein wenig mit einer Schulter.

Nein! Im Gegenteil. Das dürfte interessant werden.

Sarischa warf ihm ein angedeutetes Luftküsschen zu. „Ich liebe dich, Julian."

„Ich dich auch." Er gab ihr einen Kuss. „Ich muss wieder arbeiten. Gäste kommen."

„Klar doch. Ich wollte nur kurz vorbeischauen."

Als sie sich von Julian wegdrehen wollte, wurde sie von einer farbenfroh gekleideten Frau angesprochen:

„Entschuldigung Sie bitte. Sind Sie nicht Sarischa, die Gedankenleserin?"

„Ja, das bin ich."

Julian schmunzelte und flüsterte der Frau zu. „Sie ist die Beste."

„Ich weiß", sagte die Frau und blickte fasziniert in Sarischas Gesicht. „Ich habe schon einige Künstler aus Ihrer Branche gesehen, aber so überzeugend wie Sie, war sonst niemand. Sie sind einmalig."

Sarischa lächelte so wunderbar beglückt wie schon lange nicht mehr. „Danke, das freut mich."

Mehr von Lydia Pointvogl:

Falscher Schatten

Eine seltsame Erscheinung tritt in Marcos Leben: ein Schatten, den nur er sehen kann. Bald macht auch sein bester Freund Achim ungewöhnliche Erfahrungen. Das Unerklärliche wird fast normal, bis plötzlich eine gemeinsame Freundin stirbt. Haben die Erscheinungen etwas damit zu tun? Hätten die beiden Freunde das Unglück verhindern können? Schließlich wird es für Marco schwierig, denn letztlich ist alles anders …
Ein gewagtes Buch mit einem erstaunlichen Ende.

359 Seiten, Verlag BoD, 2019, ISBN 9783749470709

Absurdes Angebot

Eva begegnet Simon, der die Nähe zu ihr sucht und sich zunehmend in ihr Leben drängt. Als Simon behauptet, sie hätte in ihrer Jugend etwas Schreckliches getan, macht er ihr ein absurdes Angebot, mit dem er sie regelrecht verfolgt. Sie soll seine Frau töten. Eva gerät immer mehr unter Druck.

267 Seiten, Verlag BoD, 2020, ISBN 9783750487031